Janina Lorenz
Der kleine Garten zum Verlieben

PIPER

Janina Lorenz

Der kleine Garten zum Verlieben

Roman

PIPER

Mehr über unsere Autoren und Bücher:
www.piper.de

Wenn Ihnen dieser Roman gefallen hat, schreiben Sie uns unter Nennung des Titels »Der kleine Garten zum Verlieben« an *empfehlungen@piper.de*, und wir empfehlen Ihnen gerne vergleichbare Bücher.

Von Janina Lorenz liegen im Piper Verlag vor:
Willkommen in Herzbach:
Band 1: Der kleine Ort zum Glücklichsein
Band 2: Der kleine Chor der großen Herzen
Band 3: Der kleine Brunnen der guten Wünsche
Band 4: Der kleine Garten zum Verlieben

Unser Versprechen für mehr Nachhaltigkeit
• Klimaneutrales Produkt
• FSC®-zertifiziertes Papier
• Hergestellt in Europa

FSC www.fsc.org
MIX
Papier aus verantwortungsvollen Quellen
FSC® C083411

Originalausgabe
ISBN 978-3-492-31529-6
1. Auflage Juni 2021
2. Auflage Juni 2021

Satz: Satz für Satz, Wangen im Allgäu
Gesetzt aus der Plantin
Druck und Bindung: CPI books GmbH, Leck
Printed in the EU

Für Leo

1

Maria Obwohl es ein Abend mitten im August war, zog ein kühler Wind durch die Frankfurter Innenstadt. Als ich das *Gregorelli's* betrat, brachte der Luftzug von draußen die Kerzen auf den weiß eingedeckten Tischen zum Flackern. Wie immer war das italienische Restaurant, das fußläufig zum Bankenviertel lag, gut besucht. Um diese Uhrzeit waren es überwiegend Paare, die sich die vorzügliche Küche schmecken ließen. Ich selbst verbrachte hin und wieder meine Mittagspause hier, wenn das Lokal von Geschäftsleuten bevölkert wurde, doch heute kam ich aus einem anderen Grund. Der Gedanke zauberte mir ein Lächeln aufs Gesicht.

Ich hatte Simon bereits entdeckt, der an einem Tisch am Fenster saß und konzentriert auf sein Handy schaute. Das gab mir die Gelegenheit, ihn vom Eingang aus heimlich zu mustern. Mit seinem gepflegten schwarzen Haar, in das sich silbergraue Strähnen mischten, und der markanten Brille, die seinen schmalen Zügen einen intellektuellen Anstrich verlieh, entsprach er genau meinem Typ. Außerdem war er groß, bestimmt fast zwei Meter. Tatsächlich war mir das als Erstes an ihm aufgefallen, als wir uns vorgestern in der Kantine der Bank, für die ich seit nunmehr zehn Jahren arbeitete, kennengelernt hatten. Er stand vor mir an der Kasse, sodass ich zunächst nur seinen geraden Rücken bewundert hatte, der sich unter dem maßgeschneiderten Jackett abzeichnete. Was für eine wohltuende Abwechslung, den Blick heben zu müssen, um einem Mann in die Augen zu schauen, hatte ich in diesem Moment gedacht. Ich selbst war einen Meter zweiundachtzig groß, das kam also nicht allzu häufig vor. Als er bezahlen wollte, stellte sich heraus, dass sein Betriebsausweis nicht genügend Guthaben aufwies. Großzügig sprang ich ein und übernahm seine Rechnung. Er bedankte sich überschwänglich und erkundigte sich, wo er mich finden könne, um mir das Geld zurückzubringen.

»Im Handelsraum im zweiten Stock«, sagte ich.

Er war beeindruckt: »Eine Investmentbankerin.«

Eine Stunde später erschien er vor meinem Arbeitsplatz. Für den Zutritt war ein spezieller Ausweis notwendig, er musste heimlich hineingeschlüpft sein. Mit einem charmanten Lächeln reichte er mir einen Zehneuroschein und meinte: »Ich würde mich gerne mit einem Abendessen revanchieren. Wie wäre es mit Mittwoch nach der Arbeit im *Gregorelli's* ... hast du Lust?«

In unserer Bank gehörte es zur Unternehmenskultur, sich zu duzen. Mein Kollege Felix, der rechts neben mir saß, grinste von einem Ohr zum anderen. Unter meinem strengen Blick zuckte er zusammen. Mit einer Geste von Zeige- und Mittelfinger bedeutete ich ihm, dass ich ihn im Auge behielt, dann wandte ich mich wieder meiner neuen Bekanntschaft zu.

Ich vergewisserte mich, dass der Mann keinen Ehering trug, und antwortete: »Sehr gerne. Ich bin übrigens Maria.«

»Freut mich, Maria. Ich heiße Simon.« Er schüttelte meine Hand und grinste. »Ich habe letzte Woche neu im Risikocontrolling angefangen. Das *Gregorelli's* ist das einzige Restaurant, das ich bisher in Frankfurt kenne. Wollen wir uns dort treffen? Um zwanzig Uhr?«

Und nun war es also so weit. Ich hatte ein Date. Das erste seit einem halben Jahr, und dazu mit einem Mann, den ich überaus attraktiv fand. Rasch überprüfte ich mein Erscheinungsbild in der Fensterscheibe und war zufrieden mit dem, was ich sah. Das schwarze *ba&sh*-Kleid mit dem Blumenmuster, das ich mit einem breiten Taillengürtel, schwarzer Lederjacke und cognacfarbenen Wildlederstiefeln kombiniert hatte, saß wie angegossen. Der Look hatte etwas Herbstliches, was ich bei diesem Wetter angemessen fand. Meine dunkelbraunen Locken fielen mir dicht und glänzend über den Rücken. Auch wenn sie vom Wind zerzaust waren, bildeten sie einen schönen Kontrast zu dem knallroten Lippenstift, den mir meine Freundin Ellie bei meinem letzten Besuch in Herzbach geschenkt hatte.

In diesem Moment wendete Simon den Kopf in meine Richtung. Als er mich sah, ging ein Lächeln über sein Gesicht. Winkend erhob er sich von seinem Platz, und ich bahnte mir meinen Weg durch das Restaurant. Eine Sekunde lang standen wir voreinander, unsicher, wie wir uns begrüßen sollten. Schließlich entschieden wir uns für eine Umarmung, die ein wenig linkisch geriet. Der Geruch seines After Shaves stieg mir in die Nase. Es war kein unangenehmer Duft, allerdings hatte er es nach meinem Empfinden zu großzügig aufgetragen. Ein Parfum immer dreimal in die Luft sprühen und anschließend wie eine Königin durch den Nebel schreiten, hatte meine Mutter mir schon als Kind beigebracht. Eine Devise, an die ich mich bis heute hielt. Ebenso wie an ihren Rat, niemals ohne Lichtschutzfaktor aus dem Haus zu gehen, jeden Abend Augencreme und Zahnseide zu benutzen und an den Wochenenden eine Gesichtsmaske und eine Haarkur aufzutragen. Meine Mutter war weiß Gott nicht die beste Mutter der Welt, aber ihre Schönheitstipps waren Gold wert. Zumindest wurde ich meist deutlich jünger geschätzt als meine siebenunddreißig Jahre.

»Ich habe einen Riesendurst«, verkündete ich, nachdem wir uns gesetzt hatten, und griff nach der Getränkekarte. Die letzten Meter von der U-Bahn-Haltestelle war ich zügig gegangen, jetzt freute ich mich auf ein kühles Bier.

Simon legte seine Arme auf den Tisch und zwinkerte mir zu. »Ich habe schon für dich bestellt. Ich weiß doch, was ihr Mädchen mögt.«

Ihr Mädchen? Irritiert über seine Bevormundung und die Herablassung in seiner Stimme runzelte ich die Stirn. Vor meinem inneren Auge erschien das Gesicht meiner besten Freundin Isabell. Gib dem armen Kerl eine Chance, riet mir Isa mit liebevoller Strenge. Wenn du immer gleich den Rückzug antrittst, sobald ein Mann einen falschen Satz sagt, werde ich niemals Trauzeugin …

Na schön, dachte ich und schob das ungute Gefühl, das bei Simons Bemerkung in mir aufgestiegen war, beiseite. Immerhin hatte ich mich auf die Verabredung mit ihm gefreut. Ich war nach der Arbeit sogar schnell nach Hause gefahren, um zu duschen und mich umzuziehen.

Einen solchen Aufwand betrieb ich sonst nicht für einen Mittwochabend.

Die Bedienung kam an unseren Tisch und stellte einen Kir royal vor mich hin. Neidisch schielte ich zu dem Weizenbier, das die junge Frau anschließend Simon servierte. An den Außenwänden des Glases perlten kleine, erfrischend aussehende Wassertropfen ab. Simon fing meinen Blick auf.

»Alles in Ordnung?«, erkundigte er sich mit einem Anflug von Besorgnis. »Du trinkst doch Kir royal?«

Ich rang mir ein Lächeln ab. »Natürlich«, antwortete ich, konnte mir jedoch nicht verkneifen hinzuzufügen: »Wir Mädchen *lieben* Kir royal, das weiß doch jeder.«

Simon, dem meine Ironie offenbar entging, wirkte beruhigt. Er hob sein Glas und prostete mir zu.

»Aber Essen hast du noch nicht für mich bestellt, oder?«, fragte ich nur halb im Scherz, nachdem wir den ersten Schluck getrunken hatten.

Simon stutzte kurz, dann schüttelte er den Kopf, und ich atmete erleichtert aus. Den ganzen Tag schon hatte ich von einer großen Pizza Parma und einem Schokoladensoufflé zum Nachtisch geträumt. Für etwas musste es schließlich gut sein, dass ich dreimal in der Woche ins Fitnessstudio ging.

»Erzähl mir von dir«, bat Simon, nachdem wir unsere Bestellungen aufgegeben hatten. »Was tust du so, wenn du nicht gerade fremde Männer in der Kantine vor dem Spüldienst bewahrst?«

Belustigt nippte ich an meinem Getränk. Auch wenn mir ein Weizenbier lieber gewesen wäre, schmeckte es nicht schlecht.

»Ich arbeite sehr viel, wie vermutlich jeder im Investmentbanking«, begann ich. »Wenn ich freihabe, mache ich Sport oder treffe mich mit meinen Freundinnen. Außerdem gehe ich gerne shoppen. Am liebsten samstags, wenn ich den ganzen Tag Zeit habe und mich treiben lassen kann. Und ich verreise für mein Leben gern. Mein Traum ist eine Eigentumswohnung in Nizza, die ...«

»Was für ein Zufall! Ich liebe Frankreich!«, fiel mir Simon ins Wort. Er rückte an seiner Brille. »Nach dem Abitur war ich für ein Jahr in Paris. Wenn ich heute Franzosen begegne, halten die mich immer für einen Landsmann, so perfekt ist meine Aussprache.«

Er lachte, wobei seine Zähne aufblitzten, die, wie mir jetzt auffiel, zu weiß und zu gerade waren, um natürlich zu sein. Ich hatte nichts dagegen, wenn Menschen der Natur ein wenig nachhalfen. Solange sie es nicht übertrieben. Denk immer daran, Maria, weniger ist mehr, pflegte meine Mutter zu sagen.

Ich räusperte mich. »Da kannst du froh sein. Ich finde Französisch wahnsinnig schwer. Schon seit Monaten versuche ich es mit einer App zu lernen, wegen der Wohnung in Nizza, aber so richtig ...«

»Das bin ich auch!«, unterbrach Simon mich erneut. Er stützte seine Ellbogen auf die Tischplatte. »Dabei kann ich gar nichts dafür, das Sprachtalent wurde mir sozusagen in die Wiege gelegt. Neben Französisch, Niederländisch und Englisch spreche ich übrigens auch fließend Spanisch.« Er senkte die Stimme, als ob er mir ein Geheimnis anvertrauen wollte. »Mein früherer Chef war mit einer Spanierin verheiratet. Er war so beeindruckt von meinen Kenntnissen, dass er mich zu sich nach Hause zum Abendessen eingeladen hat. Es gab ein Vier-Gänge-Menü, Champagner und Wein, alles vom Feinsten. Du kannst dir vorstellen, wie eifersüchtig meine Kollegen waren. *Sie* hatte er noch nie gefragt.«

Er grinste verschwörerisch, doch ich ging nicht darauf ein. Dafür störte mich der selbstzufriedene Ausdruck in seinem Gesicht zu sehr. Abgrundtiefe Enttäuschung stieg in mir auf. Mein erster Eindruck von Simon war so positiv gewesen. Ein Lichtblick nach all den Wichtigtuern, denen ich in letzter Zeit begegnet war und die sich selbst für Gottes Geschenk an die Frauen hielten. Und nun stellte sich heraus, dass Simon um keinen Deut besser war. Unauffällig warf ich einen Blick auf meine Armbanduhr und hätte am liebsten laut aufgestöhnt. Es waren erst zwanzig Minuten vergangen, seit ich das Restaurant betreten hatte. Wenn das so weiterging, würde es ein langer Abend werden. Am liebsten wäre ich aufgestanden und gegangen, doch das wäre unhöflich gewesen. Schließlich arbeiteten wir im selben Unternehmen. Resigniert hob ich mein Glas und leerte es in einem Zug. Simon schob mir sein Bier herüber.

»Hier«, meinte er. »Ich bestelle mir ein Neues.«

Überrascht und ein wenig besänftigt von seiner aufmerksamen Geste beschloss ich, ihm doch noch eine Chance zu geben. Immerhin war es möglich, dass er sich nur deshalb wie ein Idiot aufführte, weil er nervös war. Vielleicht war sein letztes Date ebenfalls eine Weile her.

Während wir auf das Essen warteten, fragte mich Simon, ob ich diesen Sommer schon im Urlaub gewesen war, und so erzählte ich ihm von meiner Reise mit meinem Patenkind.

»Leni ist neun und die Tochter meiner besten Freundin Isabell, die ich schon seit dem Kindergarten kenne«, erklärte ich ihm. »Ich habe Leni die Reise zur Kommunion geschenkt. Wir waren im Juli für eine Woche auf einem Reiterhof in Bayern. Es war wunderschön ... Isa meinte, Leni redet seitdem von nichts anderem mehr«, schloss ich stolz.

Ich selbst hatte keine Kinder, umso mehr genoss ich die Zeit mit meinem Patenkind und freute mich über unser enges Verhältnis. Zwischen euch passt kein Blatt, sagte Isa oft, und so war es auch.

Simon fuhr sich mit einer Hand über das glatt rasierte Kinn. »Das kommt mir bekannt vor. Bei meinen beiden Neffen ist es genauso. In den Weihnachtsferien habe ich sie mit auf die *Aida* genommen. Wir waren in der Karibik. Mein Bruder ist Grundschullehrer und seine Frau Altenpflegerin, da ist eine solche Reise natürlich nicht drin.«

Bei dem gönnerhaften Ton in seiner Stimme regte sich erneut Widerwillen in mir. Diesmal so heftig, dass ich sarkastisch erwiderte: »Da kann deine Familie ja von Glück reden, dass sie dich hat.«

Simon, der erneut unter Beweis stellte, dass er keinerlei Antennen für Zwischentöne besaß, nickte geschmeichelt. »Ja, sie sind mir wirklich sehr dankbar.«

In dieser Sekunde brachte die Bedienung das Essen an unseren Tisch und bewahrte mich damit davor, darauf reagieren zu müssen. Der Anblick meiner Pizza tröstete mich ein wenig über das katastrophale Date hinweg, und beherzt griff ich nach dem ersten Stück und biss hinein. Der Boden war knusprig und dünn, der Käse cremig zerlaufen und schmeckte in Verbindung mit der fruchtigen Tomatensoße und dem salzigen Parmaschinken einfach nur himmlisch. Ich musste unbedingt an einem Samstag mit Isa und Leni hierherkommen. Die beiden liebten Pizza. Wir könnten das Essen mit einer Shoppingtour verbinden. Ich dachte an den Newsletter von meinem Lieblingsladen, den ich heute Morgen per E-Mail erhalten hatte. Ein Mantel im Oversize Look hatte es mir besonders angetan. Man müsste ihn nur richtig kombinieren, damit die Silhouette weiterhin zur Geltung kam. Vielleicht mit einer Skinny Jeans und einem eng geschnittenen Oberteil. Ja, das würde super aussehen. Eine aufgeregte Vorfreude erfasste mich. Am besten, ich schaute gleich morgen nach der Arbeit in dem Geschäft vorbei, bevor der Mantel noch ausverkauft war …

»Bevor ich nach Frankfurt kam, habe ich übrigens für eine Privatbank in Zürich gearbeitet«, rief sich Simon, den ich für einen Moment vergessen hatte, wieder in Erinnerung.

Er hatte die Dorade bestellt und offenbar einige Mühe, den Fisch von seinen Gräten zu lösen. Ich unterdrückte den Impuls, ihm meine Hilfe anzubieten. Wenn er der Mann war, für den er sich hielt, würde er es sicher mit einer kleinen Dorade aufnehmen können. Ein Irrtum, wie sich herausstellte. Halb fasziniert, halb abgestoßen beobachtete ich, wie Simon das arme Flossentier mit Messer und Gabel massakrierte, ohne nennenswerte Erfolge zu erzielen. Derart abgelenkt sickerten seine Worte mit einiger Verspätung in mein Bewusstsein.

»Lange Zeit war ich in meiner Bank *der* Buhmann, weil ich mich als Risikocontroller gegen diese Art von Geschäften ausgesprochen habe. Aber nachdem *Lehman Brothers* pleiteging, und die Produkte nichts mehr wert waren, hat mir unser Gesamtvorstand auf Knien gedankt. Immerhin habe ich ihm durch meine Weitsicht riesige Verluste erspart. Wer weiß, ob es die Bank in Zürich ohne mich heute noch geben würde …«

Ich vergaß zu kauen. Ungläubig starrte ich Simon an. Wollte er mich auf den Arm nehmen? Die Pleite der Investmentbank *Lehman Brothers* am 15. September 2018 auf dem Höhepunkt der Finanzmarktkrise war nicht nur der größte Konkursfall der amerikanischen Geschichte gewesen, sie hatte auch eine fatale Kettenreaktion in Gang gesetzt, die die Welt in die schlimmste Rezension seit dem Zweiten Weltkrieg gestürzt hatte. Die Auswirkungen waren bis heute spürbar, nicht nur in der Bankenwelt. Wollte Simon tatsächlich behaupten, er hätte seinen vorherigen Arbeitgeber im Alleingang sicher durch die Krise gebracht? Seine selbstgerechte Miene sprach Bände. Ich öffnete den Mund, um ihm gründlich die Meinung zu sagen, als es in meiner Handtasche zu klingeln begann. Offenbar hatte ich vergessen, mein iPhone auf lautlos zu stellen. Normalerweise hätte ich das Gespräch weggedrückt, doch so, wie Simon sich gebärdete, kam mir die Unterbrechung gerade recht. Sein missfälliges Stirnrunzeln ignorierend zog ich mein Handy hervor und blickte auf das Display. Die Anruferin war Frau Steffen, die Leiterin des Seniorenstifts, in dem meine Mutter seit letztem Frühjahr lebte. Ein eisiger Schrecken durchfuhr mich. Bitte, lass nichts passiert sein, betete ich.

»Hallo, Frau Lehrbach«, ertönte es fröhlich aus der Leitung.

Eine Welle der Erleichterung durchströmte mich. Wer so unbeschwert klang, überbrachte keine Hiobsbotschaften. Mit dem iPhone am Ohr drehte ich mich auf meinem Stuhl ein Stück zur Seite. »Frau Steffen, wie schön, von Ihnen zu hören. Was kann ich für Sie tun?«

»Gar nichts«, entgegnete sie gut gelaunt. »Ich wollte es

mir nur nicht nehmen lassen, Ihnen persönlich zum Geburtstag zu gratulieren.«

Ich zögerte. »Das ist sehr nett von Ihnen, nur habe ich heute gar nicht Geburtstag.«

»Nicht?«, erwiderte Frau Steffen überrascht. »Aber Ihre Mutter hat doch beim Frühstück behauptet …« Sie brach ab.

Gegen meinen Willen musste ich schmunzeln. »Sie wissen schon, warum meine Mutter bei Ihnen ist?«

Statt einer Antwort ertönte ein verlegenes Lachen. Meine Mutter litt an Demenz, und ich hatte für mich herausgefunden, dass ich diese schreckliche Krankheit besser ertrug, wenn ich sie, wann immer es möglich war, mit Humor nahm.

Frau Steffen, der ihr Versehen hörbar unangenehm war, wechselte das Thema. »Wann kommen Sie uns mal wieder besuchen?«, erkundigte sie sich.

Das *Haus Morgenröte* lag im Münsterland, wo meine Mutter bereits in den vergangenen Jahren vor ihrer Demenz gewohnt hatte. Mit dem Wagen waren es beinahe drei Stunden von Frankfurt, weswegen ich nicht so oft hinfuhr, wie es meine Mutter in unseren täglichen Telefonaten von mir verlangte. Ein Umstand, der unser ohnehin schwieriges Verhältnis noch zusätzlich belastete. Doch Mitte September hatte ich eine Woche Urlaub, den ich bei meiner Freundin Ellie in Herzbach verbringen würde. Das bezaubernde Dorf am Ufer der Stever mit seinen hübschen Fachwerkhäusern und den liebenswerten Bewohnern war genau der richtige Ort, um nach den anstrengenden letzten Monaten in der Bank ein wenig zur Ruhe zu kommen. Von dort aus war es nur ein Katzensprung bis nach Mondstein zu meiner Mutter, sodass ich sie jeden Tag besuchen konnte. Nachdem ich Frau Steffen von meinen Plänen berichtet und sie gleichzeitig gebeten hatte, ihre Kollegen im Seniorenstift lieb von mir zu grüßen, legten wir auf.

»Also, ich stelle mein Handy ja immer auf lautlos, wenn ich zum Abendessen verabredet bin«, ließ Simon mich wissen.

Er klang vorwurfsvoll und ziemlich beleidigt. Wortlos schaute ich ihn an und entschied, dass meine Lebenszeit zu kostbar war, um sie weiter mit ihm zu verbringen. Selbst wenn wir Kollegen waren. Entschlossen biss ich ein letztes großes Stück meiner Pizza ab. Dann wischte ich mir die Hände an meiner Serviette sauber, nahm zwanzig Euro aus meinem Portemonnaie, legte sie auf den Tisch und stand auf. Simon entglitten sämtliche Gesichtszüge. Fassungslos sah er von dem Geldschein zu mir.

»Du willst schon gehen?«, stammelte er.

Mit einem Mal wirkte er so unsicher, dass er mir schon wieder leidtat. Er sah sich hektisch nach allen Seiten um.

»Du kannst mich doch nicht einfach hier alleine sitzen lassen«, zischte er. »Was sollen die Leute denken?«

Ich holte tief Luft. Das Mitleid, das ich gerade noch für ihn empfunden hatte, verpuffte.

»Aber du bist doch gar nicht alleine«, entgegnete ich und griff nach meiner Handtasche. »Dein Ego leistet dir Gesellschaft.«

2

Maria Als ich am nächsten Morgen die Bank betrat und auf die gläsernen Fahrstühle im Foyer zusteuerte, fühlte ich mich ziemlich gerädert. Das lag weniger an dem großen Glas Weißwein, das ich mir zu Hause in meiner Wohnung noch gegönnt hatte, als an der Tatsache, dass mein Date so katastrophal verlaufen war. Wieder einmal. So langsam fragte ich mich, ob es mein Schicksal war, mein restliches Leben allein zu bleiben. Meine längste Beziehung hatte gerade mal vier Jahre gehalten und war zudem eine Ewigkeit her. Thomas und ich hatten uns auf dem Gymnasium in Sachsenhausen kennengelernt, wo ich aufgewachsen war, und mit Anfang zwanzig geheiratet. Nach den Flitterwochen, die wir im Ferienhaus von Thomas' Patenonkel am Timmendorfer Strand verbrachten, bezogen wir eine winzige Wohnung im Frankfurter Gallus. Anders als heute war das damals ein Viertel, aus dem die Leute lieber wegzogen, doch mehr konnten wir uns mit Thomas' Auszubildendengehalt als Speditionskaufmann und meinem Studenten-BAföG nicht leisten. Das Zusammenleben war neu für uns, und es dauerte nur wenige Wochen, da fingen wir an, uns gegenseitig auf die Nerven zu gehen. Thomas fand meine Kommilitonen im Mathestudium, die er allesamt als *Nerds* bezeichnete, eingebildet und schräg, ich die Bürogeschichten, die er beim Abendbrot erzählte, zum Gähnen langweilig. Nach und nach, und ohne dass wir es richtig bemerkten, fingen wir an, unsere Freizeit getrennt voneinander zu verbringen. Von den Studentenpartys kam ich oft erst am frühen Morgen nach Hause. Dann war Thomas bereits im Badezimmer, um sich für den neuen Arbeitstag fertig zu machen. Als er mich eines Sonntags – wir waren elf Monate und eine Woche verheiratet – anfuhr, ich solle das Duschgel nach dem Benutzen wieder richtig schließen, war der Tiefpunkt erreicht. Ich wurde wütend und beschimpfte ihn als elenden Spießer, er mich als vergnügungssüchtige Egomanin. Nachdem wir unser Pulver verschossen hatten, setzten wir uns an den Küchentisch und redeten. Noch am selben Tag packte Thomas seine Sachen und zog zurück zu seinen Eltern. Ein Jahr später wurden wir geschieden. Ich ignorierte die missbilligenden Bemerkungen meiner Mutter, die mir die alleinige Schuld am Scheitern meiner Ehe gab, und genoss meine Freiheit in vollen Zügen.

Nach dem Studium ergatterte ich einen gut bezahlten Job im Investmentbanking in London. Drei Jahre blieb ich dort, dann zog es mich zurück nach Frankfurt, und ich fing bei der Bank an, für die ich heute noch tätig war. Von Heiraten wollte ich nichts mehr wissen. Ich bereiste die Welt, ging mit attraktiven, erfolgreichen Männern aus und machte einen großen Bogen um diejenigen, die von Reihenhäusern und Kindern träumten. Damit war ich lange glücklich, doch in letzter Zeit überkam mich immer häufiger das Gefühl, dass mir irgendetwas fehlte. Ob es daran lag, dass die interessanten Männer rarer zu werden schienen und nur noch solche wie Simon übrig blieben? Oder hatte es damit zu tun, dass ich älter wurde und alle Freunde in meinem Bekanntenkreis in festen Beziehungen lebten? Wie auch immer, überlegte ich, es wäre schön, sich zu verlieben. Ich wusste schon gar nicht mehr, wie sich das anfühlte. Wie mit Sam vielleicht, dem Anwalt von *Freshfields*, mit dem ich ein paar Monate eine stürmische Beziehung hatte, bevor ihn seine Kanzlei nach New York schickte? Damals war ich vierunddreißig. Allerdings konnte ich mich nicht erinnern, lange gelitten zu haben, nachdem er fort war. Von daher war es wohl doch keine Liebe. Ich ging weiter in die Vergangenheit zurück. Christoph vielleicht? Nein, die Anziehung zwischen uns war rein körperlich gewesen. Als ich ihn näher kennenlernte und seinen Egoismus und seine Arroganz bemerkte, hatte ich schnell die Flucht ergriffen. Ich seufzte innerlich. Es musste doch einen Mann geben, in den ich *richtig* verliebt gewesen war.

Meinen Gedanken nachhängend betrat ich den Aufzug und nickte den anderen Fahrgästen, zwei Frauen und einem Mann, flüchtig zu. Während sich die Türen schlossen und der Fahrstuhl nach oben fuhr, erzählte die eine Frau der anderen, dass sie sich am Wochenende bei einem Züchter in Eschborn Labradorwelpen angesehen hatte.

»Die waren so süß«, schwärmte sie. »Es war sofort um mich geschehen. Und meinem Mann und den Kindern ging es genauso. Wir bekommen den Kleinsten im Wurf. Er hat so einen niedlichen weißen Fleck über den Augen, wie ein Stern. Am liebsten hätte ich ihn direkt mitgenommen. Aber ein bisschen müssen wir uns noch gedulden.«

Ich spürte ein heftiges Brennen in meiner Brust, weil ich plötzlich an Bautz denken musste. Bautz war der Rauhaardackel meiner Mutter. Nachdem sie in den Seniorenstift gezogen war, hatte ich ihn zu mir genommen. Doch in Frankfurt musste ich schnell einsehen, dass ich mich aufgrund meiner Arbeitszeiten nicht so um ihn kümmern konnte, wie er es brauchte. Zwar fand ich eine Nachbarin, die tagsüber mit ihm Gassi ging, aber als Dauerlösung kam das natürlich nicht infrage. Bautz brauchte Zuwendung und Nähe. Als ich meinen Chef Lars nach einer Homeoffice-Regelung fragte, meinte er, das könne er nicht entscheiden, und verwies mich an unseren Bereichsleiter. Eine Woche lang musste ich auf den Termin warten. Umso niederschmetternder war das Ergebnis. Sobald ich das Wort »Homeoffice« ausgesprochen hatte, schaute mein Bereichsleiter mich ungläubig an und brach dann in so lautes Gelächter aus, dass seine Sekretärin hereinkam, um sich zu erkundigen, ob bei uns alles in Ordnung sei.

»Maria will ihren Job von zu Hause aus erledigen«, keuchte er und wischte sich dabei die Tränen aus den Augenwinkeln. »Was kommt als Nächstes? Urlaubstage, so viel man will?«

Zornig verließ ich sein Büro. So ein Dinosaurier! Es war kein Wunder, dass unsere Bank Schwierigkeiten hatte, qualifizierten Nachwuchs zu finden. Wer wollte schon für ein Unternehmen arbeiten, dessen Management *Modern Work* für eine ansteckende Krankheit hielt? Da half es auch nichts, wenn sich alle duzten.

Nach dem Termin sah ich mich schweren Herzens nach einem neuen Zuhause für Bautz um und wurde bei Isa fündig, die mit ihrem Ehemann Paul, ihren Töchtern

Leni und Frida und dem Bobtail Smiley eine halbe Stunde Fahrzeit entfernt in einem kleinen Dorf im Taunus lebte. So konnte ich Bautz zwar immer noch häufig sehen und wusste, dass er es gut hatte, nur änderte das nichts daran, dass ich ihn schrecklich vermisste. Ganz abgesehen von dem schlechten Gewissen, das mich plagte, weil ich ihn weggegeben hatte. Meiner Mutter hatte ich bisher nicht gebeichtet, dass Bautz jetzt bei Isa lebte, und mir graute vor dem Tag, an dem sie es herausfand.

Im Handelsraum war es morgens um acht noch ruhig. Insgesamt arbeiteten in dem Saal hundert Leute, was verglichen mit dem der *Deutschen Bank* noch überschaubar war. Es gab die Händler, den Vertrieb und die Strukturierer, zu denen auch ich zählte. Wir saßen an langen Tischen, die durch einen Mittelgang voneinander getrennt waren. Von der Decke hingen in regelmäßigen Abständen Fernseher, auf denen *ntv* lief. Im Laufe des Vormittags kam Leben in den Handelsraum, dann sprangen die Kollegen auf und brüllten sich gegenseitig Fragen und Auftragsdetails zu, doch jetzt lasen alle das tägliche Research.

Ich zog meinen beigen *Burberry*-Mantel aus und hängte ihn an die Garderobe. Anschließend startete ich meinen PC, und die fünf Bildschirme vor mir erwachten zum Leben. Felix bemerkte ich erst, als er einen dampfenden Kaffee vor mich hinstellte. Auf dem Becher stand in bunten Buchstaben *Tausche Montagmorgen gegen Freitagabend.*

»Danke dir«, rief ich inbrünstig. »Du bist ein Schatz.«

»Keine Ursache. Wie war dein Date gestern?«

Ich verzog das Gesicht zu einer Grimasse. »Frag nicht.«

»Das wollte ich hören«, entgegnete Felix mit einem zufriedenen Grinsen. »Dann kannst du ja jetzt mit mir ausgehen.«

Nun musste ich ebenfalls grinsen. »Tut mir leid, aber du bist leider zu jung für mich«, gab ich ihm meine Standardantwort. »Dafür komme ich ins Gefängnis.«

Felix war Trainee und Mitte zwanzig, sah aber mit seinem hellblonden Haar und den babyblauen Augen aus wie ein Teenager. Seit er vor einem Jahr bei uns begonnen hatte, wurde er nicht müde, mich um ein Date zu bitten, und ich hegte die starke Vermutung, dass er vor Schreck tot umfallen würde, sollte ich jemals zustimmen.

Felix lachte vergnügt, wie er es immer tat, und setzte sich auf seinen Platz neben mich. Dabei streifte sein Blick meine Handtasche. »Ist die neu?«, erkundigte er sich interessiert.

»Definiere neu«, murmelte ich, während ich meine E-Mails aufrief.

»Neu heißt: In den letzten drei Wochen gekauft.«

»Dann ja.«

»Chloé?«, hakte Felix nach. Der Junge war mit einer älteren Schwester aufgewachsen, die erfolgreich modelte, weswegen er sich erstaunlich gut auskannte.

Ich nickte und lächelte. »Ist sie nicht traumhaft schön?«

Ich hatte eine Schwäche für Handtaschen und war entzückt, im testosterongeschwängerten Handelsraum auf jemanden zu treffen, mit dem ich mich austauschen konnte.

»Das ist sie. Und das Grün mit dem Gold steht dir fantastisch.«

»Ich störe euren kleinen Plausch ja nur ungern«, ertönte plötzlich eine näselnde Stimme, »aber könnte ich mal kurz deine Aufmerksamkeit haben, Maria.«

Felix und ich drehten gleichzeitig die Köpfe. Im Mittelgang stand Michael Berger und blickte finster. Was will der denn hier, stöhnte ich innerlich. Michael arbeitete im Backoffice. Erst letzte Woche waren wir am Telefon böse aneinandergeraten. Ich hatte ein Geschäft falsch ins System eingetragen, und damit ihm und seinem Team zusätzliche Arbeit verschafft. Das Ganze war natürlich ein Versehen gewesen, für das ich mich entschuldigt hatte, doch Michael hörte mir gar nicht zu, sondern zeterte immer weiter, bis mir der Kragen geplatzt war und ich ihn *zur Schnecke* machte, wie Felix es hinterher ausdrückte.

»Als Frau im Investmentbanking darf man nicht zimperlich sein«, hatte ich dem jungen Kollegen daraufhin erklärt. »Sonst gehst du unter.«

Dass sich Michael Berger nun aus seinem Büro im vierten Stock zu mir in den Handelsraum begab, verhieß nichts Gutes.

»Du hast gestern Abend schon wieder eine falsche Wertpapierkennnummer eingetragen«, platzte es auch schon aus ihm heraus. »Machst du das extra? Glaubst du, das Backoffice ist nur dafür da, um *deine* Fehler auszubügeln? Weißt du, wie viel Zeit uns das jedes Mal kostet?«

Ich atmete tief durch. Ruhig bleiben, mahnte ich mich selbst. Ich war gestern Abend in Eile gewesen, um rechtzeitig zu meiner Verabredung mit Simon zu kommen. Da war es durchaus möglich, dass es zu einem Zahlendreher gekommen war. Das war natürlich keine Entschuldigung. Ich konnte es selbst nicht leiden, wenn ich schludrig arbeitete, aber ich hasste es, wenn mich andere darauf aufmerksam machten. Kritikfähigkeit gehörte nicht zu meinen Stärken, dessen war ich mir bewusst. Erst recht nicht, wenn die Kritik von jemandem wie Michael kam. Während er sich weiter aufplusterte, drehte er kaum merklich den Kopf, als wolle er sich vergewissern, dass sämtliche Augenpaare im Handelsraum auf ihn gerichtet waren. Hitze wallte in mir auf. Was bildete der sich ein? Kam an meinen Arbeitsplatz, um mich vor meinen Kollegen bloßzustellen. Für eine Sache, die wir genauso gut am Telefon hätten klären können. Mein Puls schnellte in die Höhe, und wütend stand ich auf. Nun war ich einen halben Kopf größer als Michael. Dass er zu mir aufsehen musste, schien ihn nur noch weiter anzustacheln. Er nestelte an seiner randlosen Brille herum, die ihn wie das Klischee eines Buchhalters aussehen ließ, und zeterte: »Ich werde mich über dich beschweren. Von wegen Star-Strukturiererin.«

Da! Schon wieder diese seltsame Bewegung, als wolle er sichergehen, dass sein Publikum ihn hörte. An meinem Hals begann eine Ader zu pochen, und meine Augen verengten sich zu Schlitzen. Felix, der sich ebenfalls erhoben hatte, wollte mir etwas zuflüstern, doch ich schüttelte unwillig den Kopf. Die Sache ging nur Michael und mich etwas an.

»Du«, sagte ich gefährlich leise zu dem kleinen Mann, »hast jetzt mal Sendepause.«

Im Saal wurde es so still, dass man die sprichwörtliche Stecknadel hätte fallen hören können.

»Maria …«, setzte Felix erneut an.

»Nicht jetzt«, entgegnete ich unwirsch.

Ich trat auf Michael zu. Der wich instinktiv einen

Schritt zurück, doch in seinen eng stehenden Augen meinte ich Triumph zu lesen. Vorsicht, der Giftzwerg will dich provozieren, warnte eine Stimme in meinem Kopf. Und wenn schon, rief eine andere. Gib's ihm!

Und genau das tat ich. Im Nachhinein konnte ich mich nicht mehr genau an den Wortlaut erinnern, doch Michaels schockiertem Gesichtsausdruck nach musste ich in Hochform gewesen sein. Leider währte das befriedigende Gefühl in meinem Inneren nur kurz.

»Ähm, Maria …«, ertönte erneut Felix' Stimme an meinem Ohr.

Langsam drehte ich mich zu ihm und dann weiter in die Richtung, in die er mit seinem Kinn wies. Ich erstarrte, und in meinem Magen bildete sich ein harter Knoten.

»Maria«, sagte mein Chef. »Kommst du mal bitte mit.«

3

Maria »Er hat es darauf angelegt«, verteidigte ich mich, sobald wir das Bankgebäude verlassen hatten. Ich hatte erwartet, dass Lars mich in sein Büro führen würde, um dort unter vier Augen mit mir zu reden, stattdessen schlug er einen Spaziergang durch den kleinen Park vor, der nur zwei Gehminuten entfernt lag. Genau wie gestern war es ein windiger Tag, die Wolken hingen schwer und grau am Himmel, und es roch nach Regen.

»Ich weiß«, sagte Lars.

Überrascht blieb ich stehen. »Ach so? Warum dann dieses Gespräch? Lass uns zurückgehen, hier draußen friere ich mir den Hintern ab.« Fröstelnd schlug ich den Kragen meines Mantels hoch. Lars schaute mich mit seinen seelenvollen braunen Augen an. Er war einer dieser Menschen, die etwas Altersloses an sich hatten. Wir verstanden uns gut, deshalb wusste ich, dass er vor einem Monat einundfünfzig geworden war und seine Frau ihm ein verlängertes Wochenende in Weimar geschenkt hatte, aber er hätte genauso gut vierzig sein können. Oder sechzig.

»Wir können leider noch nicht zurück, Maria«, erklärte

er bedauernd. »Du hast Michael eine Pissnelke genannt, und darüber müssen wir zwei jetzt reden.«

Er setzte sich wieder in Bewegung, und ich beeilte mich, zu ihm aufzuschließen.

»Das ist mir im Eifer des Gefechts so rausgerutscht«, erwiderte ich, wobei ich darauf achtete, meine Stimme angemessen zerknirscht klingen zu lassen. In Wahrheit tat mir meine Bemerkung kein bisschen leid. Michael *war* eine Pissnelke, Punkt. Was konnte ich dafür?

Lars antwortete nicht. Aus den Augenwinkeln meinte ich zu sehen, wie sich seine Mundwinkel kräuselten, aber ganz sicher war ich mir nicht. Er war viel zu professionell, um mir in dieser Situation seine wahren Gefühle zu zeigen.

Inzwischen hatten wir den Park erreicht. Genau genommen handelte es sich um eine quadratische Rasenfläche mit ein paar Bäumen und Sträuchern drum herum, durch die sich schnurgerade Kieswege zogen, aber um in der Mittagspause ein wenig Luft zu schnappen, reichte es. Da es noch früh am Morgen war und das Wetter zu wünschen übrig ließ, waren wir die einzigen Spaziergänger.

»Wie auch immer«, nahm Lars den Faden wieder auf. »Fest steht: Du hast dich nicht im Griff.«

Es klang nicht vorwurfsvoll, eher wie eine Feststellung. Dennoch fühlte ich mich tief getroffen.

»Das stimmt doch gar nicht«, behauptete ich und kam mir dabei selber wie eine beleidigte Sechsjährige vor.

Nun lächelte Lars doch ein wenig und hob vielsagend eine Augenbraue.

»Okay«, räumte ich ein. »Vielleicht stimmt es ein bisschen.« Ich warf ihm einen vorsichtigen Seitenblick zu. »Und was stellen wir nun an mit dieser Erkenntnis?«

Lars holte tief Luft, und ich wappnete mich innerlich. »Ich möchte, dass du ein Konfliktbewältigungstraining absolvierst.«

Ich starrte ihn an, öffnete den Mund und schloss ihn direkt wieder. »Du nimmst mich auf den Arm«, stammelte ich schließlich.

Er schüttelte den Kopf. »Nein. Das war ernst gemeint.«

Ich wollte etwas entgegensetzen, aber mir fehlten die Worte. Zum ersten Mal in unserer zehnjährigen Arbeitsbeziehung war ich sprachlos, das erreichte sonst nur meine Mutter bei mir. Lars wies auf eine Parkbank, und wir setzten uns. Sein Blick folgte einem Eichhörnchen, das einen Baumstamm emporflitzte und dann zwischen den Ästen und Blättern in der Krone verschwand.

»Es war kein Zufall, dass ich gerade im Handelsraum war«, sagte er. »Michael hat das so inszeniert. Offenbar wollte er, dass ich Zeuge eures Streits werde.«

Ich sog mit einem scharfen Laut die Luft ein. Die Information musste ich erst mal verdauen.

Lars holte ein Taschentuch aus seiner Manteltasche und schnäuzte sich die Nase. »Michael war schon letzte Woche in meinem Büro. Er meinte, du hättest falsche Kennzahlen ins System eingetragen, und ihn dann, als er dich um mehr Sorgfalt gebeten hat, beleidigt.«

Er ließ das Taschentuch in seiner Manteltasche verschwinden und sah mich ernst an.

»Ich habe seine Beschwerde ignoriert, Maria. Aber das kann ich nun nicht mehr. Mit seiner Aktion hat mich Michael unter Zugzwang gesetzt.«

Lars hatte das Wort »Abmahnung« nicht ausgesprochen, aber das musste er auch nicht. Ein schlechter Geschmack bildete sich in meinem Mund, und ich schluckte hart.

»Und das alles nur, weil ich ihn *Pissnelke* genannt habe?«

»Ich dachte eher an deine Äußerung über seinen kleinen … du weißt schon.«

Hitze stieg mir in die Wangen. Ich konnte mich nicht an alles erinnern, was ich zu Michael gesagt hatte, aber ich war so in Rage gewesen, da konnte es gut sein, dass mir etwas Derartiges rausgerutscht war. Erst jetzt wurde mir die Tragweite meines Verhaltens so richtig bewusst, und ich spürte einen Anflug von Panik in mir aufsteigen. Nervös rieb ich meine Handflächen über meine Oberschenkel.

»Wie viel Urlaub hast du dieses Jahr noch?«, fragte Lars unvermittelt.

»Vier Wochen«, antwortete ich und schluckte erneut. »Warum?«

Er sah mich weiter an. »Ich möchte, dass du ihn komplett nimmst. Ab Montag. Michael ist im Grunde kein schlechter Kerl. Wenn ich ihm sage, dass du die Sache bereust und freiwillig einen Konfliktbewältigungskurs absolvierst, dazu noch während deines Urlaubs, wird ihn das milde stimmen. Vielleicht sieht er dann von weiteren Schritten ab, und wir kommen noch mal an personalrechtlichen Maßnahmen vorbei.«

Erleichterung durchflutete mich, aber nur kurz. Stattdessen brandete das Gefühl in mir auf, ungerecht behandelt zu werden. Nur über meine Leiche würde ich einem solchen Kompromiss zustimmen. Konfliktbewältigung … Wie sich das schon anhörte. Bestimmt saßen da auch Typen, die ihre Ehefrauen grün und blau schlugen.

»Ich gehe in keinen Kurs«, sagte ich bestimmt und verschränkte die Arme vor der Brust. »Du *weißt* doch, wie im Handelsraum geredet wird. Erst gestern hat einer von den Sales-Leuten einen der Händler aufs Übelste beleidigt. Anschließend sind die beiden im Hof eine Zigarette rauchen gegangen. Wie die allerbesten Freunde. Das mag ja für andere abstoßend klingen, aber so ist der Ton im Investmentbanking nun mal. Und niemand regt sich darüber auf. Nur wenn ich etwas sage, heißt es auf einmal: *Oh, wie kann sie nur?!* Warum? Weil ich eine Frau bin?« Ich merkte selbst, dass ich mich erneut in Wut geredet hatte, aber ich konnte nichts dagegen tun.

»Ja«, nahm Lars mir den Wind aus den Segeln. »Vielleicht liegt es daran, dass du eine Frau bist.« Er zählte an seinen Finger ab: »Du bist attraktiv, klug, selbstbewusst und verdienst ein Heidengeld, was du mit deiner gesamten Erscheinung zum Ausdruck bringst. Die Jungs im Handelsraum fressen dir aus der Hand. Ständig heißt es Maria hier, Maria da, alle wollen mit dir in der Pause zu Mittag essen. Wenn ich zu euch runterkomme, steht jedes Mal eine Traube Kollegen vor deinem Schreibtisch, euer Lachen schallt durch den Saal, und wenn dir Fehler unterlaufen, witzelt ihr gemeinsam darüber. Überspitzt dargestellt«, fügte er hinzu, als ich ihn empört unterbrechen wollte. Er berührte mich kurz am Arm. »Du bist gleich dran, Maria, hör mir noch kurz zu, bitte.« Er atmete tief durch. »Michael ist *eifersüchtig*, und das macht ihn gefährlich. Er wäre gerne genauso beliebt wie du, weiß aber, dass das niemals passieren wird. Und wenn du ihm dann noch Überstunden einbrockst und dich, anstatt dich angemessen zu entschuldigen, über ihn lustig machst oder ihn anfährst, wird er fies. Das Ergebnis haben wir eben gesehen.«

Lars schwieg. Ich sah auf meine Fußspitzen, um mich zu sammeln. Das Bild, das mein Chef von mir gezeichnet hatte, schockierte mich mehr, als ich zugeben wollte. Nicht der Teil mit dem exklusiven Erscheinungsbild und den Kollegen, die mit mir befreundet sein wollten, sondern der, der danach gekommen war. »Ich bin doch kein Mensch, der andere fertigmacht«, sagte ich leise. Ich dachte an die Szene mit Michael und schüttelte den Kopf. »Zumindest nicht mit Absicht. Vielleicht aus dem Affekt heraus, wenn ich mich sehr geärgert habe. Aber ich habe keinen Spaß daran, ich meine, ich bin doch keine Sadistin, der es Freude bereitet, andere zu quälen.« Ich verstummte. Zu meinem Ärger spürte ich Tränen aufsteigen. Hastig blinzelte ich sie weg.

»Das hat auch niemand behauptet«, erwiderte Lars sanft. »Aber was ich beobachte, ist, dass dein Geduldsfaden ziemlich schnell reißt. Er war nie besonders strapazierfähig, aber in letzter Zeit bist du extrem dünnhäutig. Das ist auch kein Wunder, du hast viel um die Ohren. Der Stress im Job, die Krankheit deiner Mutter, die Sache mit Bautz … es tut mir übrigens sehr leid, dass das mit dem Homeoffice nicht geklappt hat.«

Er schaute mir offen ins Gesicht. »Jeder von uns kommt mal an einen solchen Punkt, das ist nur menschlich. Du bist eine tolle Mitarbeiterin und Kollegin, Maria, und ich möchte nicht auf dich verzichten.« Er hielt inne. »Wir machen es so«, sagte er nach einer kurzen Pause. »Nimm deinen Jahresurlaub und spann mal so richtig aus. Nicht in Frankfurt, irgendwo, wo es ruhig ist und du nachts die Sterne sehen kannst. Kümmere dich um dich. Danach wird es dir besser gehen, davon bin ich überzeugt, und dann gehst du auch nicht mehr so leicht an die Decke.

Michael überlässt du in der Zwischenzeit mir, ich regele das mit ihm.«

Ich biss mir auf die Lippen. »Was ist mit dem Konfliktbewältigungstraining?«, fragte ich.

Es dauerte ein paar Sekunden, bis Lars antwortete.

»Wenn du zurück bist, bringst du mir eine Bescheinigung mit, die dir einen erfolgreichen Abschluss attestiert. Mit einem amtlich aussehenden Stempel. Können wir uns darauf verständigen?«

Ein amtlich *aussehender* Stempel …

Prüfend sah ich meinem Chef in die Augen. Ungerührt erwiderte er meinen Blick.

»Ich denke schon«, sagte ich dann.

~

Das Freizeichen ertönte dreimal, bis meine Freundin Ellie das Gespräch entgegennahm.

»Hallo, Maria«, rief sie erfreut und ein kleines bisschen außer Atem, so als sei sie zu ihrem Smartphone gerannt, was vermutlich auch zutraf, denn Ellie war immer in Bewegung. »Wie geht's dir? Sara und ich können es kaum erwarten, dass du nach Herzbach kommst. Nur noch einen Monat, dann haben wir drei uns endlich wieder.«

»Genau darüber wollte ich mit dir sprechen«, erwiderte ich.

Nach dem Spaziergang mit meinem Chef war ich an meinen Arbeitsplatz zurückgekehrt. Felix' neugierige Fragen hatte ich mit einem Achselzucken abgetan, bis er aufgegeben und sich wieder seinen Aufgaben zugewandt hatte.

Jetzt war es acht Uhr abends, und ich saß mit einem Becher Tee auf dem Sofa meiner schicken Neubauwohnung im Westend und erklärte Ellie, was sich am Vormittag in der Bank ereignet hatte.

»Lars und ich haben vereinbart, meinen plötzlichen Urlaub mit meiner Mutter zu begründen«, schloss ich, »aber wie ich den Berger einschätze, wird er überall herumerzählen, dass ich ein Konfliktbewältigungstraining absolvieren muss. Weil ich mich nicht genügend unter Kontrolle habe.« Ich schnaubte.

»Ach, Süße«, bemerkte Ellie bedauernd. »Das tut mir so leid. Dieser Berger ist wirklich schrecklich.«

Obwohl mir nicht danach zumute war, musste ich lächeln. Ellie war immer auf meiner Seite, ganz egal, was passierte. Das mochte ich so an ihr.

Wir hatten uns letztes Jahr im Mai kennengelernt, als ich den Umzug meiner Mutter in den Seniorenstift organisiert hatte. Mit Anfang sechzig hatte meine Mutter ein zweites Mal geheiratet und war von Frankfurt nach Herzbach gezogen, wo ihr Mann, Ludwig Mahler, ein großes Haus besaß. Nachdem er gestorben war, wohnte sie alleine dort. Bis sie auf einer Stufe ausrutschte und sich das Bein brach. Ihre Putzhilfe fand sie Stunden später im Flur, wie sie besinnungslos am Fuß der Treppe lag. Danach stand für mich fest, dass sie nicht länger alleine leben konnte. Ich begann nach einem Heimplatz für sie zu suchen und ergatterte einen im *Haus Morgenröte* in Mondstein, fünf Kilometer von Herzbach entfernt. Bei dem Seniorenstift handelte es sich um ein ehemaliges Gestüt, das aufwendig renoviert worden war. Die Gebäude lagen um einen bezaubernden Rosengarten herum, und auch sonst erinnerte das *Haus Morgenröte* eher an ein Fünfsternehotel als an einen Alterswohnsitz. Dennoch war es ein harter Kampf gewesen, meine Mutter von der Notwendigkeit zu überzeugen. Selbst als ich sie mit den kleinen gelben Zetteln konfrontierte, die ich nach ihrem Sturz überall im Haus gefunden hatte und auf denen Erinnerungsstützen standen wie »Kaffeemaschine ausstellen«, »Klospülung drücken« oder »Mantel anziehen, wenn es draußen kalt ist«, blieb sie uneinsichtig und bockig wie ein kleines Kind. Als sie mir wieder einmal vorwarf, sie abschieben zu wollen, anstatt mich um sie zu kümmern, wie es sich für eine gute Tochter gehöre, ließ ich sie krakeelend in ihrem Wohnzimmer stehen, schnappte mir ihren Dackel Bautz und marschierte mit ihm in den Wald. Und dort lernte ich Ellie kennen, die ebenfalls auf einem Spaziergang unterwegs war. Unsere erste Begegnung geriet alles andere als freundlich. Aufgrund des Streits mit meiner Mutter war ich in keiner besonders guten Stimmung, und dann trat Ellies Labrador, der eigentlich ihrer Großtante Ava gehörte, auch noch mit seinen Riesenpfoten auf meine nagelneuen *Tod's*.

Zum Glück liefen wir uns kurze Zeit später erneut über den Weg, was zum Beginn einer wunderbaren Freundschaft führte. Durch Ellie lernte ich Sara kennen, sie war die dritte im Bunde. Inzwischen lebte meine Mutter seit über einem Jahr im Seniorenstift, hatte Freundschaften geschlossen, nahm an verschiedenen Angeboten teil und fühlte sich rundum wohl. Dafür fand sie andere Dinge, die sie mir vorwerfen konnte. Ich war daran gewöhnt, besser wurde es dadurch nicht.

»Natürlich kannst du auch schon früher kommen und bei uns wohnen«, sagte Ellie jetzt. »Nur hast du das Haus dann erst mal für dich alleine. Ich fliege doch morgen nach Wellington und treffe mich dort mit Jonas. Wir kommen erst in knapp vier Wochen zurück.«

Mist, das hatte ich vollkommen vergessen. In Gedanken schlug ich mir mit der flachen Hand gegen die Stirn. Ellies Freund Jonas war Universitätsprofessor. Sein kleiner Sohn aus erster Ehe wuchs bei seiner Ex-Frau in Neuseeland auf, wo Jonas ihn in jeden Semesterferien besuchte. Während ich überlegte, was ich erwidern sollte, plauderte Ellie bereits munter weiter. »Aber das ist überhaupt kein Problem. Sara hat einen Schlüssel zu unserem Haus, den holst du einfach ab, wenn du ankommst. Ich beziehe dir das Bett im Gästezimmer. Nur einkaufen schaffe ich vor meiner Abreise leider nicht mehr.«

Ich war gerührt. »Du bist so lieb«, sagte ich.

»Nein«, erwiderte Ellie mit Nachdruck. »Ich bin einfach nur deine Freundin.« Sie schwieg einen Moment, bevor sie in bedächtigem Tonfall fortfuhr: »Möchtest du wirklich deinen kompletten Resturlaub in Herzbach verbringen, hast du dir das gut überlegt? Du weißt, wie sehr ich unser Dorf liebe, aber wird dir das nicht zu langweilig hier, so ganz ohne Fitnessstudio, schicke Restaurants, fancy Bars und tolle Läden zum Shoppen?«

Eine Sekunde lang war ich betroffen. Das Gespräch mit Lars kam mir wieder in den Sinn. War das wirklich das Bild, das ich nach außen abgab? Ich verscheuchte den Gedanken und erwiderte: »Langeweile ist genau das, wonach ich suche. Mein Chef hat ja nicht unrecht mit dem, was er gesagt hat.«

Ich sah aus dem Fenster in den akkurat gestalteten Innenhof. Auf einer Bank saß eine Frau in den Zwanzigern und rauchte, während sie mit ihrem Handy telefonierte. Ich hatte sie noch nie gesehen, was kein Wunder war. Dafür gab es in dem Neubaukomplex, in dem ich lebte, einfach zu viele Menschen.

»Ich raste tatsächlich ziemlich schnell aus«, räumte ich ein. »Das habe ich vorher gar nicht so realisiert, aber es stimmt. Ich muss dringend mal abschalten und runterkommen, und wo ginge das besser als in Herzbach? Außerdem habe ich so Gelegenheit, mehr Zeit mit meiner Mutter zu verbringen. Wer weiß, wie lange das noch geht.«

Ellie gab einen mitfühlenden Laut von sich. »Es ist wirklich schrecklich, wie schnell ihre Krankheit fortschreitet. Als Sara und ich deine Mutter letztes Wochenende besucht haben, konnte sie sich nicht mehr an unsere Namen erinnern. Das war schon hart.«

Ein vertrauter Schmerz, der irgendwo hinter meinem Brustbein lag, meldete sich. »Das kann ich mir vorstellen. Aber wie wunderbar von euch, dass ihr sie besucht habt, das bedeutet mir viel.«

»Das ist doch selbstverständlich.«

»Ist es eben nicht.«

4

Maria Im Kofferraum und auch auf der Sitzbank meines Mini Cabrios stapelten sich die Gepäckstücke, als ich ihn am Sonntagmorgen aus der Tiefgarage meiner Wohnung lenkte. Da ich einen Monat in Herzbach bleiben würde, hatte ich meinen halben Kleiderschrank mitgenommen. Unbeständig, wie sich der August bisher präsentierte, musste ich schließlich auf jedes Wetter vorbereitet sein.

Als Erstes fuhr ich zu Isabell in den Taunus, um Bautz abzuholen, wie ich es mit ihr abgesprochen hatte. Paul war mit den Kindern und Bobtail Smiley, bei dem man nie wusste, wo vorne und hinten war, bei den Großeltern. Bautz freute sich wie ein Schneekönig, mich zu sehen, aber das war nichts gegen das heiße Glück, das mich erfüllte, als ich ihn auf den Arm nahm und seinen warmen Körper an mich drückte. Wie gut er roch, Isa musste ihn gebadet haben. Ich hatte ein schlechtes Gewissen, dass ich ihn der Familie entführte, aber Isa zeigte großes Verständnis.

»Natürlich nimmst du Bautz mit«, meinte sie bestimmt, »ich weiß doch, wie sehr er dir fehlt. Außerdem wird deine

Mutter ihn sehen wollen. Und die Kinder haben ja immer noch Smiley.«

Sie winkte uns hinterher, und ich hupte zum Abschied.

Die Autofahrt verlief ruhig. Bautz schlief in seiner Box im Fußraum des Beifahrersitzes. Immer, wenn ich zu ihm hinuntersah, konnte ich nicht anders, als über das ganze Gesicht zu strahlen.

Kurz hinter Bonn riss die Wolkendecke auf, und zum ersten Mal seit Tagen zeigte sich die Sonne. Die Temperatur kletterte auf zwanzig Grad. Das war kein Vergleich zu dem Jahrhundertsommer im letzten Jahr, aber immerhin etwas. Gut gelaunt angelte ich im Handschuhfach nach meiner Sonnenbrille, setzte sie auf und stellte das Radio an. Der Sender spielte *Kings & Queens* von Ava Max, und ich sang lauthals mit. Bautz wachte auf und gähnte herzhaft. Lächelnd stellte ich die Musik ein wenig leiser, dann fuhr ich die nächste Raststätte an, um mit ihm eine kleine Runde zu drehen.

Gegen vierzehn Uhr erreichten wir den großen Parkplatz, der vor Herzbachs Ortseingang lag. Kurz kämpfte ich mit mir, ob ich nicht bis zum Haus von Ellie und Jonas vorfahren sollte, um mein Gepäck auszuladen, entschied mich dann aber dagegen. Herzbach war autofrei, und so reizend die Bewohner auch waren, in dieser Angelegenheit verstanden sie keinen Spaß. Als ihr Gast war mir selbstverständlich nicht daran gelegen, sie gegen mich aufzubringen, und so lenkte ich meinen Mini brav in Richtung der einzigen Parklücke, die noch frei war. In diesem Moment setzte von links ein dunkelgrüner, schlammbespritzter Pick-up hinein. Fassungslos sah ich zu, wie der Fahrer ausstieg.

»Geht's noch«, murmelte ich und drückte mehrmals auf die Hupe.

Der Mann sah sich suchend um, bis er mich in meinem Auto entdeckte. Ich hupte erneut und wies mit grimmigem Gesichtsausdruck auf den Parkplatz, den er mir soeben vor der Nase weggeschnappt hatte. Er schaute zu seinem Wagen, dann wieder zu mir und zuckte mit den Schultern. Hatte der sie noch alle? Heißer Zorn wallte in mir auf. Bei laufendem Motor sprang ich aus dem Wagen und baute mich vor ihm auf.

»Das war meiner!«, platzte ich heraus und funkelte ihn wütend an.

»Wo steht das?«, erkundigte er sich gelassen. Er war etwa in meinem Alter, aber ein Stück größer, sodass ich das Kinn heben musste. Mit seinen kupferbraunen Locken, die er nach meinem Geschmack viel zu lang trug, und dem dichten Bart wirkte er alles andere als zivilisiert.

»Jetzt kommen Sie mir nicht so«, blaffte ich. »Ich war zuerst da.«

Der Mann zog belustigt eine Augenbraue in die Höhe, was meinen Zorn noch zusätzlich anstachelte.

»Sie müssen gar nicht so arrogant gucken. Fahren Sie lieber Ihre Dreckschleuder weg.«

»Hören Sie, es war wirklich nett, mit Ihnen zu plaudern, aber ich muss jetzt leider los. Warum nehmen Sie nicht einfach den Parkplatz dort drüben?« Er wies mit der Hand eine Reihe weiter.

Ich schaute in die angezeigte Richtung. Eine plötzliche Hitze kroch meinen Nacken hinauf. »Der war eben noch nicht frei«, stieß ich hervor. »Und das ändert auch nichts an der Tatsache, dass Sie sich dreist vorgedrängelt haben.«

Ein Lächeln erschien in seinen Mundwinkeln. Seine Augen, die von einem irritierenden Blau waren, blitzten.

»Puh, schon so spät«, meinte er, ohne auf die Uhr zu schauen. »Also dann. Hat mich gefreut.«

Er wandte sich um und ging mit selbstbewusstem Gang davon. Zum Abschied hob er eine Hand über den Kopf. In einer Mischung aus Scham und Wut schaute ich ihm hinterher.

Ein Bellen von Bautz brachte mich zurück in die Realität, und ich stieg schwer atmend wieder in meinen Mini. Das fing ja gut an.

»Was habe ich mir nur dabei gedacht?«, sagte ich zu mir selbst, als ich eine Minute später die Berge an Gepäck in meinem Wagen betrachtete.

Bautz sah zu mir hoch und wedelte mit dem Schwanz. Jetzt wünschte ich mir beinahe den Fremden von eben zurück. Auch wenn er unverschämt gewesen war, breite Schultern hatte er gehabt. Ich überlegte kurz, dann zog ich mein Handy hervor und rief meine Freundin Sara an, damit sie mir half. Bei der Gelegenheit konnte sie mir gleich den Schlüssel zu Ellies und Jonas' Haus übergeben. Sara war vierunddreißig und in Herzbach aufgewachsen. Nach dem Abitur hatte sie das Dorf verlassen, war aber nach der Trennung von ihrem Ehemann wieder zurückgekehrt. Heute war sie mit dem reichen und überaus gut aussehenden Unternehmer Alexander Hoven zusammen, dem das *Haus Morgenröte* gehörte, in dem meine Mutter lebte. Von Beruf war Sara Steuerberaterin, aber ihre Leidenschaft galt dem Yoga. Seit sie im letzten Jahr ihre Yogalehrerinnenausbildung abgeschlossen hatte, gab sie an einem Abend in der Woche einen Kurs in Herzbachs Veranstaltungszentrum.

»Maria!«, rief Sara schon von Weitem und winkte mit beiden Händen.

Bei ihrem Anblick hellte sich meine Laune schlagartig auf. Sara hatte diese Wirkung auf Menschen. Lachend fielen wir uns in die Arme.

»Du siehst toll aus!«, sagte sie, nachdem wir uns voneinander gelöst hatten. Sie musterte mich von oben bis unten. »Dieser Overall steht dir fantastisch.«

»Danke schön«, antwortete ich geschmeichelt. »Den habe ich letzten Samstag im Sale gekauft. Zusammen mit noch ein paar anderen klitzekleinen Dingen.« Ich öffnete den Kofferraum.

Saras Blick wanderte über mein Gepäck. »Wie lange wolltest du noch mal bleiben?«, fragte sie und grinste.

»Vier Wochen. Wieso?«, entgegnete ich gespielt naiv.

»Ach, nur so.« Ihre niedlichen Wangengrübchen kamen zum Vorschein. »Es gibt übrigens eine Waschmaschine in Ellies Haus, nur falls du das nicht weißt.«

Sie griff nach der ersten Reisetasche, und in einer logistischen Meisterleistung gelang es uns, sämtliche Gepäckstücke unter uns aufzuteilen.

»Hätte ich das geahnt, hätte ich meine Chorfreunde zum Tragen mitgebracht«, schnaubte Sara, als wir uns beladen wie die Packpferde auf den Weg machten.

Trotz der Anstrengung fiel mir wieder einmal auf, wie wunderschön Herzbach war. Ein Ort wie aus dem Bilderbuch. Mit bunten Fachwerkhäusern, leuchtenden Blumen in den Vorgärten und einem lauschigen Fluss, der gemächlich vorbeifloss. Dahinter lag grün und duftend der Wald. Eingebettet in die herrliche Natur des

Münsterlandes war Herzbach ein Magnet für Touristen, insbesondere Spaziergänger und Radfahrer liebten den Ort. Entsprechend florierten die Geschäfte rund um den historischen Marktplatz mit dem alten Brunnen in der Mitte, der, einer alten Legende nach, Wünsche erfüllen konnte. Es gab ein Hotel, ein Restaurant, das von einem ehemaligen Sternekoch geführt wurde, und ein Eiscafé. Dazu eine Buchhandlung, eine Apotheke, einen Blumenladen sowie einen Metzger, einen Bäcker, einen Hofladen und natürlich die Geigenbau-Meisterwerkstatt, die seit Generationen die berühmten Löwenstein-Violinen herstellte. Ja, für vier Wochen würde ich mich in Herzbach schon wohlfühlen. Und wenn alle Stricke rissen und mir die Decke auf den Kopf fiel, machte ich eben einen Ausflug ins nahe gelegene Münster. Und Düsseldorf war schließlich auch nur eine gute Stunde Autofahrt entfernt.

»Ich danke dir! Stell einfach alles in den Flur, den Rest schaffe ich alleine«, meinte ich zu Sara, nachdem sie mit ihrem Ersatzschlüssel die Haustür aufgeschlossen hatte.

Das ließ sich meine Freundin nicht zweimal sagen. Sie reckte sich und sah mich an. »Wie sieht es aus, kommst du noch auf einen Kaffee mit zu mir, oder willst du erst in Ruhe auspacken?«

»Ach was. Das mache ich später.«

Saras Haus, in dem sie zur Miete wohnte, lag nur ein paar Meter weiter die Straße herunter. Ihr Freund Alexander Hoven arbeitete in London, besuchte sie aber, sooft es ging. Auf dem Bürgersteig kam uns eine Frau Mitte siebzig mit schlohweißem kurzen Haar entgegen. Ihre Schritte waren lang und voller Energie. An ihrer Seite lief ein goldfarbener Labrador. Als der Hund Bautz bemerkte, fing er freudig an zu bellen, und auch Bautz kläffte begeistert und zog an seiner Leine.

»Sind das nicht …«, raunte ich Sara zu.

»Ava und Max«, beendete sie meinen Satz. »Ganz genau.«

»Na, du Racker«, begrüßte ich den Labrador und klopfte ihm auf den Rücken, »Wie geht's dir? Kannst du dich noch an meine *Tod's* erinnern?«

Schmunzelnd richtete ich mich auf und begrüßte Max' Frauchen.

»Hallo, Sie müssen Ava sein, Ellies Großtante«, sagte ich herzlich und streckte meine Hand aus. »Mein Name ist Maria. Ich bin eine Freundin von Ellie.«

Als Ava lächelte, vertieften sich die sympathischen Fältchen um ihre Augen. »Wie schön, dass wir uns endlich kennenlernen«, meinte sie. Ihr Händedruck war fest und warm. »Aber lass uns doch Du sagen. Du gehörst ja quasi zur Familie.«

Mein Herz flog ihr entgegen. »Nichts lieber als das«, erwiderte ich freudig.

Ava strahlte Offenheit und Aufrichtigkeit aus, doch wie ich wusste, umgab sie auch ein Geheimnis. Ellie hatte ihre Auszeit im letzten Jahr auf Avas Einladung in Herzbach verbracht. Nur, dass Ava nicht da war, als Ellie anreiste. Stattdessen fand meine Freundin eine Postkarte auf dem Küchentisch vor, in dem ihre Großtante ihr mitteilte, dass sie überraschend verreisen müsse. Die Karten, die Ava von unterwegs schrieb, verhinderten zwar, dass Ellie sich Sorgen machte. Aber warum ihre Großtante so plötzlich aufgebrochen war und monatelang fortblieb, verrieten sie nicht. Soweit mir bekannt war, hatte Ava auch nach ihrer Rückkehr kein Wort über den Grund ihrer Reise verlauten lassen. Bis heute tappten die Herzbacher im Dunkeln.

Sara, Ava und ich plauderten ein paar Minuten miteinander. Ava erkundigte sich nach meiner Mutter und bestellte schöne Grüße, dann verabschiedeten wir uns voneinander und setzten unseren Weg fort. Ellie hing sehr an ihrer Großtante, und jetzt, wo ich sie kennengelernt hatte, konnte ich das gut nachempfinden.

»Ava ist eine Wucht«, bemerkte ich mit einem Lächeln.

»Das ist sie«, stimmte Sara zu.

»Also, was willst du mit deiner Zeit hier anstellen?«, fragte Sara, als wir wenig später mit einer Tasse Kaffee auf ihrer Terrasse saßen. Dazu aßen wir Schokoladenkekse aus der Bäckerei am Dorfplatz, die innen wunderbar weich und cremig waren und absolut köstlich schmeckten. Durch die Markise war unser Platz windgeschützt, sodass es angenehm warm war. Über dem frisch gemähten Rasen tanzten Schmetterlinge.

»Ursprünglich wollte mein Chef, dass ich ein Konfliktbewältigungstraining absolviere«, gestand ich.

Sara machte große Augen. »Hör auf! Wieso das denn?«

Ich erzählte ihr, wie ich im Handelsraum mit Michael Berger aneinandergeraten war und Lars mich daraufhin beiseitegenommen hatte. »Und nun soll ich vier Wochen Urlaub machen, damit ich lerne zu entspannen, und mich nicht immer so schnell aufrege.«

Belustigt schaute Sara mich an. »Ich schlage vor, wir fangen direkt mit dem Entspannen an.« Sie sprang auf und kehrte kurz darauf mit einer Flasche eisgekühltem

Rosé und zwei Weingläsern zurück. »Vergiss den Kaffee. Der hier schmeckt besser.«

»Ist Alexander in London?«, erkundigte ich mich, nachdem ich den ersten Schluck getrunken und für ausgezeichnet befunden hatte.

»Nein. Er ist drüben bei seinem Freund Jascha, damit du und ich uns in Ruhe unterhalten können.«

Ich grinste. »Guter Mann.«

Sara nippte an ihrem Wein und legte den Kopf schief. »Apropos Mann. Gibt es bei dir jemand Neues?«

Ich dachte an Simon, den Bankenretter, und schüttelte den Kopf. »Nein.«

Sie schwieg kurz. »Warte ab«, meinte sie dann. »Irgendwann triffst du den Richtigen.«

»Dein Wort in Gottes Ohr«, bemerkte ich und seufzte. »Im Moment entpuppen sich alle attraktiven Männer, denen ich begegne, als Vollpfosten.«

Ich musste an den Mann von eben denken, der mir den Parkplatz vor der Nase weggeschnappt hatte. Er war auch attraktiv gewesen – wenn man auf den Typ Highlander stand. Was ich nicht tat. Ich mochte gepflegte, kultivierte Männer. Am liebsten im Anzug.

Vorsichtig nahm ich Bautz hoch, der zu meinen Füßen vor sich hin döste, und bettete ihn auf meinen Schoß. Wie leicht er doch war, dachte ich, und floss über vor Liebe zu dem kleinen Kerl. Wer brauchte schon einen Mann, wenn er einen Hund hatte? Sara beobachtete mich über den Rand ihres Glases hinweg. Sie schien etwas sagen zu wollen, überlegte es sich dann aber offenbar anders.

»Wie geht es *dir* denn?«, fragte ich, um das Thema zu wechseln. »Was macht dein Yogaunterricht?«

Sara geriet ins Schwärmen. Mit ihren langen, rotblonden Haaren und den grünen Augen war sie bildhübsch, und wenn die Begeisterung, so wie jetzt, ihre Wangen rosa färbte, konnte man gar nicht anders, als mitzulächeln. Sie erzählte von ihren Kursteilnehmern und wie stolz sie auf deren Fortschritte war.

»Eigentlich sollte es in unserem Veranstaltungszentrum auch eine Workshop-Reihe mit Moona! geben. Du weißt schon, das ist die Künstlerin, die diese knallbunten Porträts von Politikern, Sängern, Schauspielern und so weiter malt. Im *Kiepenkerl* hängen ein paar Bilder von ihr.« Saras Stirn legte sich in Falten. »Doch aus dem Kurs wird nun leider erst mal nichts«, fuhr sie betrübt fort. »Die Arme hat das Pfeiffersche Drüsenfieber und muss das Bett hüten. Unser Organisationsteam sucht gerade nach einer Alternative, aber finde du mal so schnell jemanden, der einspringen kann. Es ist wirklich traurig. Der Kurs war bis auf den letzten Platz ausgebucht, es gab sogar eine Warteliste.« Sara sah mich an. »Du kennst nicht zufällig eine Künstlerin, die wir fragen könnten?«

Ich überlegte. »Muss es denn unbedingt ein Malkurs sein?«

»Was denn sonst?«

»Wie wäre es mit Konfliktbewältigung?«, schlug ich vor und grinste schief. »Ich habe gehört, das Thema liegt voll im Trend.«

Sara lachte ihr glucksendes Kinderlachen, und ich stimmte mit ein. »Wir Herzbacher regeln unsere Konflikte auf unsere eigene Art«, meinte sie, als sie wieder zu Atem gekommen war. »Dafür brauchen wir kein Training.«

»Erzähl das mal Michael.«

5

Jan Wie sehr mir das gefehlt hat, dachte ich, als ich meinen Blick über den Garten schweifen ließ, der in rotgoldenes Abendlicht getaucht war. Die wogenden Gräser, leuchtenden Stauden und üppigen Lavendelbänder erstreckten sich bis zum Ufer der Stever. Ein Holzsteg führte über den Rasen ins Wasser hinein. Zu seinen Seiten wuchsen Chinaschilf und weiße Spornblumen. An einem sonnigen Plätzchen weiter vorne im Garten hatte ich bereits die Unterkonstruktion für den neuen Sitzplatz angelegt, den ich mit violettem Storchschnabel, der bis in den November blühte, Lampenputzergras und den strahlend weißen Blüten der Japan-Herbst-Anemone einrahmen wollte. In deren Gesellschaft sahen auch Silberkerzen sehr elegant aus. In Gedanken machte ich mir eine Notiz. Nach dem Sitzplatz würde ich mich um den Vorgarten kümmern. Für ihn hatte ich Pfeifengräser und Fetthenne im Sinn. Sie verliehen den Beeten Struktur und sorgten durch ihre unterschiedlichen Wuchshöhen für Spannung. Der Hausherr würde zufrieden sein, da war ich mir sicher. Und ich war es auch, die körperliche Arbeit tat mir gut. In den letzten zehn Jahren hatte meine

Landschafts- und Gartenbaufirma zu Hause in München so stark expandiert, dass ich kaum noch dazu kam, selbst mitzuhelfen. Ich plante die Projekte, die Ausführung übernahmen meine Mitarbeiter. Mittlerweile waren es achtundzwanzig. Unsere Spezialität waren naturnahe Gärten. Die Stauden und Gräser hierfür zogen wir in unserer eigenen Gärtnerei. So konnte ich auch jetzt im August aus einer großen Auswahl an Pflanzen schöpfen.

Alexander Hoven hatte sich gewünscht, dass ich sein Projekt in Herzbach persönlich übernahm, und da er nicht nur ein langjähriger Kunde war, sondern auch ein guter Freund, hatte ich ihm den Gefallen nicht abschlagen wollen. Inzwischen war ich froh, dass ich seinen Auftrag angenommen hatte. Auch wenn das bedeutete, dass ich abends noch einmal den Laptop aufklappen musste, um meinen *eigentlichen* Job zu erledigen – die Freude und Begeisterung, die ich jeden Tag aufs Neue dabei empfand, mit meinen Händen ein kleines Paradies zu erschaffen, war die Mehrarbeit allemal wert.

Das Klingeln meines Handys riss mich aus meinen Überlegungen. Ich schaute auf das Display. Es war Leonie. Meine Laune sank. Bestimmt wollte sie wieder über unsere Verlobungsfeier sprechen. Seit Monaten kannte sie kein anderes Thema. Sie hatte sich in den Kopf gesetzt, dass die Feierlichkeiten über ein ganzes Wochenende gehen sollten. Das hatte sie in irgendeinem Hollywoodstreifen gesehen. Tatsächlich hatten wir darüber heftig gestritten. Leonie hatte sogar geschrien, dabei wurde sie sonst nie laut. Ich verstand nicht, warum man um eine Verlobung so einen Aufwand betreiben musste. Wir waren schließlich nicht frisch verliebt. Leonie und ich kannten uns unser ganzes Leben lang, seit der Oberstufe waren wir ein Paar. Das waren zweiundzwanzig Jahre. Warum luden wir nicht einfach unsere Familien und engsten Freude ein und feierten im Garten?, fragte ich mich. Aber davon wollte Leonie nichts wissen.

»Ich kümmere mich um alles«, hatte sie am Ende gesagt, »um die Locations, die Gästelisten, das Essen, die Musik, die Fotos, sogar um den Blumenschmuck, wenn dein Stolz das zulässt. Du musst nichts machen, außer pünktlich zu erscheinen.«

»Okay«, hatte ich nachgegeben, »wenn dein Herz so sehr daran hängt.«

Leonie hatte gelächelt, mir einen Kuss auf die Wange gedrückt und war schon wieder davongeeilt, um ihre Mutter anzurufen und ihr die frohe Botschaft zu verkünden. Wie nicht anders zu erwarten, hielt Leonie ihr Versprechen. Sie kümmerte sich um alles. Allerdings beinhaltete »alles« auch meine Garderobe, wie ich zu meinem Schrecken feststellen musste. Mit derselben Beharrlichkeit, mit der sie mich zu dem dreitägigen Fest überredet hatte, versuchte sie nun mit mir über mein Outfit zu sprechen. Vielleicht war das auch ein Grund, warum ich meinen Aufenthalt in Herzbach als so erholsam empfand. Hier gab es nur Gärten, Wiesen und Felder, keine überfüllten Einkaufsstraßen mit überhitzten Geschäften und nervigen Verkäufern, die um einen herumscharwenzelten, während aus riesigen Boxen viel zu laute Musik dröhnte.

Ich unterdrückte einen Seufzer und nahm das Gespräch entgegen. »Hi, Schatz«, begrüßte ich Leonie und trat auf den Steg, den ich gebaut hatte. Mein Blick folgte der träge dahinfließenden Stever. Dahinter lag der Wald.

»Hallo«, sagte Leonie.

Als Geschäftsführerin einer erfolgreichen Münchener PR-Beratungsfirma stellte sie ihren Klienten für jede Stunde ihrer Arbeitszeit horrende Summen in Rechnung. Deshalb hatte sie sich angewöhnt, ihre Gespräche schnell und effizient zu führen.

»Ich wollte dir nur kurz mitteilen, dass ich dich nächste Woche besuche«, kam sie direkt zum Punkt. »Ich habe Mittwochmorgen einen Pitch in Münster. Danach fahre ich zu dir und fliege dann am Donnerstag zurück.«

Ich zögerte. »Am Mittwochabend bin ich mit Alexander Hoven verabredet. Du kannst natürlich trotzdem gerne kommen«, beeilte ich mich zu sagen. »Es ist ein Arbeitsmeeting und dauert sicher nicht lang.«

Leonie schwieg. »Okay«, meinte sie dann, wobei mir ihr Unterton vermittelte, dass sie gekränkt war. Durch die Leitung konnte ich sie atmen hören. »Du, das Festnetz im Wohnzimmer klingelt«, behauptete sie. »Da muss ich rangehen. Wir sprechen später, ja? Ich ruf dich an.«

Ich wollte etwas entgegnen, doch Leonie hatte bereits aufgelegt. In einer Mischung aus Ärger und Frustration betrachtete ich die Bäume am gegenüberliegenden Ufer, deren Kronen im Abendlicht zu glühen schienen. Auch wenn wir uns nach unserem Streit wieder vertragen hatten: Ich hatte das Gefühl, dass sich seitdem zwischen uns etwas verändert hatte. Wenn ich Leonie darauf ansprach, leugnete sie es. Anders als in ihrem Beruf war sie im Privatleben keine Freundin offener Worte, sie fraß die Dinge lieber in sich hinein.

Unwillkürlich musste ich an die Frau denken, die ich heute Mittag auf dem Parkplatz getroffen hatte. Sie war groß, bestimmt einen Meter achtzig, und ihre Haare waren lang und lockig und hatten so eine besondere Farbe.

Wie dunkle Schokolade. Dass sie vor offenen Worten zurückschreckte, konnte man nun wirklich nicht behaupten. Ich sah ihre blitzenden braunen Augen vor mir und musste bei der Erinnerung schmunzeln. Wie wütend sie geworden war, weil ich vor ihr in die Parklücke gefahren war. Dabei hatte ich es nicht einmal mit Absicht getan. Die Wahrheit war, dass ich ihren Mini schlichtweg übersehen hatte. Unter normalen Umständen hätte ich das Missverständnis aufgeklärt und ihr den Vortritt gelassen. Doch als sie mich wie eine Verrückte anhupte, konnte ich nicht anders und ließ meinen Pick-up stehen, wo er war. Nur um zu sehen, ob sie noch zorniger werden konnte. Sie konnte. Ich spürte ihre Blicke in meinem Rücken, als ich sie stehen ließ und davonschlenderte. Sie waren wie Dolche. Ob die Frau aus Herzbach kam? Nein, rief ich mir ins Gedächtnis, ihr Mini hatte ein Frankfurter Nummernschild gehabt. Sich wegen einer Nichtigkeit dermaßen in Rage zu reden erschien mir auch eher großstädtisch. Hier auf dem Land machten die Leute einen deutlich gelasseneren Eindruck. Sie sparten sich ihre Energie und Kraft für wirkliche Katastrophen. Wenn die Frau aber nicht aus Herzbach stammte, was machte sie dann hier? Besuchte sie ihre Familie, oder hatte sie Freunde im Dorf?

Warum interessiert dich das überhaupt?, fragte eine Stimme in meinem Kopf. Weil ich seit beinahe drei Wochen in Herzbach bin und in der Zeit mit kaum jemandem gesprochen habe, sagte ich mir. Das lag nicht daran, dass ich kontaktscheu war, oder die Herzbacher Fremden gegenüber nicht aufgeschlossen. Im Gegenteil. Die Dorfbewohner waren *zu* freundlich und gesellig. Die Eigenschaften für sich wären mir normalerweise sehr entgegengekommen. Nur gingen sie im Falle der Herzbacher mit einer ausgesprochenen Neugier einher. Nachdem sich herumgesprochen hatte, dass ich jeden Tag ins Dorf kam und in dem leer stehenden Haus an der alten Mühle verschwand, wurde ich auf Schritt und Tritt verfolgt und ausgefragt.

Sind Sie der neue Eigentümer des Hauses?

Nein, ich bin Gartenbauer und arbeite für ihn.

Für ihn. Es ist also ein Mann. Heraus mit der Sprache: Wer ist es?

Das darf ich Ihnen leider nicht verraten. Der Eigentümer möchte anonym bleiben.

Wieso? Hat er etwas ausgefressen?

Nein.

Eine Frau mit altmodischem schwarzem Bob, die sich mir als Biene vorgestellt hatte, war besonders hartnäckig. Wann immer sie mich im Dorf entdeckte, eilte sie zu mir und löcherte mich mit ihren Fragen. Hatte ich in den ersten Tagen noch meine Pausen auf dem Marktplatz oder bei einem Spaziergang entlang der Stever verbracht, so aß ich meine Butterbrote nun in der Abgeschiedenheit des Gartens. Alexander hatte mich gewarnt, dass es herausfordernd sein würde, sein Geheimnis vor den Dorfbewohnern zu bewahren. Er hatte sogar extra eine Wohnung im Nachbarort Mondstein für mich gemietet, damit ich wenigstens an den Abenden meine Ruhe hatte. Anfangs dachte ich, er würde übertreiben, inzwischen wusste ich es besser. Und so ging ich den Herzbachern so gut es ging aus dem Weg. Wenn ich einem von ihnen begegnete, grüßte ich freundlich, um dann meine Schritte zu beschleunigen und so schnell wie möglich das Weite zu suchen. Die Distanz führte dazu, dass ich mich trotz meiner ausgefüllten Tage ein wenig einsam fühlte. Das wurde mir klar, als ich mich ertappte, wie ich beim Wässern der Pflanzen Selbstgespräche führte. Die Begegnung mit der temperamentvollen Unbekannten war dagegen eine interessante Abwechslung zu meinem Arbeitsalltag. Zudem schien sie genau wie ich eine Fremde zu sein. Ihr konnte es egal sein, wer das Haus am Fluss gekauft hatte und warum der neue Eigentümer so erpicht darauf war, seine Identität geheim zu halten ... Von daher wäre sie als Gesprächspartnerin ideal. Wenn man von der klitzekleinen, unbedeutenden Tatsache absah, dass sie mich nicht ausstehen konnte. Ich musste lächeln, als ich erneut an ihren wütenden Auftritt auf dem Parkplatz dachte. Als sie mich angefaucht hatte, war mir die steile Zornesfalte aufgefallen, die sich über ihrer Nasenwurzel gebildet hatte. Davon abgesehen wirkte ihre Haut frisch und jung. Ich schätzte sie auf Anfang dreißig, ein paar Jahre jünger als ich. Ihr sportlicher Körper steckte in einer Art Overall in silbernem Grau, der ihr fantastisch stand. Ich hatte zwar keine Ahnung von Mode, dafür aber als Gartendesigner einen Sinn für Schönheit, für Formen und Farben. Was sie wohl beruflich machte? Vielleicht war sie Anwältin. Jedenfalls konnte ich sie mir gut in einem Gerichtssaal vorstellen. Ich sah die Szene regelrecht vor mir, wie ihr flammender Blick auf dem Richter ruhte, der auf seinem Stuhl kleiner und kleiner wurde, aus Angst, ein Urteil gegen ihren Mandanten zu fällen. Mein Lächeln wurde breiter. Eines steht fest, dachte ich, während ich mich abwandte und zurück zum Haus ging. Wenn ich ihr noch einmal begegnen sollte, werde ich mich von meiner besten Seite zeigen.

6

Maria In meiner ersten Nacht in Herzbach schlief ich wie ein Stein. Als ich am Montagmorgen erwachte, fühlte ich mich erfrischt und ausgeruht. Anders als zu Hause, wo ich Ewigkeiten brauchte, um aus dem Bett zu kommen, stand ich direkt auf und lief barfuß über den warmen Parkettfußboden zum Fenster. Schwungvoll zog ich die Vorhänge auf und blickte hinaus in den Garten. Es war noch früh. Die Sonne war gerade aufgegangen und tauchte den Himmel über Herzbach in spektakuläre Farben. Über den Wipfeln der Bäume leuchtete er blutrot, darüber orange, lichtblau und saphirfarben. Ich öffnete das Fenster und sog die frische, klare Luft tief in meine Lungen. Die Anspannung, die mich in letzter Zeit ständig begleitete, löste sich ein wenig. Ich rief mir die Worte meines Chefs ins Gedächtnis.

Nimm deinen Jahresurlaub und spann mal so richtig aus. Nicht in Frankfurt, irgendwo, wo es ruhig ist und du nachts die Sterne sehen kannst. Kümmere dich um dich. Danach wird es dir besser gehen, davon bin ich überzeugt, und dann gehst du auch nicht mehr so leicht an die Decke.

Eines ist sicher, dachte ich, als ich den märchenhaft

anmutenden Wald bewunderte, der gleich hinter dem Garten begann: Wenn ich in Herzbach nicht zur Ruhe kam, dann würde ich es an keinem anderen Ort der Welt schaffen.

Nachdem ich geduscht und mich angezogen hatte, ging ich hinunter ins Wohnzimmer, wo Bautz noch immer in seinem Körbchen schlief. Ich beugte mich zu ihm und streichelte seinen Kopf, worauf er die Augen öffnete und gähnte.

»Guten Morgen, mein Süßer«, begrüßte ich ihn liebevoll. »Machen wir uns heute einen schönen Tag zusammen?«

Begeistert klopfte Bautz mit dem Schwanz. Ich strich noch einmal über sein warmes Fell, dann erhob ich mich und sah mich um. Bei meinen früheren Besuchen in Herzbach hatte ich auch schon bei Ellie übernachtet, sodass ich mich in ihrem Haus wunderbar zurechtfand. Dabei war es streng genommen Jonas' Haus. Ellie hatte früher in Düsseldorf gearbeitet und war für ein dreimonatiges Sabbatical nach Herzbach gekommen. Hier hatte sie sich in Jonas verliebt und war geblieben. Heute leitete sie den Pro-Bono-Bereich der Unternehmensberatung, für die sie auch vorher schon tätig gewesen war. Sprich: Sie und ihr Team berieten gemeinnützige Institutionen wie Stiftungen, Hilfsorganisationen oder Museen, und das vollkommen umsonst. Eine Tätigkeit, die Ellie erfüllte und der sie von Herzbach aus nachgehen konnte.

»Ich habe meine Berufung gefunden«, hatte sie bei unserer letzten Begegnung mit strahlendem Gesicht zu mir gesagt, »deswegen muss ich in meinem Leben nicht eine Minute mehr arbeiten. Ich arbeite natürlich schon, ich empfinde es nur nicht so«, hatte sie schnell hinzugefügt,

»nicht, dass du denkst, ich würde den ganzen Tag auf dem Sofa liegen und Smoothies trinken.«

Versonnen stellte ich das gerahmte Foto von ihr und Jonas zurück auf das Sideboard. Das Wohnzimmer war groß und verfügte über bodentiefe Fenster, durch die die Morgensonne hineinflutete. In den farbenfrohen Kissen auf der Sitzlandschaft und den geschmackvollen Lampen erkannte ich Ellies Handschrift. Eine Seite des Zimmers wurde von einer gigantischen Bücherwand eingenommen, in der ich zwischen all den Fachtiteln auch ein paar Romane entdeckte. Früher hatte ich gerne und viel gelesen, doch in den letzten Jahren war ich kaum noch dazu gekommen. Umso mehr freute ich mich, während meines Urlaubs in Herzbach wieder damit anzufangen. Am Dorfplatz gab es eine reizende kleine Buchhandlung namens *Büchertruhe,* die von Amelie, einer liebenswerten jungen Frau, und ihrem Großvater Sebastian geführt wurde. Aber dafür war später noch genügend Zeit.

Bautz' Pfoten schabten fröhlich über das Parkett, als er mir nach draußen auf die Terrasse folgte. Das Grundstück war für Frankfurter Verhältnisse riesengroß, und der Rasen leuchtete, als hätte ihn jemand in grüne Farbe getaucht. Mit dem alten Baumbestand und den wilden Sträuchern hatte der Garten etwas sehr Ursprüngliches. Dazu gab es einen kleinen Steg, auf dem man sitzen und die Füße in die Stever halten konnte, die die Grenze zum Wald markierte. Wer auch immer das Wort »Idylle« erfunden hatte, er musste dabei einen Platz wie diesen im Sinn gehabt haben.

Als Erstes fuhr ich mit dem Wagen in den Supermarkt nach Mondstein, um Lebensmittel einzukaufen. Ich band

Bautz mit seiner Leine am Fahrradständer vor dem Eingang fest, wo er seinen Kopf auf seine Pfoten bettete und die Augen schloss. Du Lieber, dachte ich zärtlich, wie pflegeleicht du doch bist, und kraulte ihn zum Abschied hinter den Ohren.

Im Supermarkt war es an diesem Montagmorgen angenehm leer. Von irgendwoher erklang leise Musik. Das hektische Treiben, das ich aus meinem REWE im Westend gewöhnt war, wenn ich dort samstags den Wocheneinkauf erledigte, fehlte hier komplett. Plötzlich fühlte ich mich Lichtjahre von meinem Leben in Frankfurt entfernt.

Mit meinem Einkaufswagen spazierte ich langsam durch die Gänge. Am meisten Zeit verbrachte ich beim Obst, das sich so farbenfroh und appetitlich präsentierte, dass ich es am liebsten an Ort und Stelle probiert hätte. Ich wollte gerade nach den letzten grünen Weintrauben greifen, als ich hinter mir eine tiefe Stimme hörte.

»Entschuldigen Sie, aber ich glaube, das waren meine.«

Stirnrunzelnd drehte ich mich um. Vor mir stand der unverschämte Kerl von gestern, der mir meinen Parkplatz weggeschnappt hatte. Er trug eine schmutzige Arbeitshose, die an den Knien verstärkt war, sowie ein ausgewaschenes schwarzes T-Shirt und grinste über das bärtige Gesicht. Seine blauen Augen funkelten, als er mir auffordernd seine schwielige, braun gebrannte Hand entgegenstreckte.

»Das ist nicht Ihr Ernst«, entgegnete ich kühl.

Er lachte. »Nein.«

»Sie haben einen seltsamen Humor.«

»Besser einen seltsamen als gar keinen.«

Ich merkte, wie mein Puls schon wieder in die Höhe schoss, und warf ihm einen vernichtenden Blick zu.

»Was wollen Sie damit sagen? Dass ich keinen Humor besitze?«

»Wie käme ich denn dazu«, entgegnete er. Seine Stimme triefte vor Ironie.

Ich schnaubte. Was bildete der sich ein?

»Ich habe sehr wohl Humor«, fauchte ich und stemmte die Hände in die Hüften. »Und ich bin lustig. Superlustig sogar. Aber davon verstehen Sie ja nichts.«

»Na, dann wünsche ich Ihnen noch einen superlustigen Tag«, entgegnete er trocken.

Er drehte sich um und hob im Gehen eine Hand. Fassungslos betrachtete ich seinen Hinterkopf. Sein kupferbraunes Haar hatte er heute zu einem Knoten gebunden. Was ich bei jedem anderen Mann albern gefunden hätte, sah bei ihm geradezu unverschämt männlich aus. Ein Umstand, der mich aus irgendeinem Grund noch mehr aufregte.

»Stehen bleiben!«, rief ich empört.

Der Mann drehte sich um. Wütend schaute ich ihn an.

»Sie lassen mich nicht ein zweites Mal so stehen! *Ich* werde gehen. Sie bleiben hier.«

Mit diesen Worten wandte ich mich um die eigene Achse und schritt mit aufrechtem Gang davon. Hinter mir hörte ich den Mann leise lachen. Ich war noch keine zehn Meter gekommen, als mir siedend heiß einfiel, dass ich meinen Einkaufswagen in der Abteilung vergessen hatte. Das durfte doch nicht wahr sein! Ich warf einen unauffälligen Blick über meine Schulter, konnte den Mann aber nirgendwo entdecken. Wenigstens etwas! So schnell wie möglich schlich ich zurück, um den Wagen zu holen. Danach beeilte ich mich, fertig zu werden. Der

Kerl hatte mir die Lust am Einkaufen gründlich verdorben. Wieso hatte er überhaupt Zeit, montagmorgens in den Supermarkt zu fahren? Arbeitete er nicht? Und wie er überhaupt daherkam mit seiner rotbraunen Mähne und den beinahe schon lächerlich breiten Schultern … wie der Held aus einem dieser Highlander-Groschenromane, die sich auf dem Cover mit nackter Brust präsentierten. Bei dem Gedanken fühlte ich ein unerwartetes Prickeln auf der Haut. Drehst du jetzt vollkommen durch?, schimpfte ich mit mir selbst.

Verärgert legte ich meine Sachen aufs Band und bezahlte mit meiner Kreditkarte, ohne dass der Mann noch einmal auftauchte. Bautz' freudiges Schwanzwedeln, als ich aus dem Supermarkt in den sonnigen Vormittag trat, vertrieb meine schlechte Laune. Es lag schließlich an mir, ob ich mich über diesen Wilden ärgerte oder nicht, und ich beschloss, dass ich damit schon genug Zeit verschwendet hatte.

Zurück in Herzbach verstaute ich meine Einkäufe in der Küche und machte anschließend Frühstück für Bautz und mich. Wir aßen im Garten, begleitet vom Zwitschern der Vögel und dem Summen der Insekten. Während ich an meinem frisch gebrühten Kaffee nippte, kündigte ein *Ping* den Eingang einer neuen Nachricht auf meinem Smartphone an. Sie war von Isa.

> Hallo Maria, wie geht's euch?
> Seid ihr gut angekommen?
> Leni lässt dich ganz lieb grüßen.
> Sie hat dir ein Bild gemalt.

Ein zweites *Ping* ertönte. Das Bild zeigte Leni, Bautz und mich – Bautz und Leni waren in etwa gleich groß, während ich die beiden um Haupteslänge überragte. Wir alle standen auf einem weißen Sandstrand vor einem tiefblauen See. Am gegenüberliegenden Ufer waren Glockenblumen zu sehen, über uns strahlte die Sonne in hellem Gelb. Mein Patenkind hatte ihr ein lächelndes Gesicht gegeben. Ich war gerührt. In unserem gemeinsamen Urlaub hatte ich Leni von dem verträumten kleinen See erzählt, der mitten im Herzbacher Wald lag. Sie hatte ihn gut getroffen, wie ich fand.

Das Bild ist wunderschön.
Sag Leni vielen Dank!
Bautz und mir geht's sehr gut hier.
Wir waren schon einkaufen und
fahren gleich zu meiner Mutter
in den Seniorenstift.

Die Antwort kam prompt.

Lass dich nicht ärgern!
Ich wünsche dir starke Nerven.

Ich seufzte.

Danke, die kann ich gebrauchen.

»Du hast mich gestern nicht angerufen«, giftete meine Mutter, als wir uns eine Stunde später im Foyer vom *Haus Morgenröte* trafen.

Daran erinnerst du dich, dachte ich ironisch.

»Dafür bin ich ja jetzt hier«, sagte ich, was ihr ein Schnauben entlockte.

In diesem Moment entdeckte sie Bautz, den ich auf Genehmigung der Heimleiterin Frau Steffen hatte mitnehmen dürfen, und stieß einen Laut des Entzückens aus.

»Du Feiner, kommst du mich besuchen? Ach, wie habe ich dich vermisst!«

Mühsam bückte sie sich nach ihm und kraulte seine Ohren. Dabei redete sie in süßer Klein-Mädchen-Stimme weiter auf ihn ein. Bautz schmiegte sich an ihre Beine, und ich unterdrückte einen idiotischen Anflug von Eifersucht, weil sie ihn so liebevoll begrüßte und für mich nicht einmal ein nettes Wort übrighatte.

Wir verließen das Hauptgebäude, das aus hellem Sandstein erbaut war, und gingen in den Rosengarten. Ich schlug eine Bank vor, doch meine Mutter wollte lieber an einem der Tische Platz nehmen.

»Hier haben wir einen Sonnenschirm«, meinte sie. »UV-Licht ist Gift für die Haut. Das müsstest du doch eigentlich von mir gelernt haben.«

Wir waren die Einzigen draußen. Um diese Uhrzeit gingen die Bewohner vermutlich den vielfältigen Aktivitäten nach, die das *Haus Morgenröte* ihnen anbot. Meine Mutter schaute mich an. Ihre Mundwinkel waren leicht nach unten gezogen.

»Deinetwegen verpasse ich die Chorprobe«, ließ sie mich wissen. »Hättest du nicht später kommen können?«

Ich sparte mir die Antwort, sie schien auch keine zu erwarten. Früher hatten wir uns gestritten, dass die Wände wackelten. Dabei war es vorgekommen, dass sie mit Gegenständen nach mir warf. Einmal, ich musste ungefähr vierzehn gewesen sein, ging die Vase zu Bruch, die ihre

Mutter ihr zur bestandenen Schneiderlehre geschenkt hatte. Niemals davor oder danach hatte ich Mama so herzzerreißend weinen gehört. Sie gab allein mir die Schuld. Schließlich hätte ich sie so furchtbar wütend gemacht, dass sie sich nicht anders zu helfen wusste. Schon immer bog sich meine Mutter die Realität so zurecht, wie es für sie angenehm war. Dieses Verhalten machte mich zwar immer noch wahnsinnig, aber inzwischen hatte ich eine Routine entwickelt. Anstatt dagegenzuhalten, ließ ich meine Mutter lamentieren.

Jetzt streckte sie ihre schmale, mit Altersflecken übersäte Hand nach der Kaffeekanne aus, die uns eine freundliche Angestellte gebracht hatte, schaffte es aber nicht, danach zu greifen, weil sie sich mit der Entfernung verschätzte. Mehrmals fasste sie ins Leere, und ich spürte, wie mich unendliches Mitleid überkam. Frau Steffen hatte mir gesagt, dass die Krankheit auch ihr Sichtfeld beeinträchtigte. Ein weiteres Indiz dafür, wie ihr nach und nach die Kontrolle über ihr Leben genommen wurde.

»Lass mich das machen«, meinte ich sanft und goss uns beiden eine Tasse ein.

Meine Mutter ließ es zu, bestand aber darauf, sich selber Zucker zu nehmen. Ihre Hand zitterte, die Hälfte rieselte auf den Tisch. Als sie ihre Tasse hob, in der der Kaffee gefährlich hin und her schwappte, bemerkte ich einen himbeerfarbenen Fleck auf dem Bündchen ihrer weißen Bluse. Bestimmt von der Marmelade, die sie so gerne zum Frühstück aß. Wieder spürte ich den vertrauten Schmerz in der Brust. Meine Mutter war immer eine elegante Frau gewesen, ein solcher Fleck hätte sie früher völlig aus der Fassung gebracht.

»In diesem Aufzug würde ich nicht einmal im Dunkeln

zum Briefkasten gehen«, hatte sie verächtlich erklärt, wenn sich unsere Nachbarin Frau Cordes morgens in Schlabberjeans und Strickpulli auf den Weg zur Berufsschule machte, wo sie als Lehrerin arbeitete.

Wir hatten nie viel Geld gehabt, doch das sah man uns nicht an. Mein Vater, ein amerikanischer Soldat, verließ uns, als ich acht Monate war, und kehrte in seine Heimat Florida zurück, wo er erneut heiratete und Zwillinge bekam. »Der Verräter«, hieß er seitdem bei meiner Mutter. Sie unterband jeden Kontakt zwischen uns. Sein Geld aber nahm sie und investierte es in hochwertige Stoffe, aus denen sie uns die elegantesten Kleider nähte. Es gab Kinderfotos von mir, auf denen ich wie Shirley Temple aussah. Nur dass meine Locken dunkelbraun waren statt blond.

Ich atmete erleichtert aus, als Mama ihre Tasse ohne Malheur wieder abstellte, und die Anspannung in meinen Schultern ließ ein wenig nach. Wir tauschten einen seltenen einvernehmlichen Blick.

»Erzähl mal, Liebes«, sagte sie, nun in friedlicher Stimmung. »Wie viele Autos hast du letzte Woche verkauft?«

Ich verbiss mir ein Schmunzeln. Seit ich meiner Mutter berichtet hatte, dass ich meinen alten Mini gegen einen neuen eingetauscht hatte, war sie der felsenfesten Überzeugung, ich sei in einem Autohaus beschäftigt.

»Ich arbeite doch in der Bank, Mama«, erklärte ich geduldig.

»Ach so?«, fragte sie überrascht.

In diesem Moment fiel ein Schatten über unseren Tisch. Wir hoben die Köpfe. Vor uns stand Bernadette und lächelte über das ganze Gesicht. Sie war die Zimmernachbarin meiner Mutter, seit diese von ihrem Appartement am Rosengarten ins Haupthaus gezogen war, wo man sich besser um ihre Bedürfnisse kümmern konnte. Als ehemalige Richterin am Landesgericht war Bernadette eine strenge Frau, doch an mir hatte sie einen Narren gefressen.

»Hallo, Maria, besuchen Sie Ihre Frau Mutter?«, fragte sie. Wie jedes Mal berührte sie mein Haar und sagte: »Es glänzt so wunderbar. Wie aus der Shampoo-Werbung.« Dann wandte sie sich an meine Mutter. »Deine Tochter ist wunderschön, Lotte.«

»Findest du?« Meine Mutter betrachtete mich, als sehe sie mich zum ersten Mal. Ihre Stimme verriet deutlichen Zweifel.

Bevor sie etwas Gemeines sagen konnte, lenkte ich mit einer Bemerkung über das traumhafte Wetter ab, das wir uns nach all dem Regen redlich verdient hatten. Der Trick funktionierte, und die beiden alten Frauen begannen ein Gespräch über die Sommer ihrer Kindheit. Während sie redeten, drifteten meine Gedanken ab. Die Szene aus dem Supermarkt schob sich in meinen Kopf. Ich dachte an mein gereiztes »Ich bin lustig«, und musste gegen meinen Willen lächeln. Der Mann musste mich für vollkommen übergeschnappt halten. Egal, er war sowieso nicht mein Typ. Ich mochte beruflich erfolgreiche Männer in gut geschnittenen Anzügen, die regelmäßig zum Friseur gingen. Du stehst auf Gelackte, hörte ich Isa sagen, nur, dass die sich meistens als richtige Mistkerle entpuppen. Ich spannte den Kiefer an. Leider hatte meine beste Freundin damit nicht ganz unrecht. Dennoch … Bevor ich mit jemandem ausging, der in einer schmuddeligen Arbeitshose herumrannte und mit seinem zotteligen Bart und den kupferbraunen Locken wie ein Darsteller aus *Braveheart* aussah, würde es in der Hölle schneien.

Auf einmal wurde mir bewusst, dass sowohl meine Mutter als auch Bernadette mich erwartungsvoll anschauten und offensichtlich eine Antwort von mir erwarteten.

»Äh, das sehe ich genauso«, sagte ich auf gut Glück. Meine Mutter nickte ihrer Zimmernachbarin zufrieden zu, während diese ehrlich überrascht schien.

»Sie überlegen wirklich, in die Gegend zu ziehen?«, fragte Bernadette. »Hier gibt es doch gar keine große Bank, in der Sie arbeiten können.«

»Wieso Bank?«, fragte meine Mutter pikiert. »Meine Tochter verkauft Autos.«

7

Maria »Geschafft!«, sagte ich zu Bautz, als wir eine halbe Stunde später wieder in meinem Mini saßen.

Er schmatzte zufrieden und rollte sich dann in seiner Box im Fußraum des Beifahrersitzes zusammen. Lächelnd öffnete ich das Verdeck und freute mich über die milde Brise, die mein Gesicht streichelte. Der Weg nach Herzbach dauerte nur ein paar Minuten. Er führte über eine breite Allee mit prächtigen Bäumen, dessen Kronen sich über unseren Köpfen zu einem dichten grünen Dach vereinten. Durch die Lücken fiel die Sonne. Das Licht, das dadurch entstand, hatte etwas Zauberhaftes. Es war erst Mittag, und mir wurde bewusst, dass der Tag noch vor mir lag. Ich hatte nichts geplant und konnte tun und lassen, was ich wollte. In diesem Moment klingelte mein Smartphone. Es war mein Chef. Mich beschlich eine ungute Vorahnung.

»Lars«, begrüßte ich ihn zurückhaltend über die Freisprechanlage.

»Hallo, Maria, wie geht's dir? Erholst du dich gut?«

»Ja, danke. Alles bestens. Was macht die Bank? Hat Michael sich wieder abgeregt?«

»Darum rufe ich an«, antwortete er, und ich merkte, wie nervös ich wurde.

Lars fuhr fort: »Ich habe lange mit ihm geredet und ihm gesagt, dass dir euer Streit und dein Verhalten sehr leidtun und …«

»*So* leid nun auch wieder nicht«, murmelte ich.

» … und du deinen Urlaub nutzt, um ein Konfliktbewältigungstraining zu absolvieren«, beendete er den Satz, ohne auf meine Bemerkung einzugehen.

»Und, hat er sich gefreut?«, fragte ich sarkastisch.

Mein Chef zögerte. »Michael weiß deinen Einsatz zu schätzen.«

»Er weiß meinen Einsatz zu schätzen?«, brauste ich auf. »Was soll das denn bitte heißen?«

»Jetzt komm mal wieder runter und hör mir zu«, meinte Lars belustigt.

Ich presste die Kiefer zusammen. Vor meinem inneren Auge sah ich Michael, wie er sich in der Bank aufplusterte, und heißer Zorn überkam mich. Der konnte was erleben, wenn ich ihn das nächste Mal in die Finger bekam.

»Also noch mal«, sagte Lars. »Michael hat das Friedensangebot angenommen. Er wird in der Sache nicht weiter insistieren. Doch auf eins hat er bestanden.«

»Ach, und worauf?«

»Du musst dich bei ihm persönlich entschuldigen.«

»Einen Scheiß muss ich!«, entgegnete ich hitzig. Hatte mein Chef den Verstand verloren? Er konnte doch unmöglich von mir verlangen, dass ich vor Michael Berger, diesem Wichtigtuer, zu Kreuze kroch. In meinen Ohren begann es zu rauschen.

»Überleg es dir«, meinte Lars ruhig. »Eine kleine Entschuldigung, wenn du zurück bist, und wir können die Angelegenheit abhaken und zur Tagesordnung übergehen. Ganz ehrlich, Maria: Davon bricht dir kein Zacken aus der Krone.«

»Und wenn doch?«, fragte ich trotzig.

»Dann macht Michael ernst, und ich garantiere für nichts.«

»Ich denke darüber nach.«

Lars seufzte. »Tu das.«

Wir verabschiedeten uns und beendeten das Telefonat. Inzwischen hatte ich den Parkplatz von Herzbach erreicht. Eine Minute lang blieb ich reglos im Wagen sitzen und starrte auf das Lenkrad. Eigentlich sollte ich froh sein, dass ich noch mal mit einem blauen Auge davongekommen war, aber bei dem Gedanken, was ich dafür tun musste, stellten sich mir die Nackenhaare auf. Ich holte ein letztes Mal tief Luft, dann schob ich den Gedanken an Michael Berger mit aller Entschlossenheit beiseite. Der Tag war zu schön, um ihn mir von diesem Typen verderben zu lassen.

Auf dem kurzen Fußmarsch vom Parkplatz ins Dorf begegnete mir Elisabeth Große Brummel, die aufgrund ihres Nachnamens von allen nur Biene genannt wurde. Wir hatten uns letzten Sommer auf einem Tanzabend in dem Hotel am Marktplatz kennengelernt, seitdem duzten wir uns.

»Hallo, Maria«, begrüßte sie mich und blieb stehen. Biene war um die sechzig und trug ihr pechschwarzes Haar zu einem nach außen geföhnten Bob frisiert, der sie wie eine ältere Version von Betty Geröllheimer aus dem Familie-Feuerstein-Film aussehen ließ. Die dunklen

Augen in ihrem runden Gesicht musterten mich ebenso freundlich wie neugierig. »Ich habe schon gehört, dass du kommst. Stimmt es, dass du vier Wochen bleibst? Nur so, oder hast du etwas Bestimmtes vor?«

»Ich möchte mehr Zeit mit meiner Mutter verbringen«, antwortete ich, was ja auch stimmte.

Dass Biene von meinem Aufenthalt erfahren hatte, wunderte mich überhaupt nicht. Die Friseurin war die Herrin des Dorfklatsches und wusste über alles und jeden Bescheid. Ellie und Sara mochten sie gern, auch wenn sie regelmäßig über Bienes Sensationsgier die Augen verdrehten. Ich betrachtete sie aufmerksam von oben bis unten.

»Gehst du walken?«, erkundigte ich mich.

Biene führte zwar keine Stöcke mit sich, aber der quietschbunte Jogginganzug, in den sie ihre molligen Kurven gezwängt hatte, legte die Vermutung nahe. Zumal Ellie mir erzählt hatte, dass sie durch Biene vor Kurzem mit dem Walken angefangen hatte.

Doch die Friseurin schüttelte den Kopf. »Wie kommst du darauf? Ich muss in den Salon nach Mondstein. Wir haben leider auch montags geöffnet, und meine Schicht beginnt gleich.«

»So?«, entfuhr es mir und ich ärgerte mich im selben Moment über mich selbst, weil meine Bemerkung so herablassend geklungen hatte, was nicht meine Absicht gewesen war. Doch Biene schien nicht beleidigt. Verdutzt schaute sie an sich herunter. »Wieso? Stimmt etwas nicht?«

Schnell schüttelte ich den Kopf. »Nein, alles bestens. Ich dachte nur, wegen des Jogginganzugs …«

»Ja, der ist toll, oder?«, rief Biene und drehte sich wie

ein Model um die eigene Achse. »Den hat mir mein Siggi zum Hochzeitstag geschenkt. Er hat genau den gleichen.« Sie warf einen Blick auf die goldblitzende Armbanduhr an ihrem runden Handgelenk. »Du, ich muss jetzt leider weiter, sonst komme ich zu spät. Besuch mich doch mal die Tage auf einen Kaffee. Dann quatschen wir in Ruhe«, sagte sie noch und war im nächsten Moment schon weitergeeilt.

Weil ich noch keine Lust hatte, nach Hause zu gehen, spazierte ich mit Bautz zum Dorfplatz. Mein Magen begann zu knurren, und aus einem spontanen Impuls heraus beschloss ich, im *Kiepenkerl* zu Mittag zu essen. Von meinen früheren Besuchen in Herzbach wusste ich, dass die Küche vorzüglich war. Der Kellner Robert begrüßte mich mit Namen, sodass ich mir beinahe wie eine Einheimische vorkam.

»Haben Sie reserviert, Frau Lehrbach?«, fragte er, und als ich verneinte, verzog sich sein nettes Gesicht zu einer bedauernden Grimasse. »Dann tut es mir sehr leid, aber wir sind komplett ausgebucht.«

»Komm doch zu uns an den Tisch, Maria«, hörte ich eine dunkle Männerstimme aus nächster Nähe sagen. Ich wandte mich um und erblickte zu meiner Freude Hermann, einen ehemaligen Kapitän, der seinen Ruhestand in Herzbach verbrachte.

»Ja, Maria, setz dich zu uns«, stimmte Irene an seiner Seite zu.

Ich kannte die beiden von Ellie und Sara. Hermann und Irene waren enge Freunde, die viel Zeit miteinander verbrachten und eine geradezu rührende Art hatten, miteinander umzugehen. Im letzten Sommer waren wir nach der Tanzveranstaltung, bei der ich auch Biene kennengelernt hatte, im Morgengrauen zusammen im See baden gegangen. Die Aktion hatte uns verbunden. Wenn ich auch nur eine Sekunde befürchtet hatte, ich würde mich in Herzbach einsam fühlen, wurde ich eines Besseren belehrt.

»Sehr gerne, danke! Und wie schön, euch zu sehen!«

Ich signalisierte Robert, dass ich die Einladung der beiden annahm, und gesellte mich zu ihnen an den Tisch. Im nächsten Moment fing Bautz an meiner Seite aufgeregt an zu fiepen.

»Was hast du denn?«, fragte ich verwundert.

Hermann lächelte. »Er hat Gustav entdeckt.«

»Gustav? Wer ist Gustav?«

In diesem Moment schlurfte ein nicht mehr ganz junger, braun-weiß gefleckter Basset unter dem Tisch hervor und setzte sich vor Bautz hin. Seine langen braunen Ohren, die an den Spitzen schwarz zuliefen, hingen schlapp herunter, in seinem Blick lag die Traurigkeit der ganzen Welt. Bautz, der sich davon nicht beeindrucken ließ, bellte vergnügt und begann seinen neuen Freund zu beschnuppern, was dieser mit schicksalsergebener Miene über sich ergehen ließ.

»Wie süß!«, rief ich entzückt. Ich sah Hermann an. »Ist das deiner?« Als ich das letzte Mal hier gewesen war, hatte Hermann noch keinen Hund besessen, da war ich mir sicher.

Der ehemalige Kapitän nickte. »Ja, ich wollte schon immer einen Hund, aber solange ich zur See gefahren bin, ging das natürlich nicht. Ich habe eine Zeit lang auf Avas Hund Max aufgepasst, dadurch fühlte ich mich an meine alte Sehnsucht erinnert, und nun habe ich endlich Nägel mit Köpfen gemacht. Ich habe Gustav aus dem

Tierheim geholt. Seinen Vorbesitzern war er zu kompliziert.«

»Kompliziert?«, echote ich verständnislos. Ich beugte mich zu Gustav herunter und streichelte über seinen Kopf. »Auf mich wirkt er total sanftmütig.«

»Das ist er auch. Aber er kann nicht so gut mit Stress umgehen.«

Ein plötzlicher Knall ließ mich herumfahren. Ein paar Meter weiter hatte eine Kellnerin die Teller fallen lassen, die sie gerade abgeräumt hatte. Sofort sprangen mehrere Gäste auf, um ihr zu helfen, die Scherben einzusammeln. Als ich mich wieder zu dem kleinen Basset umdrehte, blieb mir das Herz stehen. Er war auf die Seite gekippt und lag nun mit geschlossenen Augen da. Sein Brustkorb bewegte sich nicht. Bautz stupste ihn mit der Nase an und jaulte mitleiderregend, doch der Hund rührte sich nicht.

»Um Himmels willen …« Entsetzt sprang ich auf und fiel neben dem reglosen Tier auf die Knie. Mein Puls raste.

»Ihm fehlt nichts«, hörte ich Hermann hinter mir beruhigend sagen. »Das macht Gustav immer, wenn ihn eine Situation überfordert. Er stellt sich tot.«

Als Gustav seinen Namen hörte, öffnete er die Augen und sah kummervoll zu mir auf. Vor Erleichterung wurde mir ganz schwindelig, und auch Bautz schien ein riesiger Stein von seinem Hundeherzen zu fallen. Er leckte seinem Freund über das Gesicht und legte sich dann, so dicht es ging, neben ihn.

»Du hast mir einen Mordsschrecken eingejagt«, flüsterte ich und strich über Gustavs Rücken. Meine Anspannung verschwand, und ich musste lachen. »Eigentlich gar keine schlechte Strategie, sich totzustellen, wenn es unangenehm wird. Das sollte ich auch mal probieren.«

In mich hinein schmunzelnd rief ich mir die Szene mit Michael Berger ins Gedächtnis, die zu meinem vorgezogenen Urlaub geführt hatte. Das nächste Mal würde ich mich nicht hinreißen lassen und mit ihm streiten. Ich würde mich einfach flach auf den Boden im Handelsraum legen, die Luft anhalten und die Augen schließen. *Nimm das, Pissnelke!*

Kichernd kam ich wieder auf die Beine und setzte mich zurück auf meinen Stuhl. Jetzt verstand ich auch, was Hermann mit »kompliziert« gemeint hatte, und ich rechnete es ihm hoch an, dass er Gustav dennoch bei sich aufgenommen hatte. Das hätte nicht jeder getan. Als ich ihn darauf ansprach, lächelte er.

»Wir haben alle unser Päckchen zu tragen. Deswegen verdienen wir jedoch nicht weniger Liebe und Zuwendung. Im Gegenteil. Wenn wir Probleme haben, brauchen wir sie ganz besonders.« Bei den Worten schaute er Irene an, und seine Züge wurden weich.

Mir wurde warm ums Herz. Wie wahr, dachte ich.

Nachdem sich meine Sorge um Gustav in Luft aufgelöst hatte, wurde es ein sehr vergnügliches Mittagessen. Meine Pasta mit Ziegenkäse und roter Bete war köstlich, Hermann ein angenehmer Gesprächspartner, und auch Irene zeigte sich für ihre Verhältnisse erstaunlich gesellig. Das war bei Weitem nicht immer so. Seit ihr Verlobter vor vierzig Jahren in der Nacht vor der Hochzeit ohne ein Wort verschwunden war, war Irene über die Maßen melancholisch und pessimistisch und rechnete in jeder Situation mit dem Schlimmsten. In Hermanns Anwesenheit jedoch schien es ihr besser zu gehen. Nur, dass sich auf ihrer Oberlippe kleine Schweißperlen zeigten, die sie von Zeit zu Zeit mit einem spitzenbesetzten Taschentuch abtupfte. Ihr rundes Gesicht, das von blonden Locken umrahmt wurde, war leicht gerötet.

»Ist dir zu warm?«, fragte ich, während ich sie mitfühlend betrachtete.

Irene trug einen langen braunen Wollrock, eine hochgeschlossene beige Bluse und eine dicke Strickjacke, wie meine Großmutter sie früher übergezogen hatte, wenn sie in den Keller hinabstieg, um die Kartoffeln für das sonntägliche Mittagessen hochzuholen. Ihre Kleidung verlieh Irene nicht nur das Aussehen einer altjüngferlichen Gouvernante, sie war auch für die heutige Temperatur denkbar ungeeignet. Allein der Anblick genügte, damit ich ins Schwitzen geriet.

»Es geht schon«, murmelte sie und wischte sich erneut über die Oberlippe.

»Warum ziehst du nicht deine Jacke aus?«, schlug ich vor.

Irene schaute mich an, als hätte ich den Verstand verloren.

»Auf keinen Fall! Nachher erkälte ich mich und bekomme eine Lungenentzündung. Damit ist in meinem Alter nicht zu spaßen. Schließlich bin ich fast siebzig. Lore Meyer, die Schwiegermutter von unserem Metzger, hat sich nie davon erholt. Sie ist gestorben! Und das, wo sie doch gerade erst den Wintergarten fertiggestellt hatten. Nun sitzt ihr Mann alleine darin …« Sie seufzte, jetzt wieder ganz Irene, und legte das Besteck beiseite. »Außerdem finde ich meine Strickjacke sehr kleidsam.«

Ich sagte nichts. Vor mir erschien das Bild von Biene in ihrem quietschbunten Jogginganzug. Ihr Mann Siggi trug den gleichen, hatte sie gesagt. Die Herzbacher brauchten vielleicht keine Nachhilfe in Konfliktbewältigung, aber dafür in Modefragen. Sara mit ihrem sportlich-femininen Stil – und auch Hermann in seiner Chinohose und dem gebügelten Leinenhemd – bildeten eine rühmliche Ausnahme, aber die übrigen Dorfbewohner, die mir bisher über den Weg gelaufen waren, konnten dringend ein paar Tipps gebrauchen.

Während wir auf die Rechnung warteten, nahm die Idee in meinem Kopf mehr und mehr Gestalt an. Warum eigentlich nicht?, dachte ich voller Euphorie, und in meinem Bauch begann es zu kribbeln. Sara suchte händeringend nach einem Ersatz für den ausgefallenen Malkurs, und neben Zahlen war Mode das, womit ich mich am besten auskannte. Im Shoppen machte mir so leicht keiner etwas vor, und so konnte ich meine Zeit hier in Herzbach mit etwas Sinnvollem füllen. Zu entspannen und seinen inneren Frieden zu finden war ja gut und schön, aber herumzusitzen und darauf zu warten, dass er sich einstellte, war nicht so mein Ding.

Auf dem Heimweg vom Restaurant rief ich Sara an. Sie war noch bei der Arbeit, aber ich war so aufgeregt, dass ich es nicht erwarten konnte, ihr meinen Plan mitzuteilen.

Sara lachte glucksend. »Die Herzbacher haben eindeutig Bedarf«, lautete ihr Urteil. »Die Frage ist nur: Erkennen sie das auch?«

»Lass es uns versuchen«, bettelte ich. »Wir sehen ja, ob jemand kommt.«

»Einverstanden«, kicherte Sara und teilte mir die Kurstermine mit. Es waren insgesamt drei, der erste davon am Mittwochabend, also bereits in zwei Tagen.

»Schaffst du das?«

»Na klar«, erwiderte ich voller Motivation.

In meinem Gehirn bildeten sich bereits erste Ideen, und ich konnte es nicht erwarten, nach Hause zu kommen und sie zu Papier zu bringen. Ich wollte über die Trends in dieser Saison sprechen, genauso wie über die Klassiker, die nie aus der Mode kamen, und die Basics, die jede Frau im Kleiderschrank haben sollte.

Unwillkürlich musste ich an die beiden Anziehpuppen aus dickem Karton denken, die ich als Kind heiß und innig geliebt hatte. Ein Junge und ein Mädchen. Meine Mutter hatte sie mir zu meinem siebten Geburtstag geschenkt, zusammen mit einer ganzen Reihe von Kleidern und Kostümen zum Ausschneiden, die sie selber entworfen hatte: Matrosenanzüge, Badesachen, dicke Schneeanzüge, sogar ein traumhaftes Prinzessinnenkleid war darunter gewesen. An jenem Abend hatte ich auf dem Teppich gehockt und meine Puppen angekleidet, während sie an der Nähmaschine saß. Es war eine der wenigen schönen Erinnerungen an meine Kindheit.

»Wunderbar«, holte mich Sara zurück in die Gegenwart. »Ich schreibe gleich eine Mail an die Teilnehmer vom Malkurs. Vielleicht haben sie Lust, die Zeit zu überbrücken, bis Moona! wieder auf den Beinen ist und ihre Workshop-Reihe nachholen kann. Dazu drucke ich noch einen Aushang für das Veranstaltungszentrum und Flyer für die Läden rund um den Marktplatz aus. Die kann ich nachher schnell verteilen, wenn ich nach Hause komme.

Wir kriegen deinen Kurs schon voll. Das wird super! Ich muss gleich Alex davon erzählen.«

Wir legten auf, und ich beschleunigte meine Schritte, sodass Bautz' Ohren beim Laufen zu fliegen begannen.

8

Jan Da hast du dich aber wirklich von deiner besten Seite gezeigt, spottete die Stimme in meinem Kopf zum hundertsten Mal. Ich ließ von der Holzdiele ab, die ich soeben an den Tragebalken geschraubt hatte, und richtete mich auf, um einen Schluck aus meiner Wasserflasche zu trinken. Es war ein warmer Tag, und der Schweiß rann in Strömen meinen Rücken hinunter. Erneut ließ ich die Szene im Supermarkt Revue passieren. Ich hatte die Frau vom Parkplatz sofort erkannt. Ihre Größe, die schlanke Figur, das glänzende dunkelbraune Haar, das ihr über den Rücken fiel … es gab keinen Zweifel. Mit beinahe schon andächtiger Miene hatte sie die verschiedenen Obstsorten betrachtet, und als sie sich vorbeugte, um die Weintrauben zu inspizieren, war ihr eine Strähne ins Gesicht gefallen, die sie mit einer ungeduldigen Bewegung fortgewischt hatte. Einen Moment lang war ihr Ohr aufgeblitzt, das perfekt geformt war, aber ein kleines bisschen abstand. Der Anblick entlockte mir ein Lächeln. Zu viel Perfektion hatte ich schon immer als langweilig empfunden. Das galt für Menschen ebenso wie für Gärten.

»Entschuldigen Sie, aber ich glaube, das waren meine«, meldete ich mich zu Wort und zeigte auf die Weintrauben. Schon in der Sekunde, als sie sich stirnrunzelnd umdrehte, schwante mir, dass ich die Sache vollkommen falsch angepackt hatte, und ich verspürte einen Anflug von Ärger auf mich selbst. Warum musste ich sie aufziehen, warum hatte ich mich nicht einfach für mein Verhalten von gestern entschuldigt, und mich dann eine Weile mit ihr unterhalten? Denn mein Gefühl sagte mir, dass sie eine interessante und unterhaltsame Gesprächspartnerin war, wenn man sie auf dem richtigen Fuß erwischte. Also genau das, was mir in Herzbach fehlte. Und immerhin war ich noch drei Wochen hier.

Nachdem sie mich angefaucht hatte und davongerauscht war, bemerkte ich ihren Einkaufswagen, der noch immer vor der Auslage mit dem Obst stand. Oha, dachte ich. Nur zu gut erinnerte ich mich daran, wie ihr Gesicht rot angelaufen war, als ich sie auf den freien Parkplatz hingewiesen hatte. Ich kam zu dem Schluss, dass ich mich besser vom Acker machte, bevor sie ihr Versäumnis bemerkte und ihr Stolz meinetwegen einen weiteren empfindlichen Dämpfer verkraften musste. Ich war ja vieles, aber nicht lebensmüde.

Gedankenverloren drehte ich die Wasserflasche zu. Woher kam es wohl, dass die Frau so schnell wütend wurde? Fehlte ihr ein Ausgleich im Leben? Wenn ja, konnte ich ihr Gartenarbeit empfehlen. Ich stellte die Flasche beiseite und machte mich wieder ans Werk.

Eine Stunde später hatte ich die letzte Holzdiele verlegt. Der Sitzplatz war fertig, und ich betrachtete ihn zufrieden. Ich hatte für den Boden Robinie verwendet. Das Holz des aus Nordamerika stammenden Laubbaums, der auch hierzulande wuchs, war dauerhafter als Douglasie, Lärche und sogar Eiche und damit hervorragend für draußen geeignet. Mit der Zeit würde der warme Farbton zu einem schönen Goldbraun nachdunkeln. Es gab Tropenhölzer, die der Witterung noch besser standhielten als Robinie und schier unverwüstlich waren, aber ich setzte sie dennoch nicht ein. Auch wenn Greenpeace zertifiziertes Tropenholz als tolerierbar einstufte ... ich hielt mich lieber an Gewächse, bei denen ich mir sicher sein konnte, dass ihretwegen keine Regenwälder dran glauben mussten. Alexander Hoven überließ mir bei der Auswahl der Materialien und Pflanzen freie Hand. Das und ein unbegrenztes Budget ... was konnte es Schöneres für einen Gartenbauer geben.

Ich zog mein T-Shirt aus und wischte mir damit den Schweiß aus dem Nacken. Dann ging ich ins Haus, um mir einen frischen Kaffee zu machen. Innen sah alles noch genauso aus wie zu dem Zeitpunkt, als Alexander das Haus von der Vorbesitzerin, einer alten Dame, übernommen hatte. Dunkles Parkett und Raufasertapete im Wohn- und Essbereich, orange Fliesen in der Küche, grüne in den Bädern. Das Haus war eine Überraschung für Alexanders Freundin Sara. Er wollte seinen Wohnsitz in London aufgeben und mit ihr in Herzbach zusammenleben. Bis jetzt wusste sie nichts davon. Wenn der Garten fertig war, würde Alex ihr darin einen Heiratsantrag machen und das Geheimnis lüften. Das neue Zuhause wollte er dann mit ihr gemeinsam planen. »Beim Garten mache ich mir keine Gedanken«, hatte er lachend zu mir gesagt, als er mir das Grundstück vor drei Monaten zum ersten Mal gezeigt hatte. »Sara kennt deine Arbeit aus dem Park in Sternbeck und findet sie großartig. Ich bin mir sicher, sie wird begeistert sein. Mit der Renovierung im Inneren des Hauses warte ich noch. Abgesehen davon, dass ich Sara liebe und die Entscheidungen zu unserem neuen Heim mit ihr gemeinsam treffen möchte, würde mit jedem Handwerker das Risiko steigen, dass meine Überraschung auffliegt.«

Mir sollte es recht sein. So konnte ich in Ruhe arbeiten, ohne Sorge um die neuen Pflanzen haben zu müssen. Nachdem der Kaffee durchgelaufen war, nahm ich meinen Becher mit nach draußen. Ich setzte mich auf den Steg, zog meine schweren Arbeitsschuhe und die Socken aus und ließ meine Füße ins Wasser gleiten. Es war erfrischend kühl. Eine leichte Brise kam auf. Sie führte den Duft des Lavendels mit sich, der bei meiner Ankunft bereits üppig vorhanden gewesen war und sich nun in leuchtenden Bändern präsentierte. Die Sorte blühte bis in den Spätsommer. Wenn ich einen Garten designte, legte ich größten Wert darauf, dass er das ganze Jahr über attraktiv war und seinen Besitzern Freude machte. Darum wählte ich ein Drittel der Pflanzen danach aus, dass sie im Herbst und Winter eine gute Figur machten. Im nächsten Frühjahr würde ich noch einmal nach Herzbach zurückkehren, um Blumen zu pflanzen, für die es dieses Jahr bereits zu spät gewesen war. Ich nippte an meinem Kaffee und lauschte auf die Geräusche um mich herum. Auf das Brummen der Insekten, das Gezwitscher der Vögel, das Rauschen der Gräser, das mich an Meeresrauschen erinnerte. Ich spürte, wie mich eine tiefe Entspannung überkam. Forscher in Japan hatten herausgefunden, wie wohltuend sich Waldspaziergänge auf die menschliche Gesundheit auswirkten. Ich war davon überzeugt, dass Gärten über dieselbe Wirkung verfügten.

Zumindest bei mir war es so. Wenn mich etwas beschäftigte oder ich ungestört nachdenken wollte, ging ich in die Natur. Zu meiner Firma gehörte ein weitläufiger Mustergarten. Er diente dazu, unseren Kunden Beispiele zu geben und zu verdeutlichen, was mit Stauden, Gräsern, Holz und Naturstein alles möglich war. Mein Team und ich hatten viel Herzblut in den Garten investiert und machten ihn auch der Öffentlichkeit zugänglich. Ein Angebot, das sehr gut ankam. Gartenliebhaber reisten von weit an, um ihn zu erkunden und Anregungen für ihr Zuhause zu sammeln. Der Andrang war inzwischen so groß, dass wir die Anzahl der Besucher beschränken mussten. Es verdarb den Genuss, wenn man sich beim Umgucken gegenseitig auf die Füße trat. Darum hatten wir im letzten Jahr Zeitkontingente eingeführt, die über das Internet buchbar waren.

Ich stellte meine Tasse neben mich auf den Steg und beugte mich hinunter, um mit meiner Hand das Wasser zu berühren. Unter meinen Fingern kräuselte sich die Oberfläche. Eine blau schillernde Libelle flog vorüber, und ich beobachtete sie, bis sie hinter der nächsten Flussbiegung verschwand. Ich hörte Kinderlachen, und irgendwo in der Ferne bellte ein Hund. Was für eine Idylle. Die alte Sehnsucht nach einem Leben auf dem Land regte sich in mir. Leonie und ich wohnten in München. Wir besaßen eine große, helle Altbauwohnung mit Parkett, bodentiefen Fenstern und Stuck an den Wänden. Leonie konnte zu Fuß ins Büro gehen, und auch ich war mit dem Fahrrad in einer halben Stunde in der Firma, die sich in einem Vorort von München befand. Wir hatten alles, nur keinen eigenen Garten. Diese Lücke konnte auch der schönste Mustergarten nicht füllen. Ich sehnte mich danach, ein Stück Land zu kaufen und es in ein Meer aus Farben zu verwandeln. Mit einem Haus, das sich harmonisch einfügte. Seit ich in Herzbach arbeitete, war der Traum zu neuem Leben erwacht, und es juckte mich in den Fingern, nach geeigneten Grundstücken zu suchen. Nur, dass ich dann ohne Leonie dort hinziehen musste. Sie war ein Stadtmensch. Auf dem Land gehe sie ein, meinte sie. Vielleicht später, wenn wir älter sind, hatte sie mich vertröstet. Entschlossen schob ich den Gedanken an meinen eigenen Garten beiseite und erhob mich. Die Pause war vorbei.

9

Maria Durch die Vorbereitungen für den Modeberatungskurs vergingen die nächsten beiden Tage wie im Flug. Das Wetter zeigte sich mit viel Sonnenschein und Temperaturen um die fünfundzwanzig Grad von seiner besten Seite, und so saß ich die meiste Zeit in Ellies Garten auf der Terrasse, wälzte Modezeitschriften, sah mir Internetblogs an und machte mir eifrig Notizen. Zwischendurch unternahm ich mit Bautz lange Spaziergänge durch Wald und Felder, telefonierte mit Isabell und besuchte meine Mutter. Am Freitagmorgen hatte sie einen MRT-Termin in einer radiologischen Praxis in Sternbeck, zu dem ich sie begleiten würde. Auch mit Ellie hatte ich kurz gesprochen. Sie war gut in Neuseeland angekommen und genoss die Zeit mit Jonas, den sie wochenlang nicht gesehen hatte. Als ich ihr von meinen Plänen berichtete, den Herzbachern Nachhilfe in Sachen Mode zu geben, verschluckte sie sich beinahe vor Lachen. »Du musst mir unbedingt berichten, wer dabei ist«, flehte sie, und ich versprach es ihr. Noch wusste ich es selbst nicht. Aufgrund der Kurzfristigkeit hatten wir keine Vorab-Anmeldung verlangt.

Entsprechend gespannt war ich, als ich am Mittwochabend um kurz vor sieben Uhr vor dem Veranstaltungszentrum eintraf, wo ich mit Sara verabredet war. Der Kurs sollte um halb acht beginnen. Während ich auf meine Freundin wartete, betrachtete ich das reizende Fachwerkhaus mit dem grünen Tor, den hölzernen Fenstern und den rosa und weißen Blumen im Vorgarten. Ich hatte keine Ahnung, was das für Blumen waren, aber sie sahen schön aus, und das war ja wohl die Hauptsache. Das Veranstaltungszentrum gehörte der Kirche und hatte lange leer gestanden, doch seit seiner Renovierung im letzten Jahr bot es den Herzbachern nun einen Raum, wo sie ihren Hobbys nachgehen oder etwas Neues lernen konnten. Das Angebot war vielfältig: Yoga, Backen, Fotografieren, Nähen, Theater, Tanz ... Es war für jeden etwas dabei. Und nun fügten wir dem Kursprogramm also Mode hinzu. Ich hatte lange darüber nachgedacht, was ich zu diesem Anlass anziehen sollte, und mich am Ende für ein sportliches Outfit, bestehend aus weiten Boyfriendjeans, weißem T-Shirt und blauem Blazer mit hochgeschoppten Ärmeln, entschieden. Dazu trug ich Sneakers und Modeschmuck in Form von hauchdünnen goldenen Armbändern. Die Herzbacher sollten in mir eine Shoppingexpertin sehen, die sich auch ohne großes Budget zu stylen wusste.

»Na, schon aufgeregt?«, ertönte plötzlich Saras Stimme hinter mir, sodass ich zusammenfuhr und mir eine Hand aufs Herz presste.

»Gott, hast du mich erschreckt!«, rief ich und fügte vorwurfsvoll hinzu: »Musst du dich so anschleichen?«

Sara drohte mir spielerisch mit dem Zeigefinger. »Contenance, Frau Lehrbach. Sonst schicke ich dich höchstpersönlich zum Konfliktbewältigungskurs für Anfänger.«

»Es geht doch nichts über gute Freunde«, sagte ich und musste grinsen.

Lachend zog Sara einen Schlüsselbund aus ihrer Umhängetasche und öffnete die Tür. Ich folgte ihr in den großen Kursraum im Erdgeschoss, in dem sie ihre Yogastunden gab, und sah mich nach allen Seiten um.

»Habe ich dir zu viel versprochen?«, fragte Sara, und begeistert über die tolle Atmosphäre, schüttelte ich den Kopf.

Die verputzten Wände und die massiven Holzbalken gaben dem Raum etwas Urgemütliches. Durch die Fenster flutete die Abendsonne hinein und zeichnete goldene Muster auf den Eichenboden.

»Leinwand und Flipchart sind hier, der Beamer ist unter der Decke«, erklärte Sara und drückte mir eine kleine silberfarbene Fernbedienung in die Hand. »Ich wusste nicht, wie du die Stühle haben willst, deshalb habe ich sie erst mal dort drüben aufgestapelt.« Sie wies auf die Wand am Ende des Raumes. »Brauchst du sonst noch etwas? Vielleicht einen Adapter für den Beamer, damit du ihn an deinen Laptop anschließen kannst, oder Lautsprecherboxen? Wir haben alles da.«

»Was ist mit Getränken für die Teilnehmer?«, fiel mir plötzlich ein. »Daran habe ich gar nicht gedacht. Hätte ich welche mitbringen müssen?«

In einer beruhigenden Geste legte mir Sara eine Hand auf den Arm. »Der Kühlschrank in der Küche ist bis oben hin voll mit Wasser, Saft und Limonade. Im Schrank daneben sind Snacks. Du bietest deinen Kurs umsonst an, da musst du nicht noch für die Verpflegung aufkommen.«

Verdattert schaute ich sie an. »Tue ich das? Meinen Kurs umsonst anbieten, meine ich?«

Bisher hatten wir noch gar nicht über das Thema Geld gesprochen, und ich hatte mir auch keine Gedanken dazu gemacht. Aber jetzt, wo ich darüber nachdachte, kam es mir seltsam vor, dass ich keine Gegenleistung für meine Arbeit erhalten sollte. Natürlich bot ich den Kurs in erster Linie aus Spaß an und um etwas zu tun zu haben, aber dennoch … Ich war drei Abende lang beschäftigt. Von der Vorbereitung gar nicht zu sprechen. Ein amüsierter Ausdruck legte sich auf Saras schönes Gesicht. So, wie sie mich ansah, wusste sie genau, was in mir vorging.

»Ist die Frage so blöd?«, fragte ich mit leicht irritiertem Unterton. »Du verdienst doch auch etwas mit deinem Yogaunterricht, oder etwa nicht?«

»Im Gegensatz zu dir habe ich aber ein Gewerbe angemeldet, über das ich die Stunden abrechnen kann, wie es sich für eine brave Bürgerin und Steuerzahlerin gehört. Ich dachte mir, wir stellen eine Spendenbox auf. Die Spülmaschine in der Küche gibt allmählich ihren Geist auf …« Sie pikte mich mit ihrem Zeigefinger in die Seite. »Komm schon, Maria. Sieh es als deinen Beitrag fürs Gemeinwohl. Abgesehen davon wollen wir deinen Kurs doch vollbekommen, und wenn wir keine Gebühr nehmen, steigen die Chancen.«

»Naaa gut«, gab ich nach, auch wenn die Vorstellung, dass die Herzbacher nur in meine Stunden kamen, weil sie umsonst waren, an meinem Selbstbewusstsein nagte. Was nichts kostete, war auch nichts wert. Den Spruch kannte schließlich jedes Kind.

»Ich würde übrigens auch gerne bleiben, wenn du

nichts dagegen hast«, bemerkte Sara in meine Grübeleien hinein.

Ich musterte ihr langes Sommerkleid in angesagter Print-Optik, zu dem sie eine kurze Jeansjacke und pinke Flip-Flops trug.

»Mir ist gerade wirklich nicht danach, dir Komplimente zu machen, Schnucki«, erwiderte ich, »aber du brauchst keine Modeberatung. Du siehst bereits umwerfend aus.«

Sara lächelte geschmeichelt. »Das ist lieb von dir, vielen Dank. Aber ich kann immer noch dazulernen. Außerdem möchte ich dich gerne unterstützen. Ich könnte dir zwischendurch aufmunternd zunicken.«

Sie sah mich an, und ich lächelte gerührt.

»Okay, einverstanden. Ich freue mich, wenn du bleibst.«

Ich warf einen Blick auf mein Handy. Noch fünfzehn Minuten, bis es losging. Nervosität machte sich in mir breit. Meine Fingerspitzen kribbelten. Was, wenn niemand kam? Ich hatte den Gedanken noch nicht zu Ende geführt, als aus dem Flur eine leidend klingende Stimme ertönte.

»Huhu, ist da jemand?« Im nächsten Moment steckte Irene ihren Kopf durch die Tür. »Bin ich hier richtig zum Was-zieh-ich-morgen-an-Kurs?«

»Goldrichtig!«, erwiderte ich und lächelte über das ganze Gesicht, so sehr freute ich mich, sie hier zu sehen.

»Hermann hat gemeint, ich soll kommen«, erklärte Irene mit jammervoller Miene und sah von Sara zu mir. »Ich habe gesagt, es würde sich doch eh keiner dafür interessieren, wie ich aussehe. Darauf meinte er: ›Ich. Ich interessiere mich dafür, Irene. Aber darum geht es gar nicht. Es soll dir gefallen.‹« Eine leichte Röte stieg ihr in die Wangen. »Und hier bin ich also.«

»Hol dir einen Stuhl«, bat ich sie freundlich, damit sie nicht weiter unglücklich herumstand.

Als Nächstes erschien Biene. Heute trug sie eine Art Hausanzug aus rosa Samt, der über ihrem wogenden Busen spannte.

»Guten Abend, die Damen«, rief sie.

Hinter ihr betrat eine große, hagere Frau um die achtzig den Raum, die ich noch nie zuvor gesehen hatte. Ihre Haltung war die einer Königin.

»Das ist Johanna Schulze-Zumkley«, erklärte mir Biene. »Sie wollte nicht mitkommen, ich habe sie überredet.« Biene senkte ihre Stimme. »Denk dir nichts dabei, Maria, die guckt immer so finster.« Vielsagend ließ die Friseurin ihren Zeigefinger in Höhe ihrer Schläfe kreisen.

Johanna verzog keine Miene, lediglich ihre rechte Augenbraue hob sich ein winziges Stück nach oben.

»Elisabeth Große Brummel, es reicht«, sagte sie mit eisiger Stimme.

Biene verstummte schlagartig und zog den Kopf ein.

»Die beiden singen mit mir zusammen im Herzbacher Chor«, flüsterte Sara mir zu. »Sie hassen sich, aber sie lieben sich auch.«

Das konnte ja heiter werden. Ich blickte zur Tür, durch die gerade die nächste Teilnehmerin hereinspazierte.

»Greta!«, rief ich entzückt. Ich lief auf das Mädchen zu und schloss es in die Arme. »Du bist so groß geworden«, stellte ich fest. »Und noch hübscher! Wenn das überhaupt möglich ist.«

Ich hatte Greta zuletzt vor über einem Jahr gesehen. Damals war sie dreizehn gewesen und dermaßen schüchtern, dass sie ihrem Gegenüber kaum ins Gesicht sehen konnte. Das Mädchen hatte Ellie so leidgetan, dass sich meine Freundin einen ausgeklügelten Plan überlegt hatte, um Gretas Selbstvertrauen aufzubauen. Und augenscheinlich hatte der Plan funktioniert. Greta lächelte hell. Mit ihren großen, blauen Augen und dem geflochtenen weißblonden Zopf sah sie aus wie Elsa aus *Die Eiskönigin*. »Danke schön. Ich bin ganz gespannt auf deinen Kurs.«

»Magst du dir auch einen Stuhl nehmen? Wir bilden einen Kreis.«

Nach Greta erschien die Journalistin Sophie, die, wie ich wusste, eine gute Freundin von Sara war und zudem den hiesigen Chor leitete. Als Letzte kam Ellies Großtante Ava in Begleitung von Amelie. Der jungen Frau mit den kinnlangen braunen Locken und den dunklen Augen gehörte die Buchhandlung am Dorfplatz, ich hatte sie letztes Jahr kennengelernt, als ich nach einem Geschenk für Isa gesucht hatte. Ihre Beratung hatte mir gut gefallen. Sie verstand etwas von ihrer Arbeit, das hatte man sofort gemerkt, verfügte über ein unglaublich breites literarisches Wissen, und zugleich spürte man, mit welcher Leidenschaft sie ihrem Beruf nachging. Lautlos zählte ich durch. Mich nicht eingerechnet bestand die Gruppe aus acht Frauen. Das war für das, was ich vorhatte, eine gute Größe. Auch freute ich mich über die verschiedenen Altersstufen. Von Jung bis Alt war alles dabei. Insgeheim erleichtert war ich über die Tatsache, dass kein Mann teilnahm. Ich bildete mir zwar ein, einen gut gekleideten Typen von einem unterscheiden zu können, der das nicht war – unwillkürlich kam mir der Parkplatzdieb in seiner schmutzigen Arbeitshose in den Sinn –, doch mit Frauenmode kannte ich mich wesentlich besser aus.

Ich holte mir einen Stuhl und setzte mich zwischen

Greta und Amelie in den Kreis. Die Aufregung, die mich bis eben erfüllt hatte, wich einem Gefühl erwartungsvoller Vorfreude. Hier saßen Frauen, die gekommen waren, um sich von *mir* Tipps abzuholen, und ich war fest entschlossen, alles dafür zu tun, damit es sich für sie lohnte. Aufmerksam ließ ich meinen Blick von einer zur anderen schweifen. Bis auf Irene in ihren altmodischen Schnürstiefeln, dem viel zu warmen Wollrock und der hochgeschlossenen Rüschenbluse und Biene in ihrem schweinchenfarbenen Hausanzug besaßen die anderen Teilnehmerinnen durchaus ein Gefühl dafür, was ihnen stand. Doch auch wenn man nur ein paar kleine Dinge bei ihnen veränderte, konnte das einen enormen Effekt erzielen. Eine auffällige Handtasche hier, ein schickes Paar Schuhe dort, und schon wurde aus einem Alltagslook ein echter Hingucker. Vielleicht wollte auch eine der Frauen ihren Typ verändern und etwas Neues ausprobieren. Dabei würde ich sie gerne unterstützen. Ein bisschen Abenteuer hatte bekanntlich noch niemandem geschadet.

Ich wollte gerade zur offiziellen Begrüßung ansetzen, als mich ein Geräusch von der Tür innehalten ließ. Wie es aussah, bekam unsere Gruppe noch weiteren Zuwachs. Ich wandte den Kopf und betrachtete erstaunt die Frau, die soeben den Raum betreten hatte. Kurz fragte ich mich, ob ich eine Erscheinung hatte und die Frau in Wirklichkeit gar nicht da war, doch das Gemurmel der anderen ließ darauf schließen, dass sie sie ebenfalls sahen.

»Ist das Claudia Schiffer?«, fragte mich Irene verunsichert und sprach damit aus, was auch mir durch den Kopf gegangen war.

Natürlich war sie nicht Claudia Schiffer, dafür war sie nicht nur gut und gerne zehn Zentimeter zu klein, sondern auch zu jung. Ich schätzte sie auf mein Alter. Aber die Ähnlichkeit war dennoch verblüffend. Die Kombination aus langem, seidig blondem Haar, großen blauen Augen und rosa Schmollmund machte sie zu einem der schönsten Wesen, die ich jemals gesehen hatte.

»Ja bitte?«, fragte ich, nachdem ich mich wieder gefangen hatte.

Mir war klar, dass die Frau sich in der Tür geirrt haben musste. Ihr gertenschlanker Körper steckte in einem hinreißenden schwarzen Minikleid mit kristallverziertem Kragen. Ich tippte auf *Miu Miu,* was bedeutete, sie hatte locker zweitausend Euro dafür hingeblättert. Und die Schlichtheit ihrer Handtasche und der Sandalen konnte auch nicht darüber hinwegtäuschen, dass es sich um ausgesuchte Designerstücke handelte. Wie auch immer – Tipps konnte ich ihr keine geben. Ein unbegrenztes Budget für Kleidung zur Verfügung zu haben führte zwar nicht zwangsläufig zu einem stilsicheren Auftritt, aber in ihrem Fall schon. Zusammen mit den Brillantsteckern in ihren Ohren und dem funkelnden Ring an ihrer Hand, dessen Stein genau den Farbton ihrer Augen traf, war die Frau ein optisches Gesamtkunstwerk.

»Ich nehme an, das hier ist der Modeberatungskurs«, sagte sie.

Ihre Stimme war überraschend hoch und ein wenig piepsig, worüber ich nicht wenig Genugtuung empfand, weil es sie in meinen Augen ein wenig menschlicher machte. Der Gedanke wurde hinweggefegt von ihren nächsten Worten.

»Mein Name ist Leonie Küpper, und ich bin gerade

zu Besuch in diesem Ka… äh … Örtchen und habe heute Nachmittag den Kursaushang gesehen.«

»Aha«, erwiderte ich, um Zeit zu gewinnen.

Demnach hatte sie sich also doch nicht in der Tür geirrt. Blieb die Frage, was sie hier wollte? Sich lustig machen über den Modegeschmack der Frauen vom Land? Oder war sie eine Journalistin, die unterhaltsamen Stoff für ihre nächste Kolumne suchte? Wenn dem so war, konnte sie gleich wieder gehen. Ich würde nicht zulassen, dass sie gemeine Sachen über meine Teilnehmerinnen schrieb.

Die Frau fixierte mich. »Sie leiten den Kurs?«, fragte sie, und als ich nickte, maß sie mich aufmerksam von oben bis unten. »Na gut, ich bleibe«, erklärte sie hoheitsvoll.

»Das nehme ich mal als Kompliment«, erwiderte ich trocken.

Leonie Küpper zuckte mit den Achseln, holte sich einen Stuhl und stellte sich damit vor Biene und Sophie, die wenig begeistert auseinanderrückten. Hinter meinen Schläfen setzte ein Ziehen ein. Bis eben hatte ich die Atmosphäre in der Gruppe als sehr angenehm empfunden, das hatte sich mit Leonies Auftritt schlagartig verändert. Ich nahm mir vor, sie genau im Auge zu behalten. Aber nun wollte ich erst mal die Begrüßung nachholen. Ich setzte ein strahlendes Lächeln auf.

»Hallo zusammen und herzlich willkommen zu unserem ersten Kurs«, begann ich. »Wenn es für alle in Ordnung ist, schlage ich vor, dass wir uns duzen.« Als keine widersprach, fuhr ich fort. »Wunderbar! Dann ein paar kurze Worte zu mir. Ich heiße Maria Lehrbach, wie die meisten von euch ja schon wissen, und arbeite als Investmentbankerin in Frankfurt. Momentan habe ich Urlaub, um mich um meine Mutter zu kümmern, die im *Haus Morgenröte* in Mondstein lebt.«

Mein Streit mit Michael Berger, der zu dem Urlaub geführt hatte, tat hier natürlich nichts zur Sache.

»Als Sara mir sagte, dass der Malworkshop von Moona! verschoben werden muss, kam ich auf die Idee, ihren Slot zu übernehmen und diesen Kurs anzubieten.« Mein Lächeln vertiefte sich. »Ich bin von klein auf modeverrückt gewesen. Meine Mutter war Schneiderin. Es konnte vorkommen, dass sie mich ohne Brotdose in die Schule schickte, aber niemals mit unpassender Garderobe.«

Die Anwesenden lachten. Bis auf Johanna, deren Gesichtsausdruck undurchdringlich wirkte, und Leonie, die ihre perfekt manikürten Fingernägel inspizierte.

»Jedenfalls habe ich in den letzten siebenunddreißig Jahren eine Menge über Stoffe und Kleidung gelernt und darüber, wie man seinen Typ am besten zur Geltung bringt. Und dieses Wissen möchte ich mit euch teilen. Dabei ist mir eins wichtig«, betonte ich ernst. »Jede Frau ist einzigartig. Deshalb wird das hier auch keine Beratung von der Stange. Ich möchte gezielt auf eure Wünsche und Bedürfnisse eingehen und euch nicht irgendetwas überstülpen, das ihr nicht seid.«

Ich blickte in die Runde und erkannte wohlwollende Zustimmung in den Gesichtern. Zumindest in den meisten. Johanna und Leonie würden harte Brocken werden, aber wenn es ihnen bei mir nicht gefiel, stand es ihnen frei zu gehen. Schließlich bekam ich hierfür nicht einmal Geld. Aus dem Grund würde ich mich auch sicher nicht mit unwilligen Teilnehmerinnen herumschlagen.

»Damit das gelingt«, fuhr ich fort, »ist eine Sache entscheidend: Vertrauen. Wir werden viel voneinander erfahren. Dinge, die ihr, selbst wenn ihr euch schon ewig kennt, vielleicht nicht voneinander wisst. Es geht darum, dass diese Dinge im Raum bleiben.«

An dieser Stelle schaute ich Biene an, die meinen Blick mit unschuldigem Augenaufschlag erwiderte.

Als alle nickten, sagte ich: »Dann lasst uns jetzt mit einer kurzen Vorstellungsrunde beginnen. Ich möchte, dass jede von euch drei Fragen beantwortet.«

Ich stand auf, stellte mich an den Flipchart und schrieb in meiner schönsten Schrift:

- Wer bin ich?
- Wann bin ich zufrieden mit dem Kurs?
- Was kann ich, was sonst niemand hier im Raum kann?

Ich drehte mich zu der Runde und lächelte. »Damit ihr seht, was ich meine, fange ich einfach mal an. Mein Name ist Maria, ich bin zufrieden mit dem Kurs, wenn ihr für euch etwas Wertvolles daraus mitnehmt, und ich kann, was bestimmt keine von euch kann, mit den Ohren wackeln.«

Damit die anderen etwas erkennen konnte, strich ich meine Locken aus dem Gesicht.

»Seht her«, meinte ich und ließ meine Ohren zucken. Die Frauen kicherten, und grinsend nahm ich wieder Platz.

»Ich mache weiter«, erklärte Biene bestimmt. »Ich heiße Elisabeth, aber ihr könnt Biene zu mir sagen. Ich bin zufrieden, wenn ich nach dem Kurs weiß, was ich zum dreißigsten Geburtstag meiner Nichte nächsten

Monat anziehen soll. Ihr Mann hat eine Überraschungsfeier in einem piekfeinen Restaurant in Münster geplant, da möchte ich hübsch aussehen.«

Ich machte mir eine Notiz in das Büchlein, das ich zu diesem Zweck neben mich gelegt hatte.

»Und ich kann, was sonst niemand kann, nämlich mir alle verwandtschaftlichen Beziehungen in Herzbach merken, und das bis in die dritte Generation.«

Mit triumphierender Miene schaute sich Biene um, ob ihr jemand den Thron in dieser Kategorie streitig machen wollte, aber alle schwiegen beeindruckt. Zufrieden verschränkte die Friseurin die Arme vor der Brust und lehnte sich in ihrem Stuhl zurück.

Als Nächstes war Greta an der Reihe. Noch vor einem Jahr wäre sie vor Scham im Boden versunken bei der Aussicht, vor einer Gruppe zu sprechen, doch heute meisterte sie die Herausforderung mit Bravour. Ihre Stimme zitterte nur ein kleines bisschen, als sie sagte: »Hallo, ich heiße Greta. Ich bin zufrieden, wenn ich herausfinde, was mir außer Jeans und T-Shirt noch steht.« Sie senkte den Kopf und sah auf ihre Knie. »Und ich kann ganz gut Klavier spielen, glaube ich.«

»Ganz gut?«, neckte ich sie liebevoll. Ich hatte Greta auf dem Sommerfest des Seniorenstifts letztes Jahr spielen hören. Sie hatte Zauberhände, und das sagte ich ihr auch.

Vor Freude wurde Greta rot. Bevor die Stille unangenehm werden konnte, ergriff Amelie das Wort. Die hübsche Buchhändlerin trug ein Sommerkleid mit Blumenmuster und meinte, sie fände ihren Stil zu romantisch und würde gerne mal etwas Gewagteres ausprobieren. Außerdem könne sie aus jedem Thriller des Bestsellerautors Henry Miles, einem Freund ihres Großvaters, auswendig den ersten Satz zitieren.

Saras und Sophies Wünsche gingen in eine ähnliche Richtung. Sie erhofften sich Inspirationen dafür, wie sie die Klamotten in ihrem Kleiderschrank auch mal anders stylen konnten, und während Sara gut in Spagat war, meinte die junge Journalistin mit einem Augenzwinkern: »Ich kann eine Geige von einem Cello unterscheiden.«

Die Äußerung sorgte für einige Erheiterung unter den Herzbacherinnen. Sophie Löwenstein stammte, wie mir bekannt war, aus einer Familie von berühmten Geigenbauern und war früher ein Musikwunderkind gewesen, das mit seinem Violinenspiel die größten Konzerthallen Europas gefüllt hatte.

»Magst du weitermachen?«, wandte ich mich an Irene.

»Wenn es sein muss. Ich bin Irene«, meinte sie in einem Tonfall, als müsse sie sich dafür entschuldigen. »Ich bin hier, um Hermann einen Gefallen zu tun. Und ich kann eigentlich nichts, was andere nicht auch können.« Ein winziger Funken glomm in ihren braunen Augen auf. »Außer alles schwarzsehen vielleicht.«

Ich musste lächeln. Die Gelegenheiten, in denen Irene sich selbst auf den Arm nahm, waren selten und erzielten deswegen eine umso größere Wirkung. Nun ergriff Ava das Wort, und ich war gespannt, was sie zu erzählen hatte.

»Guten Abend zusammen. Mein Name ist Ava«, sagte sie mit klarer Stimme. »Ich gehe demnächst zu einer Hochzeit und bin zufrieden, wenn ich etwas Passendes zum Anziehen dafür finde.«

Biene machte große Augen. »Was denn für eine Hochzeit?«, fragte sie erstaunt. »Ich weiß von keiner Hochzeit.« Sie sah zu Irene. »Du etwa?«

Irene schüttelte den Kopf. »Wer heiratet denn, Ava?«, fragte sie in einem Tonfall, der deutlich machte, dass sie eine Eheschließung mitnichten als freudiges Ereignis empfand. Kein Wunder, bei Irenes Vorgeschichte, dachte ich mitfühlend.

»Zwei liebe Freunde von mir«, bemerkte Ava, ohne weiter darauf einzugehen. »Und zu deiner dritten Frage, Maria: Ich kann gut Geheimnisse bewahren.«

»Das kann ich auch!«, trompetete Biene. »Was denn?«, fragte sie beleidigt, als die anderen Dorfbewohnerinnen zu kichern begannen.

»Ich würde jetzt gerne weitermachen, wenn's recht ist«, meinte Johanna. Das Giggeln verstummte abrupt. Die alte Frau musterte mich unter ihren schweren Lidern. »Ich heiße Johanna, und ich bin heute Abend hier, weil diese Nervensäge«, sie deutete auf Biene, »keine Ruhe gegeben hat. Zufrieden bin ich, wenn meine zwei jüngeren Schwestern keinen Unfug auf dem Hof anstellen, solange ich weg bin. Und was ich kann: Karate. Also kommt mir nicht komisch.«

»Du kannst Karate?«, fragte Greta bewundernd.

Zu meiner Überraschung wurden die Züge der alten Frau weich, als sie das Mädchen anschaute. »Nein, aber verrate es keinem.«

Ich schmunzelte. Johanna hatte also offenbar doch Sinn für Humor.

»Was ist mit dir?«, fragte ich in Leonies Richtung, die aus dem Fenster sah und mit den Gedanken meilenweit entfernt schien.

»Ach, bin ich schon dran?«, fragte sie und richtete sich auf ihrem Stuhl auf. »Hallo, zusammen«, sagte sie und machte eine gelangweilte, affektiert wirkende Kreisbewegung mit ihrer rechten Hand. »Meine Name ist Leonie, und ich besuche meinen Lebensgefährten, der vorübergehend in Herzbach arbeitet. Heute Abend hat er allerdings keine Zeit für mich.« Ihr Tonfall konnte nicht verbergen, wie gekränkt sie darüber war. »Deshalb bin ich spontan vorbeigekommen. Und weil ich mich für Mode interessiere natürlich.«

»Und was kannst du, was außer dir in diesem Raum niemand kann?«, fragte Amelie in ihrer freundlichen Art.

Leonies nachdenklicher Ausdruck verriet, dass sie überlegte, welchen der vielen Punkte sie zuerst anführen sollte. Ich spürte, wie sie mir zunehmend unsympathischer wurde.

»Ich spreche fließend Spanisch«, sagte sie schließlich, wobei ich mich an Simon erinnert fühlte.

»Wie schön für dich«, kommentierte Biene, sah mich an und verdrehte die Augen.

Nachdem die Vorstellungsrunde beendet war, erklärte ich, wie ich mir den Ablauf des Kurses vorgestellt hatte. Heute Abend ging es um die Grundlagen. Welche Kleidungsstile gab es, worin unterschieden sie sich, was waren die aktuellen Trends und welche zeitlosen Klassiker gingen immer. Ich hatte eine Präsentation mit Bildern und kleinen Filmchen vorbereitet, die bei den Teilnehmerinnen auf großes Interesse stieß. Die Zeit war im Nu vorbei.

»Zum nächsten Kurs bringt bitte jede ein Lieblingsteil aus ihrem Kleiderschrank mit, und wir sprechen darüber, wie man es am besten stylt«, schloss ich den Abend. »Außerdem könnt ihr euch schon einmal Gedanken machen, welche Themen rund um Mode euch noch interessieren. Im letzten Kurs haben wir Zeit, um auf eins davon näher einzugehen.«

»Ich glaube, den Frauen hat es großen Spaß gemacht«, meinte Sara, als alle gegangen waren und wir gemeinsam die Stühle zusammenstellten.

»Meinst du? Das freut mich«, sagte ich. »Mir hat es auch gefallen. Nur auf diese Leonie hätte ich ganz gut verzichten können.«

Die Tür zum Saal öffnete sich. Wenn man vom Teufel spricht, dachte ich.

»Hast du was vergessen?«, fragte ich kühl.

»Ich war schon halb auf dem Weg zurück und bin noch mal umgekehrt«, erklärte Leonie. Sie kam dabei zögernd näher und sah mich an. »Ich habe einen Auftrag für dich, Maria. Ich möchte, dass du mit meinem Freund shoppen gehst.«

»Bitte?«, entfuhr es mir. Ich hatte nicht den blassesten Schimmer, worauf sie hinauswollte.

Leonie drehte an ihrem Ring. Der Stein funkelte im Schein des Deckenlichts. »Jan und ich werden bald heiraten. Die Verlobungsfeier findet Mitte September zu Hause in München statt. Wir ziehen das richtig groß auf. Das Fest geht über drei Tage. Nur, ganz ehrlich: Mit den Sachen, die er im Schrank hat, kann er da nicht erscheinen. Dabei sieht er fantastisch aus und ist wahnsinnig klug«, stellte sie hastig klar, »er hat nur absolut kein Interesse an Mode.«

»Und warum gehst *du* dann nicht mit deinem Freund einkaufen?«, erkundigte ich mich misstrauisch. Geschmack hatte sie, und Geld spielte offenbar auch keine Rolle.

Sie sah mich merkwürdig an, so als müsste sie überlegen, ob sie mir die Wahrheit sagen sollte. »Jan weigert sich, mit mir shoppen zu gehen«, gestand sie schließlich. »Er meint, lieber würde er über brennende Kohlen laufen, als mich noch einmal in ein Geschäft zu begleiten. Ich habe es wohl beim letzten Mal ein wenig übertrieben.« Sie räusperte sich. »Davon abgesehen fliege ich morgen zurück nach München, und Jan bleibt hier. Er kommt erst kurz vor der Feier nach Hause. Ich hätte also gar keine Zeit mehr, um mit ihm einzukaufen.«

Sara und ich tauschten ein Blick. Um die Mundwinkel meiner Freundin zuckte es verräterisch, und auch mir fiel es schwer, ernst zu bleiben.

»So, so. Und du meinst, mit *mir* würde er gehen?«

Leonie zog eine Grimasse, als leide sie unter Zahnschmerzen. »Ich werde ihn schon dazu bringen.«

»Ach, gib dir keine Mühe«, antwortete ich und stellte den letzten Stuhl auf den Stapel. »Ich stehe als Shoppingbegleiterin nämlich nicht zur Verfügung.« Wie kam ich denn dazu, den Babysitter für ihren Freund zu spielen?

»Bitte«, sagte Leonie. »Ich bezahl dich auch gut.«

Ich lachte auf. »Mein Honorar kannst du dir nicht leisten«, sagte ich überzeugt und nannte ihr den erstbesten Betrag, der mir in den Sinn kam. Er war so unverschämt hoch, dass Sara neben mir leicht zusammenfuhr.

»Deal«, erwiderte Leonie, ohne mit der Wimper zu zucken.

Ungläubig starrte ich sie an. Hatte ich richtig gehört? Sie akzeptierte meinen Preis? Einfach so, ohne auch nur den Versuch zu starten, mich herunterzuhandeln? Die Gute schien wirklich verzweifelt zu sein. Ich musste sie dennoch enttäuschen. Auf keinen Fall würde ich meine kostbare Zeit dafür verschwenden, um mit ihrem Freund einkaufen zu gehen. Wie hatte er es so passend ausgedrückt? Lieber würde ich über glühende Kohlen laufen. Ich setzte gerade zu einer entsprechenden Erwiderung an, als Leonie mir ihr Smartphone entgegenhielt.

»Hier, das ist er. Das ist Jan.«

Nun hatte sie doch meine Neugier geweckt. Was für ein Mann hielt es mit einer Frau wie ihr aus? Ich trat einen Schritt näher und musterte das Foto. Vor Überraschung blieb mir die Luft weg. Nein, sagte ich zu mir selbst, das war unmöglich! Der Mann, der sich vor einem Beet aus Wildblumen auf eine Schaufel stützte und dabei übermütig in die Kamera grinste, sollte mit Fräulein Schiffer hier zusammen sein? Ich kniff die Augen zusammen und musterte das kupferbraune Haar, den dichten Bart, die blauen Augen. Es gab keinen Zweifel. Bei Leonies Freund handelte es sich um den Parkplatzdieb.

»Jan hat eine Firma für Garten- und Landschaftsbau«, hörte ich Leonie sagen. »Er ist hier, um einen Garten anzulegen. Normalerweise hat Jan dafür seine Leute, aber weil er den Besitzer schon ewig kennt, macht er es in diesem Fall selbst.«

Ein Gärtner also. Das erklärte auch die verschmutzte Arbeitshose. Auf einmal meldete sich ein Teufelchen in meinem Kopf. Er hasste es einzukaufen? Wenn das so war, würden wir shoppen gehen, bis er um Erbarmen flehte. Ein diabolisches Grinsen legte sich auf meine Lippen.

»Okay, ich mach's«, sagte ich.

Aus den Augenwinkeln nahm ich wahr, wie Sara mich wie vom Donner gerührt anschaute.

»Bist du von allen guten Geistern verlassen?«, fragte sie, nachdem Leonie gegangen war. »Warum hast du dich darauf eingelassen? Schon vergessen: Du bist in Herzbach, um dich zu entspannen, und nicht, um dir noch zusätzlichen Stress aufzuladen.«

»Oh, aber Leonies Auftrag entspannt mich. Sehr sogar.«

Ich erzählte Sara, wie ich den Mann, von dem ich nun wusste, dass er Jan hieß, bei meiner Ankunft in Herzbach kennengelernt hatte. Als ich ihr schilderte, wie er mir erst den Parkplatz weggeschnappt und dann versuchte hatte, mir im Supermarkt die letzten Weintrauben abspenstig zu machen, lachte sie laut auf.

»Ein Mann, der es mit dir aufnimmt. Ich mag ihn jetzt schon.« Sie wurde wieder ernst. »Aber ich kapiere immer noch nicht, warum du mit ihm einkaufen willst.«

»Na, um es ihm heimzuzahlen, natürlich«, entgegnete ich, als spräche ich zu einem begriffsstutzigen Kind.

Saras Augen wurden groß. »Meinst du das ernst?«

»Natürlich. Das wird lustig.«

Meine Freundin sah mich prüfend an. Plötzlich legte sich ein listiges Lächeln um ihren Mund. »Und es hat rein gar nichts damit zu tun, dass dieser Jan wie Jamie Fraser aussieht? Leugnen ist zwecklos, meine Liebe, ich habe das Foto auf Leonies Handy auch gesehen.«

»Wer um alles in der Welt ist Jamie Fraser?«

»Hast du nicht *Feuer und Stein* von Diana Gabaldon gelesen? Die Outlander-Saga? Großer, gut aussehender Schotte? Klingelt es da bei dir?« Saras Lächeln wurde breiter.

Ein Anflug von Ungeduld überkam mich, und ich verdrehte die Augen. Seit Sara mit Alexander Hoven ihre große Liebe gefunden hatte, vermutete sie überall Romantik.

»Mag sein, dass der Mann nicht schlecht aussieht, aber …«

»Nicht schlecht?«, unterbrach mich Sara in gespielter Empörung. »Das ist die Untertreibung des Jahrzehnts. Er ist heiß.«

»Die Geschmäcker sind bekanntlich verschieden. Ich jedenfalls fand ihn einfach nur nervig.«

»Und deswegen verbringst du nun einen ganzen Tag mit ihm.«

»Genau.«

Sara sah mich lange an, und ich war mir nicht sicher, ob mir der wissende Ausdruck in ihren Augen gefiel.

10

Jan »Wer hätte gedacht, dass du so ein Geheimniskrämer bist«, sagte ich zu Alexander Hoven.

Es war Mittwochabend, und wir saßen nebeneinander an der Theke. Die Kneipe, die Alex als Treffpunkt vorgeschlagen hatte, lag im Bahnhofsviertel von Sternbeck. Bis auf einen alten Mann mit Strickjacke und Schnauzbart, der gedankenverloren in sein Glas stierte, waren wir die einzigen Gäste.

Alex nahm einen Schluck von seinem Bier und wischte sich mit dem Handrücken den Schaum vom Mund. »Bin ich auch nicht, aber ich kann nicht riskieren, dass uns jemand aus dem Dorf zusammen sieht. Dann ist das Geheimnis, wer das Haus an der alten Mühle gekauft hat, die längste Zeit eins gewesen, und meine Überraschung für Sara dahin.« Belustigt schüttelte er den Kopf. »Mittlerweile hast du ja Bekanntschaft mit der Neugier der Herzbacher gemacht. Mich wundert es, dass noch keiner über die Steinmauer geklettert ist, um den Garten in Augenschein zu nehmen.«

Ich hob beide Hände. »Ich bin nur tagsüber dort. Wer weiß, was nach Einbruch der Dämmerung passiert.«

Lachend hob Alex zwei Finger, um der Wirtin zu signalisieren, dass wir beide noch ein Bier nahmen. Die Frau, die gerade Gläser polierte, brummte etwas Unverständliches, warf sich ihr blau-weiß gestreiftes Geschirrhandtuch über die Schulter und stellte sich an den Zapfhahn.

»Aber jetzt erzähl mal«, meinte Alex und beugte sich interessiert vor, »wie kommst du voran? Hast du alles, was du brauchst, oder gibt es etwas, wobei du meine Unterstützung benötigst?«

Anfangs hatte mich die Tatsache, dass Herzbach autofrei war, vor eine logistische Herausforderung gestellt. Denn meine Ausrüstung musste ebenso zum Grundstück gebracht werden wie die Stauden und Gräser und das Bauholz. Dazu kamen säckeweise Blumenerde. Die Herzbacher waren nicht engstirnig. Bei gewichtigen Gründen, so hatte Alexander mir erklärt, konnte man eine Ausnahme von dem Kraftfahrzeugverbot erwirken, doch dazu hätten wir seine Eigentümerschaft offenlegen müssen, und dazu war er nicht bereit gewesen. Also hatte er ein paar Leute und ein Boot organisiert und die Ausrüstung so zum Grundstück gebracht. Kein leichtes Unterfangen, weil der Fluss in Teilen schmal und nicht besonders tief war, aber am Ende hatte es funktioniert.

»Es läuft gut«, meinte ich und holte mein Handy hervor, um Alex die Fotos vom neuen Sitzplatz zu zeigen. Eine WhatsApp-Nachricht von Leonie ließ mich innehalten.

Wann kommst du???

Drei Fragezeichen. Ich konnte verstehen, dass sie verstimmt war. Wir hatten uns seit Wochen nicht gesehen und ausgerechnet an dem Abend, an dem sie mich besuchen kam, war ich mit Alexander verabredet.

»Soll ich das Treffen verschieben?«, hatte ich sie gefragt, als wir vorhin in der Küche meiner Wohnung schnell etwas gegessen hatten.

»Nein«, hatte sie geantwortet, ohne mich anzuschauen. »Ist schon in Ordnung.«

Natürlich war es für sie nicht in Ordnung, das war mir auch klar, schließlich war ich nicht vollkommen unsensibel. Doch es ging mir auf die Nerven, dass sie nie geradeheraus sagen konnte, was Sache war. Also hatte ich nur »Dann ist ja gut« geantwortet und mich wieder aufs Essen konzentriert.

»Was ist los?«, fragte Alex.

Ich sah auf. »Leonie hat geschrieben. Sie ist heute zu Besuch und fragt mich, wann ich nach Hause komme.«

Alex runzelte die Stirn. »Warum hast du nichts gesagt? Wir hätten uns ein anderes Mal treffen können.«

Ich zuckte mit den Schultern. »Ehrlich gesagt war ich ganz froh, dass ich gehen konnte. Bei Leonie dreht sich alles nur noch um unsere Verlobungsfeier und was ich dazu anziehe. Manchmal denke ich, sie hat Angst, dass ich sie vor ihren Freunden blamieren könnte.«

Ich stutzte. Hatte ich das wirklich laut gesagt? Alex war ein langjähriger, guter Freund, aber dennoch – normalerweise sprach ich nicht über meine Beziehung. Die ging nur Leonie und mich etwas an. Warum dann also heute?

In diesem Moment stellte die Wirtin zwei frisch gezapfte Bier vor uns ab.

»Na dann mal Prost«, meinte sie und zeichnete mit einem Bleistift zwei Striche auf unseren Deckel.

Der bärtige Mann, der über Eck saß, winkte ungeduldig.

»Eine alte Frau ist doch kein D-Zug«, murmelte sie und schlurfte zu ihm herüber.

Aus den Augenwinkeln bemerkte ich, dass Alex mich nachdenklich ansah.

»Kann es sein, dass du gar keine Lust mehr auf die Verlobung mit Leonie hast?«, fragte er unvermittelt.

Entgeistert starrte ich ihn an. »Wie kommst du denn darauf? Natürlich will ich das.« In meinem Mund bildete sich ein schaler Geschmack, und ich nahm einen Schluck von meinem Bier, um ihn fortzuspülen. »Ich will nur diese Art von Feier nicht. Ein Fest über drei Tage ... das passt nicht zu mir.« Ich atmete tief durch.

Alex legte mir kurz eine Hand auf die Schulter. »Tut mir leid, Jan. Vergiss, was ich gesagt habe. Normalerweise verteile ich nicht ungefragt Ratschläge, und es geht mich auch überhaupt nichts an. Es ist nur: Wenn Sara mir sagen würde, dass sie drei Tage lang Verlobung feiern möchte und sich dafür einen Elefanten, ein Lama und ein Känguru als Gäste wünscht, würde ich sofort loslaufen, um alles Erforderliche in die Wege zu leiten.« Er lächelte. »Nicht, weil ich so ein toller Hecht bin, sondern, weil es sie glücklich machen würde. Und es für mich nichts Schöneres auf dieser Welt gibt, als sie glücklich zu sehen.«

Betroffen schaute ich ihn an. Ich hatte nachgegeben, was die Feier betraf. Aber nicht, wie ich mir eingestehen musste, um Leonie glücklich zu machen und mich an ihrem Strahlen zu erfreuen, sondern um die Auseinandersetzung zu beenden. Andererseits, überlegte ich, waren Alex und Sara auch erst seit Kurzem ein Paar. Sie waren immer noch in der Verliebtheitsphase. Leonie und ich hingegen waren mit sechzehn zusammengekommen. Davor waren wir beste Freunde gewesen. Das konnte man nicht miteinander vergleichen. Dennoch hatte Alexander im Kern recht. Leonie war meine zukünftige Frau. Ich sollte mich mehr für ihre Bedürfnisse interessieren. Und wenn ihr so viel daran lag, was ich auf dem Fest trug, dann musste ich das respektieren. Was war so schlimm daran, einkaufen zu gehen? In meinem Kopf blitzten Bilder von unserem letzten Shoppingbesuch in München auf, zu dem sie mich überredet hatte, und bei der Erinnerung spürte ich wieder Unwillen in mir aufsteigen. Leonie hatte mich ausnahmslos in Läden geschleppt, in denen ein Anzug mehr kostete, als meine Mitarbeiter in einem Vierteljahr verdienten. Das kann nicht dein Ernst sein, hatte ich irgendwann völlig entnervt zu ihr gesagt. Danach hatte ich verkündet, nie wieder mit ihr einkaufen zu gehen. Jetzt packte mich das schlechte Gewissen. Ich wandte mich Alex zu.

»Du hast mich überzeugt. Am Samstag werde ich nach Münster fahren und mir was Anständiges zum Anziehen kaufen, damit Leonie zufrieden ist.« Ich lächelte schief. »Willst du jetzt die Fotos vom Sitzplatz sehen?«

Als ich um kurz nach zehn die Tür zu meiner Ferienwohnung in Mondstein aufschloss, leuchtete mir aus dem Wohnzimmer ein heller Schein entgegen. Das war ein schönes Gefühl. Normalerweise kehrte ich in eine leere, dunkle Wohnung zurück, und ich freute mich, dass es heute anders war. Ich hängte meine Jacke an die Garderobe und betrat den Raum. Leonie hatte es sich auf dem Sofa gemütlich gemacht und blätterte in einer Zeitschrift. Ihre Füße waren nackt, die Zehennägel rosa lackiert. Vor ihr auf dem Sofatisch stand ein Glas Weißwein. Außerdem hatte sie Kerzen angezündet. Leonie war Expertin darin, um sich herum Behaglichkeit zu schaffen.

»Hallo, Schatz«, begrüßte ich sie.

Sie sah von ihrer Lektüre auf, als habe sie meine Anwesenheit erst jetzt bemerkt. »Hallo«, erwiderte sie. Ihre Miene war unergründlich.

Ich ging zu ihr und beugte mich zu ihr hinunter. Eigentlich wollte ich sie auf den Mund küssen, doch weil sie in diesem Moment das Gesicht abwendete, erwischten meine Lippen nur ihre Wange. Ihre Haut fühlte sich kühl an. So wie ich Leonie kannte, war dies die Strafe dafür, dass ich an meiner Verabredung mit Alex festgehalten hatte. Damit war zu rechnen gewesen, dennoch stiegen Ärger und Enttäuschung in mir hoch. Ich richtete mich auf, bemüht, mir meine Gefühle nicht anmerken zu lassen.

»Möchtest du noch Wein?«, fragte ich sie.

Leonie schüttelte stumm den Kopf.

Ich ging in die Küche, die über eine Theke mit dem Wohnzimmer verbunden war, nahm ein Glas aus dem Regal und goss mir von dem Lugana ein, den ich am Montag im Supermarkt gekauft hatte. Dabei musste ich an die Frau denken, die ich in der Obstabteilung wiedergetroffen hatte. Wäre Leonie wie sie, würde sie mir jetzt ordentlich die Meinung geigen und damit die Basis schaffen, um die Sache aus der Welt zu räumen.

»Hattest du einen schönen Abend?«, fragte Leonie, als ich neben ihr auf dem Sofa Platz nahm.

Ich beschloss, den sarkastischen Unterton in ihren Worten zu überhören, und erwiderte: »Ja, danke. Du auch?«

»Ich war in Herzbach«, antwortete sie, legte ihre Zeitschrift beiseite und nahm einen Schluck von ihrem Wein. »Ich bin gerade erst wiedergekommen.«

»Ach ja?«, fragte ich verblüfft. Ich hatte damit gerechnet, dass sie die Zeit bis zu meiner Rückkehr schmollend in der Wohnung verbracht hatte.

»Ja. Ich habe mich um deine Garderobe für die Verlobung gekümmert.«

»In Herzbach?« Mein Gesicht war ein einziges Fragezeichen.

Leonie nickte. Zum ersten Mal heute zeichnete sich der Anflug eines Lächelns um ihren Mund ab. »Ich war doch nach dem Pitch zu früh dran, um dich abzuholen. Also habe ich einen Spaziergang durchs Dorf gemacht. Dabei bin ich auf Werbung für einen Modeberatungskurs gestoßen. Und weil du heute Abend anderweitig beschäftigt warst«, sie machte eine vielsagende Pause, »bin ich hingegangen.«

In meinem Kopf begannen die Alarmglocken zu schrillen. Ein Modeberatungskurs? In Herzbach? Fand der regelmäßig statt? Erwartete Leonie etwa von mir, dass ich dorthin ging? Nur über meine Leiche, dachte ich. Sie wollte fortfahren, doch ich fiel ihr ins Wort.

»Das ist ja ein Zufall. Alex und ich haben auch über Mode gesprochen. Genauer gesagt, über meine Klamotten für das Fest.«

Die Ablenkung funktionierte. Leonie zog ihre perfekt geformten Augenbrauen in die Höhe. »Ich dachte, ihr hattet ein Arbeitsmeeting?«

»Hatten wir auch«, beeilte ich mich zu versichern. »Aber wir haben auch über die Verlobungsfeier gesprochen. Alex hat mir ins Gewissen geredet. Deswegen werde ich am Samstag nach Münster fahren und einkaufen.« Ich setzte ein Lächeln auf.

Doch wenn ich erwartet hatte, dass sich Leonie über meinen Sinneswandel freute und mich lobte, hatte ich mich gründlich geirrt.

Sie legte die Stirn in Falten. »So ist das also. Wenn Alexander Hoven dir sagt, du sollst shoppen gehen, tust du es. Ich dagegen kann mir wochenlang den Mund fusselig reden.« Ihre Stimme klang tief gekränkt.

In Gedanken schlug ich mit der Stirn gegen die Wand. Mehrmals. Wie konnte ich nur so dämlich sein? Ich suchte ihren Blick. »Ich bin von alleine auf die Idee gekommen«, versuchte ich zu retten, was zu retten war. Leonies Miene nach zu urteilen, blieb es bei dem Versuch. Demonstrativ wandte sie ihr Gesicht ab. Dennoch sprach ich weiter. »Alex hat mir nur einen Schubs in die richtige Richtung gegeben. Jetzt komm schon, sei nicht sauer. Am Ende zählt doch das Ergebnis.«

Ich nahm Leonie das Glas Wein aus der Hand, stellte es zusammen mit meinem auf dem Sofatisch ab, legte einen Arm um sie und zog sie an mich. Dabei wurde mir bewusst, dass wir uns lange nicht mehr so nah gekommen waren. Eine Sekunde lang machte sie sich ganz steif. Dann gab sie nach, lehnte sich an mich und hob mir ihr Gesicht entgegen. Ich küsste ihre kühlen Lippen, die nach Weißwein schmeckten, und strich über ihr Haar. Im Kerzenlicht sah Leonie wahnsinnig jung aus. So wie damals, als wir zu Schule gegangen waren und jeden Nachmittag miteinander verbracht hatten.

Ein Gefühl von Zärtlichkeit und Vertrautheit überkam mich.

»Was war das jetzt mit dem Modeberatungskurs?«, fragte ich sanft.

Leonie rückte ein Stück von mir ab und schaute mich an. »Ich habe die Kursleiterin für dich gebucht. Sie wird dich am Samstag zum Shoppen begleiten.«

Der Satz wirkte wie eine kalte Dusche auf mich. »Du hast was?«, fragte ich perplex.

Leonie hob die schmalen Schultern. »Ich finde es toll, dass du von dir aus einkaufen möchtest, aber wenn du ehrlich bist, weißt du gar nicht, wonach du schauen sollst. Geschweige denn, in welchen Geschäften.«

»Und diese Frau weiß das?«, fragte ich misstrauisch. »Und du vertraust ihr, dass sie deinen Geschmack trifft?«

Leonie sah immer aus wie aus dem Ei gepellt. Für das, was sie im Monat an Klamotten, Schuhen und Handtaschen ausgab, konnte man anderswo ein kleines Land kaufen. Es war schwer vorstellbar, dass sie ausgerechnet in Herzbach auf eine Seelenverwandte gestoßen sein sollte.

»Ja«, entgegnete Leonie. »Ich fand sie zwar nicht sonderlich sympathisch, aber Stil hat sie, das lässt sich nicht bestreiten. Und bei dem Honorar, das sie verlangt, sollte sie den auch besser unter Beweis stellen.«

Gegen meinen Willen musste ich schmunzeln. »Sie hat dich abgezogen.«

Leonie verzog keine Miene. »Ich hätte auch das Doppelte gezahlt.«

Ich betrachtete meine Freundin mit einer Mischung aus Belustigung und Verzweiflung. Wenn Leonie sich etwas in den Kopf gesetzt hatte, war sie knallhart. Sie zahlte einer Fremden ein Vermögen, damit sie mit mir einkaufen ging. Irgendwie ließ mich das wie den letzten Deppen aussehen. Als ich Leonie darauf hinwies, schmunzelte sie.

»Geh nicht so hart mit dir ins Gericht.« Ihre Miene wurde wieder ernst. »Ich möchte doch nur, dass unsere Verlobungsfeier schön wird.« Ihr Blick ging durch mich hindurch. »Sie muss perfekt werden«, sagte sie wie zu sich selbst.

Bei ihren letzten Worten meinte ich einen Ausdruck von Verbissenheit in ihren Augen zu erkennen, doch als ich genauer hinsah, war er verschwunden, und ich kam zu der Überzeugung, dass ich mich getäuscht haben musste.

11

Maria »Da vorne kommt Helen«, informierte mich meine Mutter, als wir am Donnerstagnachmittag bei herrlichem Sonnenschein im Rosengarten des Seniorenstifts saßen und uns den leckeren Apfelkuchen mit Rosinen schmecken ließen, den die Back-AG am Morgen gezaubert hatte. Dazu gab es frisch geschlagene Sahne und warme Vanillesoße im Kännchen, an der man sich nach Herzenslust bedienen konnte.

»Wo denn?«, erkundigte ich mich interessiert. Meine Sonnenbrille lag noch im Handschuhfach, sodass ich gegen das Licht anblinzeln musste.

Meine Mutter hatte mir schon häufiger von Helen erzählt. Sie war ihre Physiotherapeutin und hatte, so meine Mutter, eine verblüffende Ähnlichkeit mit mir. Getroffen hatte ich sie bisher noch nicht.

»Na, da drüben!«, erwiderte meine Mutter, nun mit leichter Ungeduld in der Stimme.

Sie wies mit dem Zeigefinger auf eine junge Frau mit rot gefärbten Haaren, die mit wiegenden Hüften über den Kiesweg schritt. Mit offenem Mund schaute ich zu, wie sie näher kam.

»Na, was habe ich dir gesagt?«, fragte meine Mutter triumphierend.

»Du hast recht«, entgegnete ich matt, »wie Zwillinge.«

Ich wusste nicht, ob ich lachen oder weinen sollte. Helen war das komplette Gegenteil von mir. Klein, mit mindestens fünfzehn Kilogramm zu viel auf den Rippen und üppigen Brüsten, die das knappe weiße T-Shirt beinahe zu sprengen schienen. Ihre Arme waren über und über tätowiert. Ein überdimensionaler knallroter Kussmund auf ihrem Bizeps sprang mir besonders ins Auge. Zudem konnte sie nicht älter als Mitte zwanzig sein.

»Da ist ja meine Lieblingspatientin«, sagte Helen, als sie uns erreicht hatte. Ihr Lächeln war freundlich. Und die Zahnlücke zwischen den Vorderzähnen fand ich auch niedlich. Das hätte es bei uns zu Hause allerdings nicht gegeben. Ich war die Erste in unserer Klasse, die auf Entscheidung meiner Mutter hin eine feste, silberne Klammer verpasst bekam. Den Beinamen »Klammaria« wurde ich erst mit Beginn meines Studiums wieder los. Kinder konnten so grausam sein.

»Ich bin Helen«, wandte sich Mamas Physiotherapeutin nun an mich und streckte mir die Hand entgegen. »Und Sie müssen Maria sein, Lottes Tochter. Das habe ich gleich erkannt. Wir sind uns ja quasi wie aus dem Gesicht geschnitten.« Sie zwinkerte mir zu, und ich schenkte ihr ein Lächeln. Die Frau war mir sympathisch. »Ihre Mutter muss ich jetzt leider entführen. Unsere Physio-Stunde beginnt gleich.«

Ich blieb noch eine Weile sitzen, als die beiden fort waren, und genoss meinen Kaffee. Bautz schlief einen Meter weiter im Schatten eines Rosenbaums, ein Ohr auf dem Rasen ausgebreitet, das andere über die Augen geklappt.

Als ein Angestellter des Stifts mich fragte, ob ich noch ein Stück Kuchen wolle, stimmte ich begeistert zu. So lässt es sich leben, dachte ich, während ich mich großzügig an der warmen Vanillesoße bediente, die der Mann noch einmal nachgefüllt hatte. Um den Rosengarten herum verlief ein breiter Weg. Ein paar Bewohner hatten ein Stück abgezweigt, um Boule zu spielen. Ihr dröhnendes Gelächter schallte zu mir herüber. Wieder einmal fühlte ich tiefe Freude darüber, dass meine Mutter ihren Lebensabend hier an diesem schönen Ort verbringen durfte. Und ich war stolz darauf, dass ich ihr das ermöglichen konnte. Geld war meine gesamte Kindheit über ein großes Thema bei uns gewesen. Es war einfach nie genug da. Mamas Beruf als Schneiderin brachte nicht viel ein, zudem arbeitete sie nur halbtags, um sich um mich kümmern zu können, und mein Vater zahlte nur den Mindestunterhalt. Im Nachhinein konnte ich es ihm nicht verübeln. Schließlich hatte er nie eine Beziehung zu mir aufbauen dürfen. So wenig wie ich zu ihm. Natürlich kannte ich nur die Seite meiner Mutter, nach der mein Vater ein verantwortungsloser Mistkerl war, der sie mit einem Baby hatte sitzen lassen. Aber spätestens als ich in die Pubertät kam und mich zum ersten Mal ducken musste, um nicht von dem Teller getroffen zu werden, den meine Mutter in einem ihrer unkontrollierten Wutausbrüche nach mir warf, begriff ich, dass es auch noch eine andere Wahrheit geben musste und zum Scheitern einer Beziehung meistens zwei gehörten. Das änderte jedoch nichts an der Tatsache, dass wir wenig Geld hatten, weswegen ich auf viele Dinge verzichten musste, die für meine Klassenkameraden selbstverständlich waren. In die Ferien fahren, zum Beispiel, oder Anziehsachen im

Laden kaufen. Vermutlich reiste ich deswegen heute so gerne. Oder liebte es zu shoppen. Der Gedanke brachte mich auf den gestrigen Kurs zurück. Was für ein nettes Grüppchen sich dort zusammengefunden hatte. Sogar Johanna mochte ich, obwohl, oder vielleicht auch gerade, weil sie so wenig gefällig auftrat. Jedenfalls freute ich mich schon riesig auf den nächsten Mittwochabend. Dass ich Leonies Auftrag angenommen hatte, ihren Freund für die Verlobungsfeier einzukleiden, erschien mir dagegen nicht mehr als die allerbeste Idee. Denn nun musste ich mit einem Kerl, den ich nicht mochte, einen ganzen Samstag in Münster verbringen. Leonie hatte mir heute Morgen eine E-Mail mit den Details geschrieben. Ach, was soll's, versuchte ich mich zu trösten. Es war nur ein Tag, den würde ich schon irgendwie überstehen. Und was ich mit dem Honorar anstellen wollte, wusste ich auch schon. Ich lächelte in mich hinein. Da würden meine Kursteilnehmerinnen Augen machen. Bautz streckte sich und stand auf. Dann wackelte er auf seinen krummen Beinchen zu mir, und ich beugte mich zu ihm hinunter und streichelte über sein warmes Haupt.

»Bist du aufgewacht?«, fragte ich. »Das ist prima, dann können wir ja jetzt los.«

Eine Viertelstunde später waren wir auf der Autobahn in Richtung Münster unterwegs. Wenn ich die Herzbacher und Jan in Modefragen beraten wollte, musste ich mich mit den lokalen Gegebenheiten vertraut machen. Ich parkte in der Innenstadt und schlenderte über den Prinzipalmarkt mit seinen hübschen Giebelhäusern, von denen keins dem anderen glich. Die erste Stunde verbrachte ich damit, mir einen Überblick über die vorhandenen Shoppingmöglichkeiten zu verschaffen. Mit Bautz an der Leine lief ich die größten Einkaufsstraßen entlang, registrierte die Kaufhäuser, Herrenausstatter, Boutiquen und Schuhgeschäfte, die ich schon bei meiner Onlinerecherche vorab entdeckt hatte. Anschließend nahm ich mir die Seitenstraßen vor. Bei einer Apfelschorle auf dem Domplatz – Bautz bekam unaufgefordert ein Schälchen mit frischem Wasser hingestellt, was ich sehr aufmerksam fand – sah ich die Notizen in meinem Büchlein durch. Biene benötigte ein Outfit für eine Geburtstagsfeier in einem feinen Restaurant, Ava suchte etwas Passendes für eine Hochzeit, Amelie wollte etwas Gewagteres als ihre üblichen Blumenkleider ausprobieren und Irene ihrem Bekannten Hermann eine Freude machen, indem sie mal etwas für sich tat. Hinzu kamen Greta, die nicht immer Jeans und T-Shirt tragen mochte, und Sara und Sophie, die sich neue Stylingideen für die Klamotten in ihrem Kleiderschrank erhofften. Johanna hatte sich nicht geäußert, aber bei ihrer majestätischen Haltung sollte es nicht schwer sein, etwas Schönes für sie zu finden. Mein Plan war, den theoretischen Kursteil mit einem gemeinsamen Shoppingbesuch abzuschließen. Noch wussten die Teilnehmerinnen nichts von meiner Idee, ich wollte sie ihnen nächsten Mittwoch vorschlagen, aber ich war mir sicher, dass sie Lust hatten. Der Ausflug würde bei Weitem unterhaltsamer werden als der am kommenden Samstag, an dem ich mit Jan unterwegs war. Auch für ihn hatte ich die Augen offen gehalten. Riesig war die Auswahl nicht, aber ein paar Geschäfte, die infrage kamen, hatte ich dennoch entdeckt und in meinem Büchlein notiert. Auch wenn ich mich mit weiblicher Mode besser auskannte: Ich würde schon etwas für ihn finden, da machte ich mir keine Sorgen. Schicker aussehen würde er hinterher in jedem Fall. Auch wenn das nicht besonders schwierig war, wenn ich an seine Arbeitshose mit den verstärkten Knien dachte. Mit ein wenig Glück konnte ich ihn vielleicht auch dazu bewegen, zum Friseur zu gehen. Seine Haare waren eindeutig zu lang und der Bart zu wild. Wir waren schließlich nicht im Schottland des 18. Jahrhunderts. In Frankfurt hätte ich auf Anhieb ein halbes Dutzend Barbershops gewusst, in die ich Jan hätte schleppen können, hier würde ich mich erkundigen müssen. Zur Not bat ich Biene einzuspringen. Bei der Vorstellung musste ich grinsen. Biene neigte dazu, all ihren Kundinnen dieselbe Frisur zu verpassen. Nämlich ihre eigene. Wenn man durch Herzbach lief, konnte man genau erkennen, wer zu ihr zum Haareschneiden ging. Ich stellte mir Jans Gesichtsausdruck vor, wenn er in den Spiegel sah und den nach außen geföhnten Bob an sich bemerkte … und Leonies erst, wenn ihr Freund so zur Verlobungsfeier erschien. Ich kicherte in mich hinein und bestellte mir noch eine Apfelschorle.

Ich war schon auf dem Rückweg zum Parkplatz, als ich vor einem Schaufenster wie angewurzelt stehen blieb. Beim Anblick der orangefarbenen Clutch mit dem goldenen Verschluss beschleunigte sich mein Herzschlag, und ein verliebtes Lächeln breitete sich auf meinem Gesicht aus. Wie in Trance betrat ich den Laden.

Als ich zehn Minuten später mit einer Einkaufstasche wieder auf dem Bürgersteig stand, war meine Laune bestens. »Die habe ich mir wirklich verdient«, informierte ich Bautz und nahm ihn auf den Arm. »Und ganz nebenbei habe ich die Wirtschaft angekurbelt. An mir liegt es jedenfalls nicht, wenn sie schwächelt.«

»Das ist ein Laufhund, kein Tragehund«, teilte mir ein etwa zwölfjähriges Mädchen im Vorbeigehen mit altkluger Stimme mit.

Ich musste lachen. »Siehst du das auch so?«, fragte ich Bautz und drückte ihm einen Kuss auf die Nase.

12

Jan Die Maschine nach München hatte Verspätung, und so gingen Leonie und ich am Flughafen Münster/Osnabrück in ein Café, um dort gemeinsam die Zeit zu überbrücken.

»Du musst nicht mit mir warten«, hatte sie zwar gemeint, doch diesmal war ich klug genug, um ihr zu widersprechen.

»Natürlich bleibe ich bei dir, der Garten läuft mir nicht weg.«

Das zufriedene Lächeln, das sie mir daraufhin schenkte, bestärkte mich in meiner Vermutung, dass sie nicht nur auf die Antwort gehofft, sondern sie auch insgeheim von mir erwartet hatte. Warum ist bei ihr immer alles so kompliziert?, dachte ich frustriert, während ich meinen Kaffee umrührte. Seltsamerweise musste ich schon wieder an die dunkelhaarige Frau vom Parkplatz denken. Die Art, wie sie die ganze Welt wissen ließ, wenn ihr etwas nicht passte, hatte mir offenbar noch mehr imponiert, als ich gedacht hatte. Ob wir uns wohl ein drittes Mal begegnen würden? Wenn ja, würde ich mich diesmal wirklich zusammenreißen. Ich war noch zweieinhalb Wochen in Herzbach und es leid, mit meinen Pflanzen zu sprechen. Ich brauchte *menschliche* Gesellschaft. Jemanden, der auch antwortete.

Leonie tippte auf ihrem Smartphone herum. Das tat sie ununterbrochen, seit wir in Mondstein losgefahren waren.

»Wem schreibst du eigentlich die ganze Zeit?«, erkundigte ich mich und konnte meine Gereiztheit kaum verbergen.

Wenn ich schon mit ihr wartete, konnte sie sich wenigstens mit mir unterhalten. Welchen Sinn hatte es sonst, dass ich hier war? Leonie sah von ihrem Smartphone auf und warf ihr blondes Haar zurück. Ich bemerkte, wie der Mann am Nachbartisch sie hingerissen betrachtete. Seine Augen waren voller Bewunderung. In Momenten wie diesen wurde mir bewusst, wie schön meine Freundin war. Wir waren schon so lange zusammen, dass es mir kaum noch auffiel. Ihr Aussehen war so vertraut, so selbstverständlich.

»Ich habe Maria noch ein paar Ergänzungen zu unserer Verlobungsfeier geschrieben und ihr deine Kontaktdaten gegeben. Ihre hab ich dir gerade per WhatsApp geschickt«, holte mich Leonie aus meinen Gedanken.

Ich wandte meinen Blick von dem Mann ab und lenkte meine Aufmerksamkeit wieder auf sie.

»Was denn für Ergänzungen?«, fragte ich. So ganz war ich immer noch nicht über die geschäftliche Vereinbarung der beiden Frauen hinweg, bei der ich mir ziemlich bescheuert vorkam.

Leonie legte eine manikürte Hand auf meinen Unterarm. »Keine Sorge. Ich habe ihr nur die einzelnen Programmpunkte beschrieben. Bei einem Empfang im Garten ist natürlich eine andere Garderobe gefragt als auf einer Party in einer stillgelegten Industriehalle.«

»Natürlich«, erwiderte ich ernst.

Sie lächelte bemüht. »Vertrau mir. Du wirst großartig aussehen.«

Vor meinem inneren Auge erschien Alexanders Gesicht, und ich erinnerte mich daran, dass ich mir mehr Mühe geben wollte, Leonie mein Interesse zu zeigen. Also sagte ich: »Erzähl mir ein wenig über diese Maria, die du engagiert hast.«

Bereitwillig gab Leonie wieder, was sie über die Frau wusste. Eine Investmentbankerin also, die von klein auf modeverrückt war. Bei dem Gehalt, das sie mit Sicherheit verdiente, war es auch nicht schwer, sich geschmackvoll anzuziehen. In *Gucci* und *Armani* sah vermutlich jeder gut aus. Nun, so einfach würde ich es ihr nicht machen. Teure Labels kamen für mich nicht infrage. Nach der Verlobungsfeier würde ich die Sachen spenden, weil sie ansonsten in meinem Kleiderschrank verstauben würden. Ich musste an das Honorar denken, das die Frau verlangte, und spürte eine instinktive Abneigung gegen sie in mir aufsteigen.

»Und was für ein Typ ist sie so?«, erkundigte ich mich bei Leonie.

»Hm, irgendwie Furcht einflößend.«

Ich musste lachen. »Furcht einflößend?«

Ohne es zu wollen, spürte ich nun doch einen Hauch von Respekt für diese Maria. Offenbar hatte ihre Persönlichkeit Leonie beeindruckt, und das passierte nicht allzu häufig. Die meisten Menschen langweilten Leonie. Ich stellte mir eine Frau vom Typ *Strenge Direktorin* vor, wie wir sie während unserer Schulzeit am Gymnasium gehabt hatten. Einmal waren Leonie und ich mitten in der Deutschstunde aus dem Fenster im ersten Stock geklettert, weil wir eine Wette gegen zwei Freunde verloren hatten. Die Lehrerin, Frau Hinterstocker, hatte uns zur Direktorin geschleift, wo wir eine saftige Standpauke erhielten. Danach mussten wir eine Woche lang in der Pause mit Greifzangen den Müll vom Schulhof aufsammeln. Das war das letzte Mal gewesen, dass Leonie gegen die Regeln verstoßen hatte.

Sie nickte. »Ja, irgendwie schon.«

In diesem Moment ertönte die Durchsage, dass ihre Maschine demnächst zum Boarding bereitstand. Wir tranken unseren Kaffee aus und bezahlten. Dann brachte ich Leonie zur Sicherheitskontrolle. Zum Abschied sah sie mir ernst in die Augen.

»Sei bitte nett zu Maria«, sagte sie. »Es ist mir wirklich wichtig, dass euer Shoppingausflug ein Erfolg wird.«

Ich unterdrückte einen Seufzer. »Ich weiß.«

Sie schaute mich noch eine Sekunde prüfend an, bevor sie mir einen schnellen Kuss auf die Wange drückte und sich zum Gehen wandte.

Gedankenverloren blickte ich ihr hinterher. Ob sie sich noch einmal nach mir umdrehen würde? Sie tat es nicht.

13

Maria »Der Sitz ist so unbequem«, beschwerte sich meine Mutter, nachdem ich ihr in meinen Mini geholfen und ihren Anschnallgurt befestigt hatte.

Es war Freitagmorgen neun Uhr, und ich hatte meine Mutter soeben im *Haus Morgenröte* abgeholt, um mit ihr nach Sternbeck zu fahren, wo sie einen MRT-Termin hatte.

»Tut mir leid«, sagte ich und schloss die Beifahrertür. Dann ging ich um das Auto herum und nahm auf dem Fahrersitz Platz. »Wie war deine Physiotherapie gestern?«, erkundigte ich mich, während ich den Motor startete.

»Wunderbar«, schwärmte meine Mutter. »Helen macht das einfach toll. Ich finde, ihr beiden seht euch total ähnlich, ihr solltet euch endlich einmal kennenlernen.«

»Unbedingt.« Ich sparte mir, sie daran zu erinnern, dass Helen und ich uns gestern getroffen hatten.

Manchmal fing meine Mutter an zu weinen, wenn ich sie korrigierte. »Das ist die Krankheit«, schluchzte sie dann, »das weißt du doch, musst du ständig darauf herumreiten?«

Ich setzte zurück, fuhr die begrünte Anhöhe hinauf, die auf die Landstraße führte, und beschleunigte.

Meine Mutter wand sich unbehaglich. »Fahr bitte nicht so schnell. Mir wird ganz übel.«

Ich nahm den Fuß vom Gas. Jetzt waren wir mit fünfzig anstatt der erlaubten siebzig unterwegs. »So besser?«

»Nein.«

Ich bremste ab bis auf dreißig. Der Wagen hinter uns hupte mehrmals und fuhr dann mit aufheulendem Motor an uns vorbei.

»Du mich auch!«, schimpfte ich, als mir der Fahrer beim Überholen mit einer eindeutigen Handbewegung zu verstehen gab, dass er mich für vollkommen plemplem hielt.

»Was ist denn das für eine Ausdrucksweise, Maria?«, giftete meine Mutter. »Das habe ich dir anders beigebracht.«

»Ich dachte, dir sei schlecht«, erwiderte ich entnervt.

Meine Mutter hielt sich eine Hand vor den Mund. »Anhalten«, presste sie hervor.

Bitte nicht, dachte ich erschrocken, setzte den Blinker und fuhr rechts ran, was mir das nächste ärgerliche Hupen von hinten einbrachte. Ich sprang aus dem Auto und öffnete Mamas Tür. Gierig sog sie die frische Luft ein.

»Ich glaube, es geht schon wieder«, meinte sie, nachdem sie einen Schluck stilles Wasser getrunken hatte.

»Wenn wir in Sternbeck sind, besorge ich dir Tabletten gegen Reiseübelkeit«, versprach ich.

Unser Termin in der Radiologie war um zehn Uhr. Eigentlich hatte ich genügend Puffer eingeplant. Doch durch das langsame Fahren und die zwei weiteren Pausen, die wir auf dem Weg einlegen mussten, weil meiner

Mutter erneut übel wurde, kamen wir erst in letzter Minute an. Ich war angespannt bis in die Fingerspitzen und mein Top im Rücken nass geschwitzt, als wir uns am Empfang anmeldeten. Die Dame dahinter bat uns freundlich, vor Raum acht Platz zu nehmen.

»Hier, füllen Sie das bitte aus und geben es der Kollegin, die Sie dort abholt.«

Mit einem Lächeln reichte sie mir ein Klemmbrett und wies dann mit der Hand nach links.

Ich stützte meine Mutter, die von der Autofahrt noch ganz mitgenommen war und bisher kein Wort gesagt hatte. Im Schneckentempo machten wir uns auf den Weg. Raum acht lag am Ende eines langen, steril wirkenden Korridors. Der Boden bestand aus Linoleum, die Wände waren weiß, und weit und breit hing kein einziges Bild, das ein wenig Farbe und Leben in die Umgebung gebracht hätte. Dazu war es beinahe schon unheimlich still. Andere Patienten waren nicht zu sehen, und aus den Untersuchungsräumen, die links und rechts des Flures lagen, drang nicht das geringste Geräusch. Was für ein schrecklicher Ort, um hier zu arbeiten, ging es mir durch den Sinn.

Wie geheißen nahmen wir auf den Plastikstühlen vor unserem Raum Platz. Meine Mutter sagte immer noch nichts. Wortlos griff ich nach ihrer Hand und drückte sie, um ihr Mut zu machen, worauf sie mich dankbar anlächelte. Mein Herz zog sich schmerzhaft zusammen. In diesem Moment schien es mir, als hätten wir die Rollen getauscht. Als sei ich die Mutter, die ihre Tochter zum Arzt begleitete. Nur dass meine Mutter früher niemals meine Hand genommen hatte. Stattdessen hatte sie mich angezischt. »Ich warne dich, Maria. Deinetwegen musste ich mir freinehmen. Gnade dir Gott, wenn du nichts hast!« Wenn dann der Kinderarzt erschien, verwandelte sie sich in die liebevollste und aufopferungsvollste Mutter, die man sich vorstellen konnte …

Die Tür öffnete sich und eine Frau mittleren Alters mit Brille erschien. Wie nicht anders zu erwarten, war sie von Kopf bis Fuß in Weiß gekleidet.

»Frau Mahler?«, fragte sie und sah meine Mutter dabei an.

Diese warf mir einen Hilfe suchenden Blick zu. Mechanisch strich ich erneut über ihre Hand und wandte mich an die Frau.

»Ja«, erwiderte ich. »Das ist Lotte Mahler, meine Mutter.«

»Ich bin Frau Thiele. Dann kommen Sie mal mit«, bat sie und ging voraus in ein Durchgangszimmer, das offensichtlich als Umkleideraum diente.

Erschöpft sank meine Mutter auf den Stuhl, der hier bereitstand.

Frau Thiele lächelte sie an. »Ziehen Sie bitte Ihre Schuhe aus, Frau Mahler, und legen Sie Uhr und Schmuck ab. Den BH bitte auch. Den Rest können Sie anlassen. In fünf Minuten hole ich Sie hier wieder ab.« Sie drehte den Kopf in meine Richtung. »Sie dürfen Ihre Mutter in den MRT-Raum begleiten. Ich gebe Ihnen Ohropax gegen den Lärm. Haben Sie die Bögen ausgefüllt?« Sie zeigte auf das Klemmbrett in meiner Hand, das ich vollkommen vergessen hatte.

»Nein, ich bin noch nicht dazu gekommen«, erwiderte ich eine Spur überfordert. Ohropax gegen den Lärm? Gegen welchen Lärm?

»Kein Problem, Sie haben ja noch ein wenig Zeit. Machen Sie in Ruhe.« Sie lächelte noch einmal und ging durch die zweite Tür hinaus.

Meine Mutter machte bereits Anstalten, sich die Schuhe auszuziehen. Dabei zitterten ihre Finger so stark, dass sie sie nicht richtig zu fassen bekam.

»Warte. Lass mich das machen.« Ich legte die Unterlagen beiseite und half ihr hinaus. »Und jetzt die Arme hoch«, sagte ich und zog ihr den dünnen Pullover über den Kopf.

Fassungslos starrte ich sie an. Meine Mutter trug keinen BH, den sie für die Untersuchung hätte ausziehen können. Stattdessen hatte sie drei Unterhemden übereinander an. Ich spürte einen dicken Kloß im Hals. Gab es denn niemanden, der meiner Mutter morgens beim Anziehen half? Ich musste dringend mit der Leiterin Frau Steffen sprechen. Bemüht, mir meine Gefühle nicht anmerken zu lassen, half ich ihr, die goldenen Ohrstecker und ihre Armbanduhr abzulegen, und legte sie in den dafür vorgesehenen Korb.

»Was ist, wenn sie jemand stiehlt, während ich die Untersuchung habe?«, meldete sich meine Mutter nun zum ersten Mal zu Wort. Furchtsam sah sie sich nach allen Seiten um.

»Keine Sorge, Mama, hier kommt niemand herein.«

»Wenn du meinst.« Sie wirkte so verletzlich, dass meine Kehle noch enger wurde. »Du sollst noch etwas ausfüllen«, erinnerte sie mich mit erstaunlicher Klarheit.

Gehorsam griff ich nach dem Klemmbrett, nahm den Stift heraus, der seitlich darin steckte, und beantwortete die Fragen, so schnell ich konnte. Nein, schwanger war meine Mutter mit Sicherheit nicht. Als ich bis auf eine Frage alle beantwortet hatte, kam Frau Thiele zurück, um uns abzuholen und in den MRT-Raum zu begleiten. Im Gehen reichte ich ihr die Unterlagen, und sie überflog die ausgefüllten Bögen.

»Sie haben das Feld für das Kontrastmittel leer gelassen«, stellte sie fest. Sie sah mich an. »Das ist wichtig, damit die Ärztin die betroffenen Gehirnareale besser erkennen kann.«

Ich fuhr mir mit einer Hand über die Stirn. »Ja, ich weiß. Darüber wollte ich mit Ihnen sprechen. Meine Mutter nimmt verschiedene Medikamente. Ist das ein Problem?«

Frau Thiele sah abermals auf das Klemmbrett und schüttelte den Kopf. »Nein. Es bestehen keine Wechselwirkungen.«

Ein kleiner Laut meiner Mutter ließ uns beide herumfahren. Mit furchtsam geweiteten Augen betrachtete sie die MRT-Röhre und trat unwillkürlich einen Schritt zurück.

»Muss ich da hinein?«, fragte sie kläglich.

Frau Thiele nickte. »Aber nur bis zur Brust. Und wenn zwischendurch etwas ist, Sie Angst bekommen oder Ihnen schwindelig wird, drücken Sie einfach den Sicherheitsball, den ich Ihnen die Hand gebe. Wir können dann über ein Mikrofon miteinander sprechen.«

Und was ist, wenn *ich* Angst bekomme und *mir* schwindelig wird?, dachte ich beklommen. Die Röhre, in die meine Mutter geschoben werden sollte, war riesig. Sie wirkte wie aus einem Science-Fiction-Film.

Frau Thiele half meiner Mutter auf die Liege und bettete ihren Kopf sanft in eine Schale.

»Die Beine bitte nicht überkreuzen. Ich lege Ihnen jetzt den Zugang für das Kontrastmittel.«

Sie schloss meine Mutter an einen Tropf an, in dem eine giftblaue Flüssigkeit schimmerte. Ich schluckte.

»Während der Untersuchung ist es wichtig, dass Sie möglichst still liegen und sich nicht bewegen.«

»Ich will das alles nicht«, sagte meine Mutter zu mir. Sie war ganz blass, ihre Augen schwammen in Tränen.

Ich biss mir auf die Lippen, um nicht loszuheulen. Nein, meine Mutter war nicht einfach, und bis heute hegte ich einen tief sitzenden Groll gegen sie, aber jetzt, in diesem Moment, empfand ich nichts als Mitleid für sie.

Frau Thiele lächelte behutsam. »Die Untersuchung dauert nur zwanzig Minuten, und Ihre Tochter ist die ganze Zeit bei Ihnen. Sehen Sie die Glasscheibe dort vorne? Ich sitze direkt dahinter und passe auf, dass Ihnen nichts passiert. Und hiermit«, sie befestigte einen Clip an Mamas Zeigefinger, »behalte ich Ihren Puls und den Sauerstoffgehalt Ihres Blutes im Auge.« Anschließend gab sie meiner Mutter den Sicherheitsball in die Hand. »Aber nicht einfach so drücken«, scherzte sie.

Meine Mutter schüttelte erschrocken den Kopf.

»Okay, jetzt setze ich Ihnen noch die Kopfhörer auf, und dann geht es auch schon los.«

Die Frau betätigte einen Schalter, und ich sah zu, wie meine Mutter in die Röhre glitt. Ich spürte einen bitteren Geschmack im Mund und dachte sehnsüchtig an die Kaugummis in meiner Handtasche, die ich im Umkleideraum gelassen hatte.

»Denken Sie an die Ohropax«, erinnerte mich Frau Thiele, bevor sie mich mit meiner Mutter alleine ließ.

Die Situation war unwirklich. Der nüchterne Raum, die riesige Röhre, meine Mutter, die bis zur Brust darin verschwunden war. Am liebsten hätte ich mich irgendwo zusammengerollt, bis es vorbei war. Stattdessen blieb ich neben dem MRT stehen. Es gab auch keinen Stuhl, auf den ich mich hätte setzen können. Und dann sprang das Gerät an, und ich verstand, wozu ich den Ohrenschutz brauchte. Das Hämmern und Klopfen war dennoch laut zu hören. Die ersten zwei Minuten blieb ich still stehen. Dann riskierte ich einen Blick in die Röhre. Sie war so groß, dass ich das Gesicht meiner Mutter darin erkennen konnte. Ihre Augen waren geschlossen, ihre Haltung entspannt. Konnte es sein, dass sie eingeschlafen war? Unvermittelt hörte der Lärm auf. Ich atmete erleichtert auf. War die Untersuchung schon vorbei? Nein, Frau Thiele hatte von zwanzig Minuten gesprochen. Im nächsten Moment setzten die Geräusche wieder ein, und ich spürte, wie ich vor Stress zusammenzuckte. Mit einem raschen Blick auf meine Mutter vergewisserte ich mich, dass bei ihr alles in Ordnung war. Sie lag unverändert da. Das Hämmern und Klopfen kam und ging im Wechsel. Doch irgendwann war es zu Ende, und Frau Thiele kam herein. Sie fuhr meine Mutter heraus und nahm ihr die Kopfhörer ab. Meine Mutter blinzelte.

»Toll haben Sie das gemacht, Frau Mahler.«

Frau Thiele befreite sie von dem Tropf. Dann drückte sie mir eine CD in die Hand. »Die Aufnahmen sind für Sie. Wenn Sie so weit sind, nehmen Sie bitte noch kurz im Flur Platz, die Ärztin ruft Sie dann gleich herein, um die Ergebnisse mit Ihnen zu besprechen.«

Zurück im Umkleideraum bestand meine Mutter darauf, selbst in ihre Schuhe zu schlüpfen. Bei den Ohrringen und der Uhr durfte ich ihr helfen. Wir saßen kaum im Flur, da ging auch schon die Tür des gegenüberliegenden

Raumes auf. Eine schlanke Ärztin in den Vierzigern mit langen, dunkelbraunen Haaren und offenem Gesichtsausdruck stellte sich als Leslie Becker vor. Ihr Büro war klein und genauso nüchtern wie der Rest der Praxis. Die spartanische Einrichtung bestand aus einem Schreibtisch mit Computer, davor standen zwei Besucherstühle, auf denen meine Mutter und ich Platz nahmen. Dr. Becker drehte den Monitor ihres Bildschirms zu uns. Darauf war in Schwarz-Weiß der Quer- und Längsschnitt eines Gehirns zu sehen. Die Ärztin redete nicht lange um den heißen Brei herum. Sie wies mit dem Finger auf ein Areal und sagte: »Hier sehen Sie, dass das Gehirn schon schrumpft.«

Ich warf meiner Mutter einen vorsichtigen Seitenblick zu. Sie musterte das Gesicht der Ärztin und schien trotz der schonungslosen Bemerkung gefasst.

Dr. Becker fuhr fort, den Befund zu erläutern, und endete mit den an mich gerichteten Worten: »Ihre Mutter hat Demenz.«

Das war der Moment, in dem sich all meine Anspannung in Wut entlud. Die anstrengende Autofahrt, immer mit der Angst verbunden, es nicht pünktlich zum Termin zu schaffen, die sterile Praxis, das nervenaufreibende Prozedere, wie meine Mutter ohne BH und in drei Unterhemden vor mir saß, der Tropf mit der giftblauen Flüssigkeit, der sich während des MRT in zwei Schüben in ihre Venen entlud, das stetige Hämmern und Klopfen. Ich hatte direkt neben der Röhre gestanden. Vermutlich war ich auch noch verstrahlt worden und leuchtete jetzt im Dunkeln.

Ich fixierte die Ärztin mit kaltem Gesichtsausdruck. »Nun, dass meine Mutter Demenz hat, ist uns bekannt.«

»Ach, und warum sind Sie dann hier?«, fragte sie aufrichtig erstaunt.

Ich schnaubte ungläubig. »Weil mich das *Haus Morgenröte*, in dem meine Mutter wohnt, hierhergeschickt hat.«

Erst jetzt wurde mir bewusst, dass ich den Termin in keiner Weise hinterfragt hatte. Er war schon vorher vereinbart gewesen, ich hatte mich aufgrund meines Urlaubs lediglich bereit erklärt, meine Mutter hinzufahren.

Die Ärztin und ich maßen uns mit Blicken. Lassen Sie Ihre Wut nicht an mir aus, sagte ihr Ausdruck.

In diesem Moment fragte meine Mutter: »Können Sie mir erklären, warum ich diese Krankheit bekommen habe? Ich habe doch immer so viel im Garten gearbeitet.«

Dr. Becker musste lächeln, und auch ich konnte nicht verhindern, dass sich meine Mundwinkel nach oben bogen. Wir sahen uns an, und die Atmosphäre entspannte sich.

»Das passiert einfach, liebe Frau Mahler«, erklärte die Ärztin meiner Mutter. »Aber die gute Nachricht ist: Von der Demenz abgesehen, ist mit Ihrem Gehirn alles in bester Ordnung.«

Meine Mutter strahlte, als habe sie in der Lotterie gewonnen.

Ich legte einen Arm um ihre Schulter. »Hörst du, wie toll ist das denn! Weißt du was? Ich habe eine Flasche Orangensaft in meiner Tasche, damit stoßen wir gleich erst mal an.«

Das Lächeln der Ärztin vertiefte sich. Sie erhob sich, um uns nach draußen zu begleiten.

»Sie sind super«, flüsterte sie mir beim Herausgehen zu.

Nachdem ich meine Mutter im *Haus Morgenröte* abgesetzt hatte, wo gerade das Mittagessen im Speisesaal in vollem Gange war, machte ich mich auf die Suche nach Frau Steffen und fand sie in ihrem Büro. Die Heimleiterin stand auf und kam mir entgegen.

»Frau Lehrbach, wie schön, Sie zu sehen!«, sagte sie herzlich und reichte mir die Hand. Ihre silbernen Armbänder klirrten.

Frau Steffen trug einen weißen Baumwollrock und ein Top, das ihre schlanken gebräunten Arme zur Geltung brachte. Ihr blondes, sonnengebleichtes Haar hatte sie zu einem Knoten gebunden, aus dem sich ein paar vorwitzige Strähnen gelöst hatten. Nur die Lachfältchen um ihre Augen verrieten, dass Frau Steffen nicht mehr ganz so jung war, wie sie wirkte. Ich hatte sie nie gefragt, ob sie in ihrer Freizeit surfte, aber ich hätte jeden Cent darauf verwettet.

Wir nahmen in der Sitzecke am Fenster Platz. Nach den üblichen Begrüßungsfloskeln kam ich auf den Grund meines Besuchs zu sprechen. Ich schilderte ihr den Fleck, den ich auf der Bluse meiner Mutter bemerkt hatte, den fehlenden BH, die drei Unterhemden und schließlich die Bemerkung der Ärztin, meine Mutter habe Demenz. Frau Steffen hörte mir aufmerksam zu, ohne mich einmal zu unterbrechen.

Nachdem ich geendet hatte, schwieg sie einen Moment. Dann sagte sie: »Ich kann verstehen, dass Sie sich Sorgen machen, Frau Lehrbach. Nur wissen Sie, Ihre Mutter ist es gewöhnt, ihr Leben selbst zu bestimmen, und in einem gewissen Rahmen bestärken wir sie darin. Dazu gehört auch, dass sie sich morgens eigenständig ankleidet. Das ist Ihrer Mutter wichtig, denn bald schon kommt der Punkt, an dem sie dazu nicht mehr in der Lage sein wird.« Frau Steffen sah mich an. »Einen Flecken auf der Bluse hat jeder mal, ich auch. Ständig sogar.« Sie lächelte, wurde aber sofort wieder ernst. »Ihre Mutter hatte keinen BH an, dafür mehrere Hemdchen. Das ist nicht schön, und ich kann dafür sorgen, dass das nicht mehr vorkommt, indem ich ihr morgens eine Betreuerin zur Seite stelle. Aber Ihre Mutter anzuziehen bedeutet auch, ihr ein weiteres Stück ihrer Eigenständigkeit und damit auch ihrer Würde zu nehmen. Ich hoffe, Sie haben Verständnis, dass wir einen solchen Schritt so lange hinauszögern, wie es möglich ist.«

Ich schwieg betroffen. Frau Steffens Worte ergaben durchaus Sinn. So hatte ich die Angelegenheit bisher gar nicht betrachtet.

»Es ist schwer für mich, meine Mutter so zu sehen«, gestand ich ihr. »Sie war die eleganteste Frau, die Sie sich vorstellen können.« Mein Blick wanderte zum Fenster, das auf den Rosengarten hinaus zeigte. »Vielleicht können Sie ja unauffällig ein Auge auf die Garderobe meiner Mutter haben und bei Bedarf ein wenig nachjustieren. Also bevor sie im Badeanzug zum Essen erscheint, meine ich …«

Frau Steffen schmunzelte. Das *Haus Morgenröte* war in jeder Beziehung eine exzellente Einrichtung, mir war klar, dass es niemals so weit kommen würde. Umso höher rechnete ich ihr an, dass sie mich nicht darauf hinwies, sondern einfach nur freundlich erwiderte: »Natürlich. Seien Sie unbesorgt, Frau Lehrbach. Und was den Termin in der radiologischen Praxis angeht: Den haben wir in Abstimmung mit dem Neurologen Ihrer Mutter vereinbart. Natürlich ist bekannt, dass Ihre Mutter Demenz hat. Nur wurde bisher kein Scan von ihrem Gehirn gemacht, der das genaue Ausmaß zeigt. Die Untersuchung gehört zum Standardprogramm.«

Nach dem Gespräch fühlte ich mich erleichtert, und mit einem guten Gefühl fuhr ich nach Hause.

Bautz war außer sich vor Freude, als ich die Haustür aufschloss. Er sprang um mich herum und drückte sich gegen meine Beine, bis ich ihn hochnahm.

»Na, du Tragehund? Tut mir leid, dass du so lange auf mich warten musstest. Wie wäre es mit einem kleinen Spaziergang zur Wiedergutmachung?«

Bautz bellte, was ich als Zustimmung deutete. Er war eben doch ein Laufhund.

Wir folgten der Stever zur historischen Wassermühle, in der am Wochenende häufig Trauungen stattfanden. Von hier führte eine hölzerne Brücke über den Fluss in den Wald, der mit seinen mächtigen Bäumen, dem dichten Unterholz und den mit Moos und Flechten überwucherten Wurzeln etwas Märchenhaftes ausstrahlte. Die Sonne schien durch die Äste und das Laub der Bäume, die Vögel sangen, und mit jedem Schritt wurde mein Herz leichter.

Ich hatte kein bestimmtes Ziel, doch als sich hinter einer bewachsenen Anhöhe der kleine See auftat, beschloss ich, ihm einen Besuch abzustatten. Da außer uns niemand zu sehen war, ließ ich Bautz von der Leine. So schnell ihn seine Beine trugen, rannte er zum Wasser. Eine Welle spülte ans Ufer und erwischte den kleinen Dackel an den Pfoten. Erschrocken sprang er zurück und bellte. Ich setzte mich in den einzelnen Strandkorb, der hier stand und Hermann gehörte, und beobachtete, wie

Bautz neuen Mut fasste und sich todesmutig der nächsten Welle entgegenstellte.

Nach der Tanzveranstaltung letzten Sommer hatte ich mit Hermann, Irene, Sara, Ellie und Jonas im Morgengrauen im See gebadet. Das Wasser war sehr erfrischend gewesen. Ich musste daran denken, wie Irene bibbernd dagestanden und »Wir werden alle sterben« gejammert hatte. Daraufhin hatte Hermann sie an sich gezogen, ihr einen Kuss auf die Wange gedrückt und »Ja, aber heute noch nicht« geantwortet. Auch beim Mittagessen im Restaurant neulich hatten sie sehr vertraut miteinander gewirkt, und am Mittwochabend im Kurs hatte Irene als Motivation für ihre Teilnahme Hermann genannt. Die beiden mochten sich sehr, das war offensichtlich. Und Hermanns Einfluss tat Irene gut. Warum fanden sie nicht zueinander? Wegen der alten Geschichte mit Irenes Verlobtem, der damals spurlos verschwunden war? War es nicht an der Zeit, darüber hinwegzukommen und nach vorne zu schauen? Von Irene wanderten meine Gedanken weiter zu Leonie. Sie war am Mittwochabend aus einem spontanen Impuls vorbeigekommen, weil ihr Freund unterwegs war und sie nichts Besseres vorhatte. Dann hatte sie mich gesehen und kurzerhand beschlossen, mich als Personal Shopper für Jan zu engagieren, damit der sie auf den Verlobungsfeierlichkeiten in München nicht in Verlegenheit brachte. Und ich hatte zugesagt. Nicht weil ich Lust auf den Job hatte, sondern schlicht und einfach, um Jan zu ärgern. Was sich im ersten Moment gut angefühlt hatte, erschien mir jetzt nur noch lästig. Ich rief mir seine Gestalt vor Augen. Groß und schlank wie er war, sollte es einfach sein, Klamotten zu finden, die ihm standen. Nur nützte das schickste Outfit nichts, wenn er weiterhin mit diesen langen Haaren und dem Bart herumlief. Aber würde ich ihn davon überzeugen können, zum Friseur zu gehen? Und war das überhaupt meine Aufgabe?

Bautz kam zur mir und wälzte sich vor meinen Füßen im Sand, bis er wie ein paniertes Nudelholz aussah. Dann rollte er sich zusammen und schloss die Augen. Ich beneidete ihn. Wie einfach so ein Hundeleben war im Vergleich zu meinem. Ich konnte nur hoffen, dass Leonie Überzeugungsarbeit bei ihrem Freund geleistet hatte. Mit einem widerwilligen Mann an meiner Seite würde der morgige Samstag ein verdammt langer Tag werden …

14

Maria Am nächsten Morgen war ich fünf Minuten vor der verabredeten Zeit am Treffpunkt. Es war der Ort unserer ersten Begegnung, der Herzbacher Parkplatz. Mit der Sonnenbrille auf der Nase lehnte ich gegen meinen Mini und wartete. Bautz hatte ich bei Sara gelassen. Sie und Alexander wollten mit ihm einen Ausflug zum Silbersee nach Haltern machen. Bei seiner Begeisterung für Wasser würde er sich wie im siebten Himmel fühlen.

Nach zehn Minuten war von Leonies Freund immer noch keine Spur zu sehen. Ich schaute auf mein Handy. Leonie hatte ihm meine Kontaktdaten gegeben, doch er hatte sich nicht gemeldet. Zwar besaß ich seine Nummer ebenfalls, allerdings sah ich keine Veranlassung, die Initiative zu ergreifen. Ich beschloss, ihm die akademische Viertelstunde zuzugestehen und danach das Weite zu suchen. Das Ganze war sowieso eine Schnapsidee. Weder Jan noch ich hatten Lust auf dieses Unterfangen, wozu also darauf beharren? Die Anzeige auf meinem Handy sprang auf neun Uhr vierzehn. In Gedanken zählte ich die Sekunden mit. Gleich hatte ich meine Schuldigkeit getan und konnte die Vereinbarung mit Leonie ohne schlechtes Gewissen lösen. *Ich* war schließlich pünktlich an Ort und Stelle gewesen. Nicht mein Problem, wenn ihr Freund nicht auftauchte. Geschafft! Die Viertelstunde war vorbei. Mit einem zufriedenen Lächeln auf den Lippen packte ich das Smartphone zurück in meine Handtasche. Ich fühlte mich beschwingt. Der Samstag lag vor mir, ich konnte tun und lassen, was ich wollte.

Unwillkürlich musste ich an etwas denken, das Harald Juhnke mal über seine Definition von Glück gesagt hatte. Keine Termine und leicht einen sitzen … Ich grinste in mich hinein. Den Teil mit den Terminen hatte ich schon mal erfüllt.

»Sie sind das!«, hörte ich plötzlich eine Stimme hinter mir.

Erschrocken fuhr ich herum und blickte in ein Paar blauer Augen, die mich vollkommen perplex anstarrten.

»Herrgott!«, entfuhr es mir. »Wo kommen Sie denn so plötzlich her? Ich wäre beinahe gestorben.« Wütend schaute ich Jan an.

»Sie waren es doch, die mich hierher bestellt hat«, meinte er. »Oder nicht?« Er sah mich an, als könne er immer noch nicht glauben, dass er ausgerechnet mit mir verabredet war.

»Ja«, knurrte ich, »vor einer Viertelstunde.«

»Jetzt bin ich ja hier«, entgegnete er. Er musterte mein Gesicht, und um seinen Mund blitzte der Anflug eines Lächelns auf. »Was halten Sie davon, wenn wir noch einmal von vorne beginnen?«, fragte er in versöhnlichem Tonfall. Er streckte seine Hand aus. »Hallo, ich bin Jan. Jan Hendriks.«

Ich setzte zu einer pampigen Erwiderung an, ließ es dann bleiben und ergriff stattdessen seine Hand. Seine

Finger, die sich um meine schlossen, waren kräftig und warm. Die Berührung fühlte sich überraschend angenehm an.

»Maria Lehrbach«, erwiderte ich mit trockenem Hals. Offenbar hatte ich heute Morgen nicht genug getrunken. Ich räusperte mich. »Jetzt, wo wir das geklärt haben, können wir ja endlich los«, bemerkte ich und drückte auf die Fernbedienung meines Minis.

»Was haben Sie vor?«, erkundigte sich Jan.

Verständnislos blickte ich ihn an. »Ich schließe das Auto auf. Oder wie wollten Sie nach Münster kommen? Laufen?«

Er schüttelte den Kopf. »Nein. Aber ich fahre. Mein Wagen steht gleich dort drüben.« Er zeigte auf seinen Pick-up.

Vor Entrüstung und Unglauben blieb mir der Mund offen stehen. Wenn er tatsächlich so ein Macho war, wie es den Anschein hatte, stand uns ein anstrengender Tag bevor. Von daher klärte ich die Verhältnisse besser gleich.

»Falls Sie es noch nicht mitbekommen haben«, setzte ich an und blies die Backen auf. »Wir leben im 21. Jahrhundert. Es ist durchaus üblich, dass Frauen Auto fahren. Also hören Sie auf, mich zu bevormunden, und steigen Sie lieber ein, oder …«

Er legte den Kopf schief. Seine Miene verriet nichts über seine Gefühle, dennoch hatte ich den Eindruck, dass er sich amüsierte. »Oder?«

»Oder ich rufe Ihre Freundin an und sage ihr, dass sie sich jemand anderen für den Job suchen muss, weil sich ihr zukünftiger Ehemann wie ein Kleinkind aufführt.«

Wir schauten einander an. Jans Mundwinkel zuckten.

»Okay, wenn Sie mich so lieb bitten.« Ohne ein weiteres Wort öffnete er die Beifahrertür und stieg ein.

»Geht doch«, sagte ich leise zu mir selbst.

Irritierenderweise fühlte sich sein Einlenken nicht nach einem Sieg an. Ich nahm auf dem Fahrersitz Platz, startete den Motor und drehte das Radio auf. Dabei versuchte ich, nicht an den Mann neben mir zu denken, was gar nicht so einfach war, da er mit seinen breiten Schultern und den langen Beinen ziemlich viel Raum einnahm. Im Eifer des Gefechts hatte ich gar nicht darauf geachtet, was er heute anhatte. Aus den Augenwinkeln registrierte ich eine ausgeblichene blaue Jeans und ein schlichtes weißes T-Shirt, das den Blick auf seine muskulösen Arme lenkte. Sein Haar glänzte wie Kupfer. Der Bart verlieh ihm etwas Wildes. Ich stellte ihn mir zusammen mit seiner Etepetete-Freundin vor und fragte mich, was die beiden verband. Von außen betrachtet konnten zwei Menschen nicht unterschiedlicher sein. Wenigstens hat er geduscht, dachte ich, und musste mir eingestehen, dass mir sein Duft nach Shampoo und frisch gewaschener Wäsche gefiel.

»Fahren Sie immer so aggressiv?«, erkundigte sich Jan, nachdem ich den Wagen auf die Autobahn in Richtung Münster gelenkt hatte.

Im nächsten Moment trat ich hart auf die Bremse, weil der Typ vor mir plötzlich den Fuß vom Gas genommen hatte.

»Wenn Ihnen mein Fahrstil nicht passt, können Sie jederzeit aussteigen und den Rest zu Fuß gehen«, bot ich an, während ich den Blinker setzte und überholte. Wie kam er überhaupt zu so einer Behauptung? Ich fuhr zügig, das schon, aber doch nicht aggressiv.

Eine Weile herrschte Schweigen. Schließlich wandte Jan den Kopf und sah mich nachdenklich von der Seite an.

»Wieso machen wir das hier?«, fragte er.

»Was meinen Sie?«

Ich beschleunigte. Solange die Bahn vor mir frei war, musste ich das ausnutzen.

Er rieb sich den Nacken. »Na, es liegt doch auf der Hand, dass Sie zu diesem Ausflug keine Lust haben. Meine hält sich, ganz nebenbei, auch in Grenzen. Aber ich muss da durch, Sie nicht. Warum also tun Sie sich das an?«

Auch wenn ich mich das ebenfalls schon mehr als einmal gefragt hatte, fühlte ich mich bemüßigt, abzuwiegeln. Ich konnte ihm ja schlecht die Wahrheit sagen. *Ach, wissen Sie, Sie haben mich auf dem Parkplatz und im Supermarkt so genervt, da habe ich die Gelegenheit, mich an Ihnen zu rächen, beim Schopf ergriffen …*

»Leonie wünscht sich einen schicken Verlobten für ihre Feier, und ich hatte Mitleid mit ihr.« Ich nahm eine Hand vom Lenkrad und wies auf sein T-Shirt. »Denn ob Sie es glauben oder nicht: *So* können Sie dort nicht auftauchen.« Ich ahnte sein Lächeln mehr, als dass ich es sah, und zu meiner Verwunderung musste ich ebenfalls grinsen. »Sie werden sehen, shoppen tut gar nicht weh«, sagte ich einlenkend und richtete meine Aufmerksamkeit wieder auf die Straße. »Leonie meinte, die Feierlichkeiten gehen über drei Tage«, bemerkte ich nach einer kurzen Pause. »Sie sind aber nicht adelig oder so?«

Jan lachte. Es war ein heiteres Lachen, das tief aus seinem Bauch kam. Bei dem Geräusch regte sich etwas in meinem Inneren, das ich nicht genau einordnen konnte.

»Um Himmels willen, nein«, meinte er, bevor ich dem Gefühl weiter auf den Grund gehen konnte. »Das war Leonies Idee. Sie hat das in einem Hollywoodfilm gesehen. Da vorne ist übrigens hundert.«

»Das sehe ich, danke«, erwiderte ich und stieg erneut auf die Bremse.

Von wegen auf Deutschlands Autobahnen gab es kein Tempolimit. Das traf höchstens in der Theorie zu. Ein Schild wies darauf hin, dass in zwei Kilometern die nächste Baustelle begann. Der Verkehr kam schon vorher zum Erliegen. Während wir in Schrittgeschwindigkeit dahinzockelten, rief ich mir ins Gedächtnis, was Leonie mir per E-Mail geschrieben hatte. Die Verlobungsfeier begann am Freitagabend mit einem Abendessen im Kreis von Familie und Trauzeugen. Ort der Veranstaltung war ein Luxushotel in München. Am Samstagvormittag folgte ein Empfang im Haus von Leonies Eltern. Hierzu wurden hundert Personen erwartet. Neben Freunden und Verwandten waren auch Geschäftspartner und Kunden eingeladen. Zur großen Party am Abend, für die Leonie eine angesagte Eventlocation in einer ehemaligen Industriehalle gemietet hatte, wurden doppelt so viele Gäste erwartet. Den Abschluss bildete ein zwangloser Brunch am Sonntag, der im Garten von Jans Firma stattfand. Hier war der Kreis wieder kleiner. Nur Eltern, Geschwister und die engsten Freunde. Ich fragte mich, wer das alles bezahlte. Jan machte mir nicht den Eindruck, als ob auf seinem Konto Millionen lägen. Das Haus von Leonies Eltern wiederum war offenbar groß genug, um darin hundert Gäste zu bewirten. Vermutlich stammte das Geld von dort. Das passte auch zu Leonies Auftreten. Von Beruf Tochter. Ich rümpfte die Nase. Wenn es für mich einen Wert im Leben gab, neben Freundschaft, dann war es Autonomie. Die Fähigkeit, auf eigenen Füßen zu stehen und für sich selbst zu sorgen.

Jan machte sich an meinem Radio zu schaffen. Plötzlich ertönte die Anfangsmelodie von *Teenage Dirtbag*.

»Lauter!«, rief ich begeistert und begann, den Text mitzuschmettern.

Meine Mutter hatte mir von klein auf bescheinigt, dass ich nicht das geringste musikalische Talent besaß, und mir, als ich fünf war, sogar verboten, jemals wieder in ihrer Gegenwart zu singen, aber den Spaß an der Musik hatte sie mir nicht verderben können. Aus den Augenwinkeln sah ich Jans Schmunzeln, als er bereitwillig gehorchte. Er fiel mit ein, und überrascht schaute ich zu ihm hinüber. Jan besaß eine unfassbar gute Stimme! Sie klang so voll und schön, dass ich Gänsehaut am Rücken bekam. Während wir weiter im Schneckentempo fuhren, sangen wir gemeinsam, sahen uns immer wieder an und grinsten.

»Ich hätte nicht gedacht, dass Sie das Lied auswendig kennen«, bemerkte Jan, nachdem es zu Ende war. Er klang beeindruckt, und ich stellte fest, dass ich mich darüber freute.

»Hallo? Der Song hat mich durch meine Abizeit begleitet.« Ich stellte das Radio leiser. »Wenn ich Ihnen einen Rat geben darf: Lassen Sie die Herzbacher nicht wissen, dass Sie singen können. Die werden Sie sonst nie wieder gehen lassen.«

Jan lachte auf. »Ich hatte anfangs tatsächlich überlegt, ob ich zur Chorprobe gehen soll, so lange ich in Herzbach arbeite. *Der kleine Chor der großen Herzen* … wenn das kein schöner Name für ein Ensemble ist.«

»Und so passend«, stimmte ich zu. »Eine Freundin von mir singt dort mit, und sie hat das größte Herz, das man sich vorstellen kann.« Ich hielt inne. »Was genau machen Sie eigentlich im Dorf? Leonie hat mir erzählt, dass Sie einen Garten anlegen?«

Jan nickte. »Das stimmt. Ein langjähriger Kunde hat mich darum gebeten. Als ich damals meine Firma gegründet habe, war Alexander der Erste, der mir einen Auftrag gegeben hat. Ich habe für ihn den Innenhof einer Büroimmobilie gestaltet. Darüber haben wir uns angefreundet.«

Ich machte große Augen. »Alexander? Sie sprechen aber nicht von Alexander Hoven?«

»Doch«, erwiderte er, nun ebenfalls überrascht. »Kennen Sie ihn?«

»Er ist mit meiner Freundin Sara zusammen, von der ich Ihnen eben erzählt habe. Die, die im Chor singt. Was für ein Zufall!«

Ein seltsamer Ausdruck glitt über Jans Gesicht. »Oha, dann erzählen Sie ihr bloß nichts davon.«

Ich stutzte. »Warum nicht?«

Jan sah mir prüfend ins Gesicht, so als überlege er, ob er mir vertrauen könne. Dann sagte er: »Weil Alex sie überraschen möchte. Er hat das dazugehörige Haus für sie beide gekauft. Für ihre gemeinsame Zukunft. Wenn der Garten fertig ist, möchte er ihr darin einen Heiratsantrag machen.«

Ich starrte ihn an und schluckte. Vor Rührung war ich unfähig, etwas zu erwidern. Als ich Sara kennengelernt hatte, war sie unglücklich verliebt gewesen. In Noah, einen verheirateten Mann, mit dem sie eine Affäre hatte. Immer wieder hatte Noah von ihrem gemeinsamen Leben gesprochen. Doch als Sara dieses einforderte, hatte er sich von ihr zurückgezogen und ihr damit das Herz gebrochen. Umso schöner war es für mich zu beobachten, wie glücklich sie heute mit Alexander war. Und nun wollte er sie fragen, ob sie seine Frau wurde. Im Garten des Hauses, das er für sie beide gekauft hatte. Romantischer ging es nicht!

»Ich verrate nichts. Meine Lippen sind versiegelt«, brachte ich schließlich hervor. »Unter einer Bedingung«, fügte ich hinzu, weil ich plötzlich eine Gelegenheit gewittert hatte.

Jans Lippen verzogen sich zu einem Schmunzeln. »Warum wundert mich das nicht?«, murmelte er und seufzte. »Welche?«

»Sie gehen mit mir zum Friseur.«

Jetzt wirkte er alarmiert. Reflexartig fuhr er sich mit einer Hand durch die Locken. »Um was zu tun?«

Gespielt nachdenklich tippte ich mir mit einem Zeigefinger gegen das Kinn. »Lassen Sie mich überlegen. Um Ihr Haar zu schneiden?«

»Was stimmt nicht mit meinen Haaren?«

»Wo soll ich anfangen?«, zog ich ihn auf.

Als ich seine düstere Miene bemerkte, legte ich eine Hand beruhigend auf seinen Unterarm. Bei der Berührung schoss Strom durch meinen Körper. Was war das denn?, fragte ich mich verwirrt. Jan war überhaupt nicht mein Typ. Nicht nur das: Er war meilenweit davon entfernt. Und ganz abgesehen davon war er im Begriff zu heiraten. Rasch zog ich die Hand zurück und richtete meine Konzentration wieder auf die Fahrbahn vor mir. Es musste an dem Heiratsantrag liegen, von dem Jan mir berichtet hatte. Der Gedanke hatte mich in eine romantische Stimmung versetzt. Da war es kein Wunder, wenn meine Hormone verrückt spielten. Bei jedem anderen Mann hätte ich genauso reagiert.

»Erzählen Sie mir von Saras Garten«, bat ich ihn, um mich abzulenken. Blumen interessierten mich nicht die Bohne, aber das Thema erschien mir unverfänglich. Zudem der Verkehr vor uns inzwischen vollständig zum Erliegen gekommen war und wir, wenn wir Pech hatten, noch eine Weile hier festsaßen.

Jans Züge wurden weich, als er meiner Bitte nachkam. »Der Garten ist nicht besonders groß, aber er liegt direkt am Fluss. Dahinter beginnt der Wald. Die alte Dame, die vorher in dem Haus gewohnt hat, ist zu ihrer Tochter gezogen.« Er zuckte mit den Schultern. »Sie hatte mit Gartenarbeit nicht viel am Hut. Ein Nachbarsjunge hat ab und zu den Rasen gemäht, aber viel mehr ist nicht passiert. Entsprechend verwildert war das Grundstück, als ich es zum ersten Mal gesehen habe.«

»Das klingt nach viel Arbeit«, entgegnete ich. »Sara liebt Blumen. Sie werden eine Menge pflanzen müssen. Rosen zum Beispiel. Und Tulpen. Und Margeriten. Vielleicht können Sie auch ein paar Fliederbüsche einplanen, wegen der schönen Blüten«, schlug ich vor und kam mir dabei selber vor wie eine halbe Gärtnerin. Wer hatte behauptet, ich würde mich nicht auskennen?

Jan warf mir einen amüsierten Blick zu. »Mitte August ist nicht der beste Zeitpunkt für Pflanzarbeiten. In den Baumschulen und Gärtnereien gibt es nur wenig Auswahl, und man muss ungeheuer viel wässern.«

Na ja, dachte ich, ich war Investmentbankerin, woher sollte ich das wissen? Dafür konnte ich gut mit Zahlen.

»Und was machen Sie stattdessen?«, fragte ich.

»Ich arbeite mit Stauden, die vorher getopft waren, und Gräsern, das geht auch im August. Ich fasse Beete ein. Gestalte die Terrasse neu und begrüne sie. Außerdem habe ich einen Steg gebaut und einen weiteren Sitzplatz angelegt. Alles Arbeiten, die ein Gärtner im Sommer erledigen kann.«

Stauden und Gräser ... das klang in meinen Ohren nicht besonders spektakulär. Zweifelnd zog ich die Stirn kraus. Sara würde in dem Garten einen Heiratsantrag bekommen. Sie verdiente ein blühendes Paradies, kein wildes Gestrüpp, dessen einziger Vorzug es war, dass man es auch im August anpflanzen konnte. Doch Jan lächelte nur, als ich ihn mit meinen Vorbehalten konfrontierte.

»Kommen Sie vorbei und schauen Sie sich den Garten an«, meinte er. »Dann reden wir weiter.«

»Einverstanden.«

Das Auto vor uns setzte sich wieder in Bewegung, und ich beeilte mich, zu ihm aufzuschließen.

Nachdem wir die Baustelle hinter uns gelassen hatten, gab ich Gas und beschleunigte, dass der Motor meines Minis nur so aufheulte. Es war nicht mehr weit bis Münster, die letzten Kilometer wollte ich auskosten. Inzwischen freute ich mich sogar auf unseren Einkaufsbummel. Wer hätte das gedacht? Jan war gar nicht so übel, wie ich anfangs vermutet hatte. Es fiel leicht, sich mit ihm zu unterhalten, und das gemeinsame Singen vorhin hatte richtig Spaß gemacht. Außerdem tat er etwas Großartiges für Sara – allein deswegen musste ich ihn mögen. Zum ersten Mal, seit ich Leonies Auftrag angenommen hatte, regte sich mein Ehrgeiz. Auf einmal war es mir wichtig, nicht nur einen guten, sondern einen exzellenten Job zu machen. Leonie und ihren Gästen sollten die Augen aus dem Kopf fallen, wenn sie Jan auf der Verlobungsfeier sahen. Dafür würde ich schon sorgen, dachte ich vergnügt, und wenn es das Letzte ist, was ich tue.

15

Jan Auf den letzten Kilometern bis zu unserem Ziel war Maria damit beschäftigt, alles aus ihrem Mini herauszuholen. Ihr Anblick vorhin auf dem Parkplatz hatte für einen vorübergehenden Kurzschluss in meinem Gehirn gesorgt. Nicht im Traum hatte ich damit gerechnet, dass *sie* die Frau war, die Leonie als meine Einkaufsbegleitung engagiert hatte. Ich dachte daran, wie Leonie sie mir in dem Café am Flughafen als Furcht einflößend beschrieben hatte, und versuchte, nicht zu grinsen. Eigentlich hätte ich darauf kommen können. Mit Marias spitzer Zunge hatte ich schließlich schon reichlich Bekanntschaft gemacht. Jedenfalls war meine Entschlossenheit, ihr die kalte Schulter zu zeigen und nur das Notwendigste mit ihr zu besprechen, sofort in sich zusammengefallen. Wir hatten sogar zusammen zu *Teenage Dirtbag* gesungen. Sie vollkommen falsch, aber dafür mit umso mehr Begeisterung und Leidenschaft. Das gefiel mir. Leonie sang nie, wenn das Risiko bestand, dass jemand sie hören konnte. Da half auch kein gutes Zureden. Sie schämte sich dafür, dass sie keinen Ton traf. Maria dagegen schien sich für nichts zu schämen. Eine beeindruckende Frau. Ich warf ihr einen unauffälligen Seitenblick zu. Was für ein Zufall, dass sie mit Sara befreundet war. Ich machte mir keine Sorgen, dass Maria Alexanders Geheimnis verraten könnte. Ich wusste nicht warum, aber ich war mir sicher, dass es bei ihr gut aufgehoben war. Was ich mich aber schon fragte, war, warum ich ihr überhaupt davon erzählt hatte. Ich kannte sie im Grunde nicht, sie war eine Fremde für mich. Dass ich plötzlich so drauflosredete und sie ins Vertrauen zog, musste damit zusammenhängen, dass ich mich alleine fühlte. Die Isolation, die ich mir selbst auferlegt hatte, forderte ihren Tribut.

Maria setzte zu einem riskanten Überholmanöver an. Noch nie hatte ich eine Person erlebt, egal ob Frau oder Mann, die mit einer solchen Aggressivität Auto fuhr. Leonie hatte erwähnt, dass Maria Investmentbankerin war. Ich hatte nur eine sehr vage Idee von dem Berufsbild, konnte mir aber gut vorstellen, dass man in dem Job eine gewisse Härte mitbringen musste. Zumindest in der Serie *Bad Banks* war es so gewesen. Allein bei dem Gedanken, in einem solchen Haifischbecken arbeiten zu müssen, stellten sich meine Nackenhaare auf.

»Kannst du nicht aufpassen, du Idiot!«, fluchte Maria und bremste hart.

Ich musste mich zurückhalten, um ihren Fahrstil nicht erneut zu kommentieren.

»Gibt es eigentlich auch Dinge, die Ihnen Freude bereiten?« Ich stelle die Frage nur, um sie aufzuziehen, sagte ich mir. Nicht, weil ich mehr über sie in Erfahrung bringen wollte.

Maria sah mich kurz an, dann lachte sie. Es war ein schönes Lachen. »Sie meinen, außer andere Autofahrer anzuschreien? Ich esse gerne. Da bin ich auch sehr flexibel. Einen Eintopf finde ich genauso lecker wie ein Rinderfilet.«

Ich betrachtete ihre sportliche Figur und fragte mich, ob sie an dieser Stelle ein Kompliment von mir erwartete. Nein, entschied ich, so tickte sie nicht.

»Wie kommt es, dass Sie so streitlustig sind?«, stellte ich meine nächste Frage. Einerseits wirkte Maria auf mich, als sei sie vollkommen mit sich im Reinen. Beim Singen zum Beispiel. Dann wieder erschien sie mir als tickende Zeitbombe. Der Widerspruch beschäftigte mich.

Die Falte über ihrer Nase vertiefte sich. »Wie kommen Sie auf die Idee, ich sei streitlustig?«

Ich zuckte mit den Achseln. »Vielleicht, weil Sie ständig Streit suchen?«

Ihre Augen verengten sich, doch dann lachte sie.

»Das kommt davon, weil die Welt von Idioten bevölkert ist.«

»Also ich habe die Erfahrung gemacht, dass die meisten Menschen freundlich sind, wenn man ihnen ebenso begegnet.«

Maria täuschte ein Schnarchgeräusch vor und richtete sich dann ruckartig auf. »Entschuldigung, ich war kurz eingeschlafen. Haben Sie was gesagt?«

Nun musste ich ebenfalls lachen. »Mich können Sie nicht täuschen. In Wahrheit haben Sie ein großes Herz.«

Sie grinste von einem Ohr zum anderen. »Das beschreibt mich am besten.«

Schmunzelnd wandte ich den Blick zum Fenster. Inzwischen hatten wir Münster erreicht und arbeiteten uns langsam von Ampel zu Ampel vor. Begleitet von jeder Menge Radfahrern. Ich war noch nie in Münster gewesen, hatte aber gestern Abend im Internet gelesen, dass die Stadt ein Paradies für Fahrradfahrer war. Um die Altstadt zog sich sogar ein kilometerlanger Verkehrsring, die Promenade, die für Autos gesperrt war. Das fand ich toll. Ich fuhr einen Pick-up, weil ich ihn für die Firma brauchte, aber am liebsten war ich mit dem Rad unterwegs. Bestimmt konnte ich mir in Mondstein eins leihen, um damit morgen einen Ausflug zu machen. Warum war ich nicht früher darauf gekommen? Das Münsterland mit seiner grünen und ebenen Landschaft und dem hervorragend ausgebauten Netz an Fahrradwegen war prädestiniert dafür. Mich durchzuckte ein Gedanke. Ob Maria Zeit und Lust hatte, mich zu begleiten? Zu zweit würde eine Radtour viel mehr Spaß machen.

»Wie lange bleiben Sie eigentlich in Herzbach?«, erkundigte ich mich bei ihr.

Maria beschleunigte, um bei Gelb über die nächste Ampel zu kommen. »Noch drei Wochen.«

Bei ihrer Antwort stieg Freude in mir auf. Sie war sogar noch länger da als ich. »Und was haben Sie für Pläne während Ihres Aufenthaltes?«, tastete ich mich behutsam vor. »Außer die Herzbacher in Modefragen zu beraten, meine ich?«

»Ich verbringe meinen Urlaub hier und habe das Ziel, als neuer Mensch nach Frankfurt zurückzukehren.«

Ihr Tonfall hatte etwas Spielerisches angenommen, also hakte ich nach. »Wieso das? Sie machen als Mensch doch jetzt schon eine gute Figur.«

Sie lächelte erfreut. »Danke schön.« Ihre Augen glänzten. »Bis auf die Inferno-Sache«, fügte sie nach einer Pause hinzu.

»Die Inferno-Sache?«

»Ich fahre zu schnell aus der Haut«, sagte sie und seufzte. »Nicht, dass Sie es nicht verdient hatten, auf dem Parkplatz und im Supermarkt«, sie grinste, »aber ich möchte trotzdem lernen, mich nicht mehr so leicht aufzuregen.«

Ich dachte darüber nach. Vorhin hatte sie meine Frage nach ihrer Streitlust mit einer witzigen Bemerkung abgetan, aber es war offensichtlich doch ein ernstes Thema für sie.

»Und wie wollen Sie Ihr Ziel erreichen?«, fragte ich.

Sie sah mich kurz an. »Eine richtige Strategie habe ich nicht, wenn Sie darauf hinauswollen. Ich bin ja auch nicht Hulk oder so – eine Therapie brauche ich nicht.« Das Letzte sagte sie trotzig. Bevor ich etwas erwidern konnte, fuhr sie in gemäßigter Stimmlage fort: »Ich hatte ziemlich viel um die Ohren in letzter Zeit. Ich brauche einfach Urlaub, der Rest kommt von alleine.«

Daran hatte ich so meine Zweifel. Vielleicht geriet Maria, wenn sie sich entspannte, nicht mehr bei jeder Kleinigkeit in Rage, aber diese Grundwut, die sie erfüllte, würde nicht so einfach verschwinden, da war ich mir sicher. Allerdings hütete ich mich davor, meine Ansicht laut zu äußern. Sonst würde ich zusehen müssen, wie ich nachher zurückkam.

»Warum lächeln Sie?«, fragte Maria.

»Tue ich das?«, antwortete ich und stellte im selben Atemzug fest, dass sie recht hatte. »Ich glaube, ich freue mich einfach auf den Tag mit Ihnen«, gab ich ehrlich zu. Inferno hin oder her – ich genoss ihre Gesellschaft. Mein Lächeln wurde breiter. »Sie sind eine interessante Abwechslung zu meinen Stauden.«

Maria schnaubte. »Wie schmeichelhaft.« Ihre Züge

glätteten sich. »Was wäre ich, wenn ich eine Pflanze wäre?«

»Ein Kaktus«, scherzte ich.

Sie zog eine Augenbraue hoch. »Und jetzt überlegen Sie noch mal neu. In Ihrem eigenen Interesse.«

»Hm, das ist gar nicht so leicht zu beantworten. Eine Gladiole vielleicht. Sie steht für Charakterstärke, Sieg und Stolz. Die Gladiatoren im alten Rom wurden damit überhäuft, wenn sie einen Kampf gewannen. Die Gladiole hat aber auch eine sanftere Bedeutung. Sie ist ein Symbol für Schönheit und Liebe.«

»Damit kann ich leben«, meinte Maria zufrieden. »Und was sind Sie? Eine Eiche?«

Ich lachte. Die Eiche stand für Kraft, Beständigkeit, Ehrlichkeit und Treue, aber auch für Männlichkeit und väterliche Weisheit. »Das wäre in jedem Fall ein Kompliment.«

Maria fuhr auf einen öffentlichen Parkplatz. »Wir sind da«, verkündete sie, und ich entschied, meine Frage nach der gemeinsamen Radtour auf einen späteren Zeitpunkt zu verschieben.

16

Maria »Wenn ich gewusst hätte, dass die Stadt so schön ist, hätte ich *hier* studiert.«

Mit einem bewundernden Lächeln betrachtete Jan die Giebelhäuser auf dem Prinzipalmarkt. Die Sonne schien, und auf der Straße waren unzählige Radfahrer unterwegs. Sie gehörten zu Münster wie die Hochhäuser zu Frankfurt.

»Sie haben studiert? Was denn?«, fragte ich verblüfft. Erst als ich sie ausgesprochen hatte, merkte ich, wie arrogant meine Frage klang.

»Landschaftsarchitektur«, erklärte er, nicht im Mindesten verstimmt. »Allerdings habe ich vorher eine Ausbildung zum Gärtner gemacht. Dank Alexanders Auftrag wird mir gerade klar, wie sehr mir die körperliche Arbeit in den letzten Jahren gefehlt hat.«

Er betrachtete seine Hände, die groß und stark aussahen. Die Haut war sauber geschrubbt, aber um das Nagelbett herum konnte man noch Spuren von Erde erkennen, die sich der Seife widersetzt hatten. Ich erinnerte mich daran, wie sich seine Finger zur Begrüßung fest und warm um meine geschlossen hatten.

»Wie sind Sie zu Ihrem Beruf gekommen?«, versuchte ich mich abzulenken.

Ein versonnener Ausdruck legte sich auf Jans Gesicht. »Meinen Eltern gehört eine Obstbaumschule in der Nähe von München. Ich habe meine komplette Kindheit dort verbracht. Für mich hat es nie einen anderen Berufswunsch gegeben, als in und mit der Natur zu arbeiten.«

»Das klingt toll«, sagte ich ehrlich und sah ihn an. »Ich sitze mit hundert Menschen in einem Großraumbüro, versteckt hinter fünf Bildschirmen, und rechne den ganzen Tag am Computer.«

Jan wirkte, als verursache ihm allein der Gedanke Kopfschmerzen. »Und, gefällt es Ihnen?«, fragte er zweifelnd.

»Bis gerade eben schon«, witzelte ich und hielt vor dem ersten Herrenausstatter an, den ich mit Jan besuchen wollte. »Hier ist es«, informierte ich ihn. »Schick, gute Qualität, aber nicht zu teuer. Der Laden müsste Ihnen gefallen.«

Stirnrunzelnd betrachtete Jan das Schaufenster, in dem bereits die Herbstkollektion ausgestellt war. Die maskulin wirkenden Puppen trugen edle Anzüge in gedeckten Farben mit Einstecktuch und Weste.

»Das ziehe ich nicht an«, sagte Jan bestimmt.

»Welchen der Anzüge meinen Sie? Es sind vier verschiedene.«

»Keinen davon.«

Ich schnaubte durch die Nase. »Jetzt stellen Sie sich nicht so an.«

Jan musterte mich, als könne er sich nicht entscheiden, ob er verärgert oder belustigt sein sollte. »Reden Sie mit Ihren anderen Kunden auch so?«

»Welche anderen Kunden?«, fragte ich abwesend, in Gedanken bereits im Laden. »Ich strukturiere Produkte. Für den Vertrieb sind in der Bank andere Leute zuständig. Los jetzt, wir haben nicht den ganzen Tag Zeit.«

Im Gehen blickte ich über meine Schulter. Jan stand immer noch an derselben Stelle auf dem Bürgersteig und machte keine Anstalten, mir zu folgen. Seufzend kehrte ich zu ihm zurück.

»Leonie hat gesagt, Sie arbeiten nebenbei als Shoppingberaterin«, bemerkte er und musterte mich prüfend.

»Ja«, erwiderte ich ungeduldig. »Und?«

Er legte den Kopf schief. »Und seit wann genau machen Sie das?« Sein Blick hatte etwas Lauerndes.

Mist, dachte ich. Ich war blindlinks in die Falle getappt.

»Spielt das eine Rolle?«, fragte ich und setzte die unschuldigste Miene auf, zu der ich imstande war. »Schauen Sie mal«, versuchte ich ihn auf andere Gedanken zu bringen und wies auf die Puppe ganz links. »Diese Kombination würde Ihnen wirklich fantastisch stehen. Wollen Sie den Anzug nicht wenigstens einmal anprobieren?«

Bevor Jan etwas erwidern konnte, legte ich eine Hand auf seine Schulter, um ihn in das Geschäft zu lotsen. Durch den Stoff seines T-Shirts konnte ich seine festen Muskeln unter meinen Fingern spüren. Hastig ließ ich ihn los. Er ist überhaupt nicht dein Typ, erinnerte mich eine Stimme in meinem Hinterkopf. Außerdem wird er bald heiraten. Also, komm nicht auf komische Ideen. Ich atmete tief durch.

»Können wir jetzt?«

Ohne Jans Antwort abzuwarten, wandte ich mich erneut um und betrat das Geschäft. Diesmal folgte er mir.

Entschlossen steuerte ich auf den ersten Verkäufer zu, den ich erblickte. Der Mann war Anfang fünfzig und in seinem perfekt sitzenden schwarzen Anzug die beste Werbung für das Geschäft. Hochgewachsen, schlank und mit grau meliertem Haar erinnerte er an Pierce Brosnan. Unter normalen Umständen hätte ich mit ihm geflirtet, doch dazu war mein Gehirn zu sehr mit Jan beschäftigt.

»Können Sie uns helfen?«, sprach ich ihn an. »Mein ... äh ... Bekannter hier möchte gerne die dunkelblaue Kombination aus dem Schaufenster anprobieren.«

Jan schwieg, widersprach aber nicht, wofür ich dankbar war.

Pierce Brosnan musterte ihn mit Kennerblick von oben bis unten. »Sie tragen eine 52, nehme ich an?«

Jan zuckte mit den Schultern. »Den letzten Anzug habe ich zu meiner Kommunion getragen.«

Der Verkäufer lachte. »Dann wird es aber höchste Zeit.«

Er zauberte ein Maßband hervor, und ehe Jan wusste, wie ihm geschah, wurde er von Kopf bis Fuß vermessen. Ich unterdrückte ein Grinsen. Jans entsetzter Gesichtsausdruck war unbezahlbar. Als der Verkäufer fertig war, entschuldigte er sich und verschwand, um den Anzug in der richtigen Größe zu holen.

In dem Bemühen, mir einen professionellen Anstrich zu geben, lehnte ich mich gegen ein Regal, verschränkte die Arme vor der Brust und zählte auf: »Sie benötigen insgesamt vier Outfits. Für das Abendessen in diesem Luxusschuppen am Freitagabend, den Empfang am Samstag bei Leonies Eltern, für die große Verlobungsparty am Abend und für den Brunch am Sonntag.«

Jan musterte mich voller Entsetzen. »Vier? Ernsthaft?«

»Ich fürchte Ja. Leonie hat mir klare Instruktionen gegeben.«

»Mhmpf.«

Ich runzelte die Stirn. »Warum haben Sie sich auf das ganze Programm eingelassen, wenn Sie keine Lust dazu haben?«

Er zögerte. »Weil es Leonie wichtig ist«, sagte er dann.

Und was ist *dir* wichtig?, dachte ich, sprach es aber nicht aus. Die Beziehung der beiden war mir nach wie vor ein Rätsel. In dieser Sekunde kehrte der Verkäufer mit einem weißen Anzughemd zurück, das noch originalverpackt war, und reichte es mir.

»Hier habe ich das Hemd, schauen Sie bitte, ob es passt. Die Kabinen sind gleich dort drüben. Den Rest bringe ich Ihnen sofort.«

Überraschend fügsam trabte Jan in Richtung Umkleide. Ich folgte ihm mit dem Hemd in der Hand und nestelte dabei an der Verpackung herum. Alle drei Kabinen waren besetzt.

»Bestimmt gibt es irgendwo noch andere …«, setzte ich an und brach dann mitten im Satz ab, als Jan sich mit einer fließenden Bewegung sein T-Shirt über den Kopf zog.

Gebannt starrte ich auf seine muskulöse Brust. Wie in Zeitlupe wanderte mein Blick weiter zu seinem beeindruckenden Sixpack, und mein Mund wurde trocken.

»Könnten Sie mir bitte das Hemd reichen?«, riss mich Jan aus meiner Erstarrung.

»Bitte?« Ich blinzelte.

»Das Hemd«, wiederholte er und wies mit dem Kinn auf meine Hand. Wortlos reichte ich ihm das Gewünschte. Er schlüpfte hinein und begann mit geschickten Bewegungen, die Knöpfe zu schließen.

»Es sitzt perfekt«, urteilte der Verkäufer, der unbemerkt neben mich getreten war.

»Dann will ich mal den Rest anprobieren«, erwiderte Jan leichthin und machte Anstalten, seinen Gürtel zu öffnen.

Hitze strömte durch meinen Körper. Er würde sich doch nicht hier vor meinen Augen ausziehen?

In diesem Moment trat ein älterer Herr aus der mittleren Kabine. »Bitte sehr«, sagte er in Richtung von Jan und ging davon.

Jan sah mich an, grinste verschmitzt und zuckte die Schultern. Dann nahm er dem Verkäufer den Anzug ab und verschwand in der Kabine. Als sich der Vorhang hinter ihm schloss, stieß ich geräuschvoll die Luft aus, die ich, ohne es zu merken, angehalten hatte. Mir war immer noch warm. Die Klimaanlage im Geschäft musste defekt sein.

»Ihr Bekannter macht sicher viel Sport«, hörte ich den Verkäufer neben mir sagen. Seine Stimme klang bewundernd.

Offenbar war ich nicht die Einzige, auf die Jans Körper Eindruck gemacht hatte. Der Vorhang wurde zur Seite gezogen, und Jan trat heraus.

»Perfetto!«, rief der Verkäufer begeistert, und ich konnte nicht anders, als wie eine Idiotin zu nicken.

»Einmal umdrehen bitte«, sagte der Mann.

Jan tat wie geheißen, und mein Blick glitt über seinen Rücken und blieb dann an seinem knackigen Po hängen. Jan wandte sich um. Unsere Blicke begegneten sich.

»Was sagt die Fachfrau?«, fragte er.

Erst jetzt fiel mir auf, dass er barfuß war, was ziemlich sexy aussah. Ich schluckte.

»Ganz okay«, stotterte ich.

»Ganz okay?«, wiederholte der Verkäufer in einer Mischung aus Unglauben und Empörung. Er trat an Jan heran und klaubte ihm eine imaginäre Fluse von der Schulter. »Glauben Sie mir: Der Anzug sitzt, als ob er für Sie gemacht wäre. Und ich habe auch das passende Paar Schuhe für Sie. Rahmengenäht. Aus Mailand. Sie werden staunen.«

»Für welchen Programmpunkt soll der Anzug eigentlich sein?«, erkundigte sich Jan, nachdem er bezahlt hatte und wir in den sonnigen Vormittag traten.

»Für das Abendessen am Freitag.«

Ich wich einem Teenager auf einem Skateboard aus, der auf dem Bürgersteig unterwegs war. In Gedanken war ich noch immer mit meiner heftigen Reaktion im Geschäft gerade eben beschäftigt. Konnte es sein, dass ich mich beim Anblick von Jans halb nacktem Körper schockverliebt hatte? War ich wirklich *so* oberflächlich? Nein, entschied ich, das war absoluter Quatsch. Ich stand nicht auf Jan, er war einfach nur ein gut aussehender Mann, und ich eine Frau, die lange keinen Sex mehr gehabt hatte.

»Aha«, meinte Jan. »Und was steht als Nächstes auf unserer Liste?« Offenbar fand er langsam Gefallen am Shoppen.

»Das Outfit für den Brunch am Sonntag im Garten«, beeilte ich mich zu sagen. »Das darf einen Hauch legerer sein. Und ich weiß auch schon das passende Geschäft dafür.«

»Gleich«, meinte Jan. »Vorher lade ich Sie zum Eis ein.«

Er wies auf die gegenüberliegende Straßenseite, wo ein

nostalgischer Wagen mit einer rot-weißen Markise stand. Dahinter bediente ein junger Mann mit Schirmmütze ein älteres Paar.

Fünf Minuten später schlenderten wir mit unserem Eis die Salzstraße entlang. Jan hatte sich für Zitrone und Himbeere in der Waffel entschieden, ich für Schokolade und Nuss. Was die Leute wohl dachten, die uns entgegenkamen? Ob sie uns für ein Paar hielten? Mir fiel auf, dass nicht wenige Frauen Jan interessiert musterten oder sogar anlächelten. Sein Highlander-Charme kam ohne Frage an. Er selber schien von der Aufmerksamkeit, die ihm das weibliche Geschlecht schenkte, nichts zu bemerken. Sein Interesse galt ausschließlich dem Eis in seiner Hand, das er mit der Hingabe eines kleinen Jungen verschlang.

Schließlich erreichten wir das nächste Geschäft, das ich mit Jan besuchen wollte. Im Schaufenster war eine Verkäuferin gerade dabei, die Puppen neu einzukleiden. Als sie uns bemerkte, lächelte sie und winkte, und wir winkten zurück.

»Aufessen«, befahl ich Jan und wies auf sein Eis. »Ich bin schon fertig.«

Er schmunzelte. »Sie sind die erste Frau, die ich kenne, die schneller Eis essen kann als ich.« Er sah mich an und reichte mir dann wortlos ein Taschentuch.

»Habe ich gekleckert?«

»Kann man so sagen«, stellte er fest und deutete auf meinen Bauch.

»Ach, Mist!«, rief ich entnervt, als ich an mir runterguckte. Ich trug meine jadegrüne Seidenbluse, die ich heiß und innig liebte. Jetzt prangte auf ihr ein großer Schokoladenfleck. »Ich darf Ihnen die Kosten für die Reinigung nicht zufällig in Rechnung stellen?«, grummelte ich, während ich vorsichtig die dunkle Stelle mit dem Taschentuch abtupfte. »Immerhin war das ein Arbeitsunfall.«

Jan lachte. »Erwarten Sie darauf eine Antwort?«

Ich musste ebenfalls lachen. »Einen Versuch war es wert.«

Im Geschäft war viel los, doch dank der großzügigen Verkaufsfläche verteilte sich der Besucherstrom, sodass es erträglich war. Mit Jan neben mir streifte ich die Regale und Tische entlang. Jetzt fühlte ich mich wieder ganz in meinem Element. Wann immer mir eine Hose, ein Hemd oder ein Pullover gefiel, drückte ich Jan das Kleidungsstück in die Hand, bis er beladen wie ein Packpferd war.

»Erbarmen«, stöhnte er, als sein Gesicht unter den Bergen von Klamotten kaum noch zu erkennen war, »ich kann nicht mehr.«

»Dann suchen wir uns jetzt eine Umkleidekabine.«

In der nächsten halben Stunde probierte Jan pflichtschuldig ein Outfit nach dem anderen an. Es war wie eine Szene aus einem Film. Ich saß auf dem roten Samtsofa vor seiner Kabine und nickte, wenn mir zusagte, was er vorführte. Andernfalls schüttelte ich den Kopf. Aus versteckten Lautsprechern ertönte dezente Popmusik.

»Das steht Ihnen fantastisch«, schwärmte eine Frau neben mir, als Jan das nächste Mal heraustrat.

Statt einer Antwort lächelte er nur.

Ich musterte sie irritiert von der Seite. Sie war schätzungsweise in den Vierzigern und trug ein schwarzes Wickelkleid. Ihr Ehemann, zumindest hielt ich ihn dafür, befand sich in der Umkleide neben Jan. Wie konnte man sich auf eine so, wie ich fand, plumpe Art und Weise an jemanden heranmachen, während der eigene Mann keine zwei Meter Luftlinie entfernt war? Aber recht hatte sie. In der Kombination aus cognacfarbener Stoffhose, hellblauem Hemd und schwarzem Kaschmirpullover sah Jan einfach nur hinreißend aus. Auf eine sehr männliche Art und Weise. Es war wirklich eine Schande, dass er sich so wenig für Mode interessierte.

»Und, was meinst du?«, meldete sich der Ehemann der Frau zu Wort, der ebenfalls in den Gang getreten war und nun in einem schwarzen Wollmantel neben Jan stand.

Der Kontrast zwischen den beiden Männern konnte nicht größer sein. Der eine groß und gut gebaut mit kupferbraunen Locken und leuchtend blauen Augen, der andere klein, mit schütterem blondem Haar und dickem Bauch, den auch der Mantel nicht verbergen konnte. Die Frau sah von ihrem Ehemann zu Jan und wieder zurück, wobei sich ein Ausdruck des Bedauerns auf ihre Züge legte. Es war offensichtlich, was sie dachte. Warum bin ich mit dem da hier und nicht mit ihm? Tja, weil er schon zu mir gehört, dachte ich. Woher kam plötzlich dieser lächerliche Besitzerstolz? Ich musste sogar den Impuls unterdrücken, ihr die Zunge herauszustrecken.

Die Frau seufzte. »Probier noch mal den braunen an«, sagte sie gelangweilt zu ihrem Mann und sah auf ihr Smartphone.

Der Mann zog eine gequälte Grimasse. »Ich *hasse* shoppen«, bemerkte er an Jan gewandt.

»Wirklich?«, entgegnete der. »Also, ich liebe einkaufen.«

Er zwinkerte mir zu, was mich zu einem albernen Kichern verleitete. Meine Güte, ich erkannte mich selbst nicht wieder.

In diesem Moment gesellte sich eine weitere Frau zu uns auf das rote Sofa. Sie ging bestimmt schon auf die achtzig zu und war für ihr Alter mit rotem Lippenstift, blauem Lidschatten und Tonnen von Rouge viel zu stark geschminkt. Genau genommen war sie für jedes Alter zu stark geschminkt. Ich sah mich um, um herauszufinden, mit wem sie hier war, konnte jedoch niemanden entdecken.

Sie musterte Jan von oben bis unten und sagte dann: »Versuchen Sie etwas Blaues, junger Mann. Bei Ihren Augen müssen Sie Blau tragen.«

Jan lachte auf. »Zu Befehl, Madame.«

Er kehrte in die Umkleidekabine zurück und tauchte eine halbe Minute später in dem königsblauen Pullover, den ich für ihn ausgesucht hatte, wieder auf. Ich öffnete den Mund und schloss ihn wieder, ohne etwas zu sagen. Im Gegensatz zu mir hatte die alte Frau keine Wortfindungsschwierigkeiten.

»Hab ich es mir doch gedacht«, rief sie triumphierend. »Die Farbe bringt Ihre Augen noch mehr zum Leuchten. Da wird sogar eine alte Dame wie ich schwach.« Sie schenkte ihm ein kokettes Lächeln.

Die Frau im Wickelkleid warf mir einen halb genervten, halb amüsierten Blick zu.

Plötzlich gesellte sich eine Blondine in enger Jeans und schwarzem Top zu uns. An ihren Handgelenken klimperten funkelnde Armreifen. Da auf dem Sofa kein Platz mehr war, lehnte sie sich gegen die Wand und musterte Jan ungeniert.

»Karos stehen Ihnen bestimmt auch gut«, bemerkte sie versonnen.

Hatte ich richtig gehört? Ungläubig und verärgert

starrte ich sie an. Wo kamen nur all diese Frauen auf einmal her? Und wieso meinte jede von ihnen, ihm Ratschläge geben zu dürfen? *Ich* war Jans Shoppingbegleitung. Ich und niemand sonst.

Um meinen Anspruch zu demonstrieren, erhob ich mich und trat ganz nah an Jan heran. Sein frischer Duft stieg mir in die Nase und machte mich ein wenig benommen. Mit den Fingerspitzen fuhr ich die Linie seiner breiten Schultern nach.

»Sitzt toll«, krächzte ich. Ich räusperte mich. »Ich meine, es sieht ganz gut aus«, korrigierte ich, nun wieder mit normaler Stimme. Mit Schwung wandte ich mich an die Frauen. »So, die Damen, die Vorstellung ist beendet. Mein Freund ist fertig.«

»Mein Freund … soso«, zog Jan mich auf, als wir uns in die Schlange vor der Kasse einreihten.

»Das ist mir so rausgerutscht«, verteidigte ich mich.

»Und ich dachte schon, Sie wären eifersüchtig.«

»Eifersüchtig? Ich? So ein Unsinn!« Ich lachte gekünstelt. Wütend auf mich selbst biss ich mir auf die Unterlippe. Ich benahm mich wie ein alberner Teenager. Es wurde höchste Zeit, dass ich mich zusammenriss.

»Und was steht nun an?«, erkundigte sich Jan, als wir wieder auf dem Bürgersteig standen. »Oh, ich weiß schon«, rief er, und bevor ich etwas erwidern konnte, zog er mich in den nächsten Laden. Es war ein Hutgeschäft für Herren.

»Auf keinen Fall werden wir für Sie einen Hut kaufen«, protestierte ich und machte Anstalten, den Laden wieder zu verlassen.

»Wer redet denn von mir?«, meinte Jan spitzbübisch.

Er angelte einen schwarzen Zylinder aus dem Regal und setzte ihn mir auf. Dann fasste er mich an den Schultern und schob mich vor einen riesigen Spiegel. Ich sah mich selbst, wie ich diesen albernen Hut trug, doch ich konnte nur an seine Hände auf meinem Körper denken. Rasch rückte ich ein Stück von ihm ab.

»Ähm, kann ich Ihnen helfen?« Der hagere Verkäufer, der sich uns genähert hatte, wirkte pikiert.

Voller Charme lächelte Jan ihn an. »In der Tat. Meine Verlobte und ich werden demnächst heiraten. Dafür braucht sie einen Zylinder.«

Verlobte? Ich verschluckte mich und hustete.

Der Mann schaute Jan perplex an. »Pardon? Sie meinten sicherlich, *Sie* brauchen einen Zylinder.«

»Nein, der Hut ist für meine Verlobte. Finden Sie nicht, dass sie Schwarz tragen kann?«

Jan musterte mich, dabei legte er den Kopf schief, als denke er angestrengt nach. Ich spürte, wie sich ein Lachen in meiner Kehle bildete. Rasch versuchte ich, an etwas anderes zu denken.

Der Verkäufer, der sich offenbar nicht sicher war, ob Jan ihn auf den Arm nahm oder nicht, murmelte etwas Unverständliches. Jan nutzte die Gelegenheit, um mir den Zylinder abzunehmen.

»Hm, oder vielleicht doch lieber diesen hier?«

Im nächsten Moment hatte ich einen Cowboyhut auf dem Kopf. Jetzt sah ich aus wie ein Sheriff.

Jan sog an seiner Unterlippe. »Nein, ich glaube nicht.« Er sah sich suchend um. »Führen Sie auch Melonen?«

»Melonen?«, wiederholte der Verkäufer. Er schien mit sich zu kämpfen, dann ging ein Ruck durch seinen Körper. »Ach, warum nicht«, meinte er schulterzuckend. »Es ist ja nicht so, dass ich etwas anderes zu tun hätte.« Er ging zu einem Regal im hinteren Bereich des Ladens und kehrte mit einer nachtschwarzen Melone zurück, die er mir feierlich überreichte. »Bitte sehr.«

Seufzend setzte ich sie mir aufs Haupt.

»Genau wie Pan Tau«, meinte Jan mit übertrieben schwärmerischem Unterton.

Ich musste grinsen. »Ich gebe dir gleich Pan Tau«, entgegnete ich, wobei ich unwillkürlich zum Du übergangen war. Alles andere hätte vor dem Verkäufer auch merkwürdig ausgesehen. Schließlich hatte Jan mich ihm als seine Verlobte vorgestellt.

Jan sah mich an und lächelte dabei mit einer Strahlkraft, die selbst die Sonne übertraf, die durch die großen Fenster in den Laden schien. Um seinem Blick zu entkommen, drehte ich mich um und angelte im Regal nach dem ersten Hut, der mir in die Finger kam.

»Das ist ein Fedora«, teilte uns der Verkäufer beflissen mit. »Zu erkennen an der nach unten gebogenen Krempe und der an beiden Seiten der Hutkrone eingekniffenen Vorderseite. Ein Klassiker unter den Kopfbedeckungen für Herren«, fügte er hinzu, wobei er das Wort *Herren* vielsagend betonte.

»Vielen Dank«, erwiderte ich, gab ihm die Melone zurück und setzte mir stattdessen den Fedora aufs Haupt.

Schweigend betrachtete ich mein Spiegelbild. Doch den Hut nahm ich gar nicht wahr, zu sehr beschäftigte mich der Anblick meines Gesichts. War die Frau mit den glänzenden braunen Augen und den rosa Wangen tatsächlich ich? Wo war die Zornesfalte über meiner Nasenwurzel, die sonst so deutlich hervortrat?

»Dieser Tag ist wirksamer als jede Botox-Behandlung«, murmelte ich vor mich hin.

»Was hast du gesagt?«, erkundigte sich Jan.

»Nichts«, antwortete ich schnell.

Im Spiegel begegnete mir der wissende Blick des Verkäufers. *Er* hatte gehört, was ich gesagt hatte.

Schließlich verließen wir das Geschäft mit einer dunkelblauen Wollmütze für Jan. Nachdem wir den armen Mann so in Beschlag genommen hatten, wollte Jan nicht gehen, ohne etwas zu kaufen.

»Jetzt muss es nur noch kalt werden, damit du die Mütze auch tragen kannst«, bemerkte ich, während wir den Bürgersteig entlangliefen.

Wie selbstverständlich beließ ich es beim Du und freute mich, als Jan es mir gleichtat.

»Der Herbst kommt früh genug«, erwiderte er. »Und dann gibt es im Garten meiner Firma jede Menge zu tun. Da werde ich froh über die Mütze sein. Wie ist das bei dir? Bist du gerne in der Natur?«

Eine attraktive Rothaarige kam uns entgegen. Ihr Blick saugte sich beinahe an Jan fest. Es fehlte nicht viel, und sie wäre stehen geblieben. Jan beachtete sie gar nicht. Stattdessen betrachtete er mich aufmerksam. Ich dachte über meine Antwort nach. Natürlich mochte ich die Natur. Ich ging gerne spazieren, solange das Wetter mitspielte. Vor zwei Jahren hatte ich mit Isa eine Woche in Südtirol verbracht. Die ausgiebigen Wandertouren hatten mir gefallen. Doch ein Outdoor-Typ war ich deswegen noch lange nicht. Bei Regen und Kälte blieb ich am liebsten drinnen.

»In Maßen ja«, erklärte ich schließlich.

Ein seltsamer Ausdruck glitt über Jans Gesicht. Fast

schien es, als sei er enttäuscht. Aber warum? Am Ende konnte es ihm egal sein, ob ich die Natur mochte oder nicht.

Wir passierten den Verkäufer einer Obdachlosenzeitschrift, und Jan blieb stehen, um dem Mann eine Ausgabe abzukaufen. Der bedankte sich und wünschte uns einen schönen Tag. In Frankfurt gab es derart viele von diesen Verkäufern, dass ich sie gar nicht mehr bemerkte. Geld gegeben hatte ich so gut wie nie. Höchstens, wenn sie einen Hund dabeihatten. Ich fühlte mich beschämt, was mich in eine reizbare Stimmung versetzte. Ich hatte nie vorgegeben, ein Gutmensch zu sein, und deswegen auch noch nie ein schlechtes Gewissen verspürt. Warum also jetzt?

»Deine Leonie macht mir auch nicht gerade den Eindruck, als ob sie ihre freie Zeit in Nationalparks verbringt«, machte ich meinem Unmut Luft. Ich hörte selber, wie schnippisch und angriffslustig ich klang. Was war nur heute mit mir los?, fragte ich mich erneut. Warum verglich ich mich mit Leonie?

»Heute nicht mehr«, entgegnete Jan in die Flut meiner Gedanken hinein. Gegen meinen Willen entfachte seine Äußerung meine Neugier. »Dann war sie früher anders?«

Er zuckte mit den Schultern. »Vielleicht. Ich weiß es nicht mehr, es ist so lange her.«

»Das klingt, als würdet ihr euch schon ewig kennen.«

Jans Blick richtete sich auf einen Punkt am Horizont. »Unsere Mütter sind beste Freundinnen seit der Schulzeit. Es gibt wenige Kindheitserinnerungen in meinem Leben, in denen Leonie nicht vorkommt. Wir haben Hütten im Wald gebaut, sind auf Bäume geklettert, all so was.«

Er brach ab. Mehr musste er auch nicht sagen, den Rest der Geschichte konnte ich mir auch so zusammenreimen. Sein Tonfall sprach Bände. Irgendwann war aus Leonie eine erwachsene Frau geworden. Sie hatte sich verändert und den Wildfang aus Jans Erinnerung hinter sich gelassen. Heute waren ihr andere Dinge wichtig. Eine extravagante Verlobungsfeier zum Beispiel. War es wirklich Liebe, was die beiden verband, fragte ich mich, oder war es das Festhalten an einer alten Gewohnheit? An etwas, das einst vertraut gewesen war?

Jan schüttelte den Kopf, als wolle er einen unliebsamen Gedanken vertreiben. Dann rang er sich ein Lächeln ab, das ein wenig gezwungen wirkte. »Du hast gesagt, ich bräuchte *vier* Outfits«, wechselte er das Thema. »Bisher habe ich erst zwei.«

Wie zum Beweis hielt er die Tüten hoch. »Also, was fehlt mir noch, um auf meiner Verlobungsfeier zu glänzen?«

Ich ignorierte den leichten Stich, der mich bei dem Wort *Verlobungsfeier* durchzuckt hatte, und bemühte mich um eine geschäftsmäßige Miene. »Der Anzug ist für das Abendessen im Hotel. Die Hose mit dem Hemd und dem Pullover trägst du zum Sonntagsbrunch im Garten – wenn das Wetter schön wird, kannst du den Pullover auch ausziehen.«

»Da bin ich aber erleichtert«, meinte Jan trocken.

»Still, du bist noch nicht dran«, entgegnete ich streng. »Jetzt fehlt uns noch das Outfit für den Empfang und für die Party.«

Ein Händchen haltendes Paar überholte uns. Dabei stieß mich der Mann, der kaum älter als zwanzig war, aus Versehen an. »Entschuldigung«, sagten er und seine

Freundin gleichzeitig. Kichernd zog die Frau ihn weiter. Versonnen schaute ich den beiden hinterher, wie sie sich im Gehen küssten. Dann kehrte ich in die Realität zurück.

»Wo war ich stehen geblieben?«, fragte ich Jan. »Ach ja, der Empfang. Kannst du mir mehr über den Rahmen verraten? Leonie hat mir dazu nichts geschrieben. Was gibt es zu essen?«

Jan sah mich von der Seite an. Seine Miene hatte etwas Ratloses. »Ich habe keine Ahnung«, gestand er.

»Interessiert dich das alles denn gar nicht?«, fragte ich in einer Mischung aus Verblüffung und Verzweiflung.

»Leonie kümmert sich um die Organisation«, antwortete er ausweichend.

Aha, dachte ich. Mit anderen Worten: Es interessierte ihn tatsächlich nicht. Was mich wieder zu der Frage brachte, welche Art von Beziehung die beiden führten. Ich versuchte es anders.

»Dann erzähl mir von dem Haus, in dem der Empfang stattfindet. Das wirst du ja wohl kennen.«

Jan stöhnte. »Was willst du von mir hören? Es ist eben ein Haus. Mit Wänden, Fenstern und einem Dach.«

Dieser Mann konnte einen wahnsinnig machen. Oder man wollte ihn küssen. Dazwischen gab es nichts.

»Es ist eben ein Haus«, äffte ich ihn nach und rollte mit den Augen. »Ist das Haus groß? Wenn ich an die Gästeanzahl denke, stelle ich mir eher eine Villa vor.« Ich dachte an Leonies sündhaft teures Kleid von *Miu Miu.* »Oder ein riesiges Schloss.«

Jan brach in heiteres Lachen aus. Das Geräusch kam unerwartet und führte dazu, dass sich eine wohlige Wärme in meinem Bauch ausbreitete.

»Wenn man dich so hört, könnte man meinen, dass Leonies Eltern Millionäre wären.«

»Sind sie das denn nicht?«

»Nein. Sie verdienen gut, aber reich sind sie nicht. Leonies Mutter arbeitet als HNO-Ärztin im Krankenhaus, der Vater ist Anwalt. Letztes Jahr haben sie einen alten Bauernhof im Umland von München gekauft und renoviert. Dort wollen sie ihren Ruhestand genießen. Sie gehen demnächst in Rente. Der Empfang wird in der ehemaligen Scheune stattfinden, soweit ich weiß. Sie ist uralt und hat wunderschöne Holzbalken. Die Atmosphäre ist toll.«

Insgeheim musste ich mein Bild von Leonie revidieren. Bisher hatte ich angenommen, dass sie das Leben einer reichen Tochter führte, aber offenbar war sie doch nicht mit dem goldenen Löffel im Mund zur Welt gekommen. Den Empfang hatte ich mir in einem lichtdurchfluteten Salon vorgestellt, in dem weiß livrierte Angestellte mit Tabletts voller Champagner und Kanapees zwischen den elegant gekleideten Gästen umherhuschten, während in einer Ecke ein Streichquartett aufspielte. Stattdessen entfaltete sich vor meinem inneren Auge nun eine romantische Bauernhofszenerie. Abrupt blieb ich stehen. Jan brauchte eine Sekunde, bis er bemerkte, dass ich nicht länger an seiner Seite ging. Irritiert schaute er über seine Schulter und kehrte dann zu mir zurück.

»Was ist los? Warum hältst du an?«

»Ich habe mich vertan. Der Laden, zu dem ich mit dir wollte, passt nicht. Wir brauchen etwas Rustikaleres. Eher in Richtung Landpartie.«

Ich erinnerte mich an eine Aufnahme von Eddie Redmayne, die ich letztens in einer Modezeitschrift gesehen hatte. Der Schauspieler war für mich *die* männliche Stilikone. Auf dem Foto hatte er einen kastanienbraunen Tweedanzug mit klassisch blauem Hemd und schmaler Krawatte getragen und schlichtweg umwerfend ausgesehen. Es musste doch möglich sein, für Jan etwas Ähnliches zu finden. Die beiden hatten ja sogar beinahe dieselbe Haarfarbe. In Gedanken ging ich Münsters Geschäfte durch, bis ich eine Adresse vor Augen hatte, die vielleicht infrage kam. Schwungvoll drehte ich mich um. »Hier geht es lang.«

17

Maria Mein Gefühl hatte mich nicht getäuscht. Das Geschäft erwies sich tatsächlich als Glückstreffer. Als Jan in der Tweed-Kombination aus der Umkleidekabine trat, strahlte ich wie ein Honigkuchenpferd. Er sah sogar noch umwerfender aus als Eddie Redmayne, und das wollte etwas heißen. Als wir den Laden um eine große Tragetasche reicher verließen, war es bereits vierzehn Uhr. Wie auf Kommando fing mein Magen laut an zu knurren. Auch Jan hatte gegen eine Mittagspause nichts einzuwenden. Wir fragten ein vorbeikommendes Paar nach einer Pizzeria und wurden ins *Mocca d'or* geschickt.

»Wie hübsch!«, rief ich aus, als uns die Kellnerin zu unserem Tisch in dem malerischen Innenhof führte.

Wir setzten uns und bestellten zwei alkoholfreie Weizenbier. Unwillkürlich musste ich an mein Date mit Simon denken. Obwohl es erst eineinhalb Wochen zurücklag, kam es mir vor, als hätte es in einem anderen Leben stattgefunden. Die Getränke wurden im Nu serviert. Sie waren eiskalt. Wir stießen an und nahmen gleichzeitig einen großen Schluck.

»Ah, das tut gut«, meinte ich und wischte mir mit der

Hand über die Lippen. Dann lehnte ich mich in meinem Stuhl zurück und genoss die Sonnenstrahlen, die mein Gesicht wärmten.

Jan betrachtete mich über den Rand seines Glases. »Verrätst du mir, was du dafür bekommst, dass du mit mir shoppen gehst?«, fragte er unvermittelt.

Ich hatte den Anstand, ein wenig zu erröten. »Das ist mein Berufsgeheimnis.«

»Hat Leonie dich bestochen?«

»Sie hat es zumindest versucht.« Ich nannte ihm mein Honorar.

Jan zuckte nicht mit der Wimper, und mich beschlich das Gefühl, dass ich ihm nichts Neues erzählte. Er hatte sich die Information lediglich von mir bestätigen lassen.

»Es war ein Abwehrpreis«, verteidigte ich mich. »Ich wollte den Job nicht, sie hat ihn mir aufgedrängt, und ich dachte, wenn ich ihn möglichst hoch ansetze, lässt sie mich in Ruhe.«

Jan trank einen weiteren Schluck aus seinem Glas. »Das hat offensichtlich nicht funktioniert.«

»Nein. Sie wollte mich trotzdem buchen. Dabei kenne ich mich mit Frauenmode viel besser aus.«

»Und warum hast du deine Meinung geändert?«, fragte er. »Wegen des Geldes?«

Ich schüttelte den Kopf. »Leonie hat mir ein Foto von dir gezeigt.«

Jan stutzte. »Du wusstest also, wer ich bin«, meinte er. »Aber warum hast du nicht abgelehnt? Ich hatte nicht den Eindruck, dass du nach unseren ersten beiden Begegnungen besonders gut auf mich zu sprechen warst.«

Kurz spielte ich mit dem Gedanken, eine Geschichte zu erfinden, doch dann entschied ich mich für die Wahrheit. »Ich wollte mich an dir rächen. Und ich fand, ein Shoppingausflug wäre dafür die perfekte Gelegenheit.«

Eine Sekunde lang war Jan sprachlos. Dann brach er in so lautes Gelächter aus, dass die Gäste an den Nachbartischen neugierig zu uns herüberschauten. Er lachte noch, als die Kellnerin unsere Steinofenpizzen servierte. Für Jan die klassische Variante mit Salami, für mich mit Rucola, Kirschtomaten und Mozzarella. Wieder kam mir die Verabredung mit Simon in den Sinn. Dort hatte ich ebenfalls Pizza bestellt. Und während ich an jenem Abend nicht schnell genug meine Sachen nehmen und verschwinden konnte, wünschte ich mir jetzt, der Nachmittag würde ewig dauern.

»Hast du eigentlich Geschwister?«, erkundigte sich Jan während des Essens.

»Nein, ich bin Einzelkind. Mein Vater hat uns verlassen, als ich noch ein Baby war.« Ich hielt kurz inne. »Und um ehrlich zu sein: Meine Mutter hatte es auch nicht so mit Kindern. Als ich jünger war, hat sie mir immer gesagt, dass sie sich, wenn sie noch einmal die Wahl hätte, lieber einen Hund anschaffen würde als mich.«

Stumm schaute Jan mich an, und ich war überrascht, als ich das Mitgefühl in seiner Miene bemerkte. Die Beleidigungen meiner Mutter waren für mich so normal, dass ich sie gar nicht mehr als solche wahrnahm. Ich zuckte leichthin mit den Schultern, um Jan zu zeigen, dass mir der Spruch nicht naheging. Meine Mutter hatte noch ganz andere Dinge zu mir gesagt. Dagegen war das geradezu harmlos.

»Wie ist euer Verhältnis heute?«, fragte Jan.

»Schwierig«, gab ich zu.

Ich erzählte ihm von Mamas Sturz, den kleinen gelben

Erinnerungsstützen, die ich überall bei ihr gefunden hatte, und wie ich sie daraufhin im *Haus Morgenröte* untergebracht hatte.

»Es war ein ziemlicher Kampf. Heute fühlt sie sich dort pudelwohl, aber das würde sie mir gegenüber niemals zugeben. Denn dann müsste sie eingestehen, dass sie unrecht hatte. Meine Mutter ist es gewöhnt, mir die Verantwortung für alles zu geben, was in ihrem Leben nicht gut läuft. Mir, oder wenn ich nicht zur Stelle bin, dem Schicksal. Sie selbst dagegen ist unfehlbar. Trotzdem verbringe ich meinen Urlaub nicht an einem Traumstrand auf den Seychellen, sondern in Herzbach. Damit ich sie häufiger sehen und mich um sie kümmern kann.« Ich lachte ohne jegliche Freude.

Jan fasste über den Tisch und legte seine Hand auf meine. Bei der tröstenden Berührung wurde meine Brust eng, und ich spürte einen dicken Kloß im Hals. Vielleicht ließen mich die Kränkungen meiner Mutter doch nicht so kalt, wie ich immer glaubte. Auf einmal sehnte ich mich nach einer Umarmung. Normalerweise gehörte ich nicht zu den Frauen, die eine starke Schulter zum Anlehnen suchten, die einen Mann brauchten, der sie vor der bösen Welt beschützte. Doch in diesem Augenblick wünschte ich mir nichts sehnlicher, als mich fallen lassen zu können. Wenigstens einmal jemanden zu haben, der mir meine Sorgen abnahm. Jan streichelte über meinen Handrücken, und plötzlich kam ein neuer Wunsch hinzu. Ich wollte mich zu ihm beugen und ihn küssen. Das Verlangen danach war so stark, dass ich ihm hektisch meine Hand entzog.

»Danke«, murmelte ich. »Es geht schon wieder.«

Ich wandte den Blick ab. Sag etwas Witziges, dachte

ich. Irgendetwas, das die Situation auflockert. Doch mir fiel nichts ein.

»Lass uns über dein Outfit für die Party sprechen«, wechselte ich rasch das Thema und griff nach meinem letzten Stück Pizza. »Gibt es ein Motto, das wir bei der Auswahl berücksichtigen müssen?«

Jan schüttelte den Kopf. »Nicht, dass ich wüsste.«

Ich schaute ihn ungläubig an. Wieso wusste er das nicht? »Dann erzähl mir etwas über die Location, in der ihr feiert. Warst du schon mal dort?«

Aus Leonies E-Mail war mir bekannt, dass die Party in einer alten Industriehalle stattfand, die aufwendig renoviert worden war. Wie sich herausstellte, war Jan tatsächlich schon dort gewesen. Ein Kunde von ihm hatte seinen fünfzigsten Geburtstag in der Halle gefeiert.

»Ich erinnere mich an blanke Stahlträger und viel blaues Licht«, teilte er mir mit. Mit anderen Worten: Sein letztes Outfit musste cool sein. Als ich ihn darüber in Kenntnis setzte, schmunzelte er. »Ich bin gespannt, ob wir dasselbe darunter verstehen.«

Statt Nachtisch bestellten wir Espresso. Während ich an dem Mandelkeks knabberte, der dazu serviert wurde, studierte ich nachdenklich Jans Gesicht. Eine Verlobungsfeier sollte ein schönes und aufregendes Ereignis sein. Es festigte eine Beziehung und markierte den Beginn einer gemeinsamen Zukunft. Müsste Jan nicht euphorisch sein bei dem Gedanken, oder sich zumindest mehr dafür interessieren? Oder war ich zu naiv? War es typisch für Männer, dass sie die Planung ihren Frauen überließen? Ich dachte an Alexander Hoven. Ein Mann, der seiner Freundin einen Heiratsantrag in einem Garten machte, den er eigens für sie anlegen ließ, hielt sich bestimmt nicht so zurück. Andererseits erlebte ich Jan auch als aufmerksamen Menschen und Zuhörer. Dieses Desinteresse passte nicht zu ihm.

»Ein Pfennig für deine Gedanken«, holte er mich aus meinen Grübeleien.

»Ich habe gerade an Saras Garten gedacht«, erwiderte ich, schluckte den letzten Bissen von meinem Keks herunter und rieb mir die Hände an meiner Jeans sauber. »Wie hast *du* Leonie eigentlich den Heiratsantrag gemacht?«, erkundigte ich mich.

Jan wirkte überrumpelt. »Das habe ich gar nicht«, sagte er nach einer kurzen Pause. »Sie hat mich gefragt, ob ich sie heiraten möchte.«

Aha, dachte ich, das erklärt einiges, und fragte mich im selben Moment, was ich eigentlich damit meinte. Schließlich hatte ihn niemand gezwungen, Ja zu sagen.

»Und wie hat Leonie dir den Antrag gemacht?«, hakte ich nach.

Jans Blick bekam etwas Abwesendes. Stumm wartete ich ab. Nach einer kleinen Weile räusperte er sich und antwortete: »Das war beim Abendessen in unserer Wohnung in München. Sie hat gefragt, ob ich noch etwas vom Hühnchen will. Ich meinte ja, und daraufhin hat sie mich gefragt, ob wir nicht heiraten sollen. Und ich habe geantwortet: Okay, klar.«

Sprachlos starrte ich ihn an. Wollte er mich auf den Arm nehmen? Ich musterte prüfend sein Gesicht. Seine Miene war ernst.

»Wirklich?«, brachte ich hervor.

Er hob die Schultern. »Genauso hat es sich abgespielt.«

Ich schüttelte den Kopf. »Das ist die traurigste Geschichte, die ich in meinem ganzen Leben gehört habe.«

Wir sahen einander über den Tisch an. Ein paar Sekunden lang war es still. Dann spürte ich, wie meine Mundwinkel zu zucken begannen. Seine kräuselten sich ebenfalls. Im nächsten Moment brachen wir gleichzeitig in lautes Lachen aus. Wir lachten, bis uns die Tränen über die Wangen liefen und wir keuchend nach Luft schnappten. Immer, wenn ich dachte, es ginge wieder, begegnete ich seinem Blick und musste abermals losprusten. Jan ebenso. Er hatte eine Hand auf den Bauch gepresst. Bestimmt schmerzte er genauso wie meiner. Ich konnte mich nicht erinnern, wann ich zuletzt einen solchen Lachanfall gehabt hatte, und es dauerte eine Ewigkeit, bis ich wieder in der Lage war zu sprechen.

»Ihr seid wohl beide keine Romantiker«, stellte ich fest.

»Jetzt, wo du es sagst«, entgegnete Jan. Sein Tonfall war scherzhaft, aber auch ein wenig verwundert, so als habe er sich vorher anders gesehen.

Ich beschloss, nicht näher darauf einzugehen. Am Ende ging mich die Beziehung der beiden nichts an. Mein Job war es, Jan für seine Verlobungsfeier einzukleiden. Ich schielte auf den Unterteller seiner Tasse.

»Isst du deinen Keks nicht?«, fragte ich hoffnungsvoll.

Wortlos reichte er mir das Gebäck und leerte anschließend seinen Espresso in einem Zug. Als die Kellnerin vorüberging, fragten wir sie nach der Rechnung.

»Darf ich das übernehmen, oder reißt du mir dann den Kopf ab?«, fragte Jan.

»Warum sollte ich das tun?«, entgegnete ich ehrlich verwundert.

Nur, weil ich auf eigenen Füßen stand und in meinem Beruf gut verdiente, hieß das nicht, dass ich mich nicht gerne einladen ließ. Nicht, weil ich zu geizig war, um meine Rechnung selber zu bezahlen, oder weil ich aus einem altmodischen Rollenverständnis heraus erwartete, dass der Mann sie beglich. Gott bewahre. Nein, ich fand einfach das Gefühl schön, eingeladen zu werden. Es vermittelte mir, gemocht zu werden. Aus demselben Grund liebte ich es, Geschenke zu bekommen. Ich freute mich wie ein Kind, wenn ich an meinem Geburtstag Päckchen auspacken durfte. Heiligabend letztes Jahr hatte ich mit Isa und ihrer Familie verbracht. Mein Strahlen unter dem Weihnachtsbaum hatte dem von Leni und Frida in nichts nachgestanden.

»Ich weiß nicht«, meinte Jan. »Du wirkst manchmal so amazonenhaft auf mich.«

»Amazonenhaft? Schon vergessen: Ich bin eine Gladiole, und die steht für Sanftmut.«

»Eher für Kampf und Sieg«, widersprach Jan.

Ich grinste. »Sag ich doch.«

18

Jan »Ich sehe aus wie schwarze Lederjacke mit Jan anstatt Jan mit schwarzer Lederjacke.«

Ich wandte mich vom Spiegel ab, auf dem Gesicht eine verzweifelt-komische Grimasse. Maria musterte mich von oben bis unten und schmunzelte.

Dies war das dritte Geschäft, seitdem wir die Pizzeria verlassen hatten, und noch immer hatten wir nichts Passendes für die Party gefunden. Es fiel mir auch zunehmend schwerer, mich auf unser Vorhaben zu konzentrieren. Ich konnte nicht aufhören, an unser Mittagessen zu denken. Maria hatte so verloren gewirkt, als sie mir von ihrer Mutter erzählte. Sie hatte so getan, als würde ihr das alles nichts ausmachen, dennoch hatte ich eine tiefe Traurigkeit bei ihr gespürt. Reflexartig hatte ich nach ihrer Hand gegriffen. Ich wollte sie trösten, wie man eine Freundin tröstete, der es nicht gut ging. Doch in der Sekunde, als ich sie berührte, wurde mir bewusst, dass es anders war. Wir waren nicht befreundet. Im Grunde kannten wir uns kaum. Die Geste war viel zu intim. Dennoch war ich seltsam enttäuscht, als sie mir ihre Hand entzog. Maria beschäftigte mich, sie steckte voller Widersprüche. Sie hatte einen scharfen Verstand und eine ebensolche Zunge, aber sie besaß auch eine warmherzige, gefühlvolle Seite. Man wusste nie, was als Nächstes passierte. In einem Moment war sie wütend und angriffslustig, im nächsten witzig und unterhaltsam, und dann wieder so verletzlich, dass es mir das Herz brach. Ich musste daran denken, wie sie rot geworden war, als ich sie nach der Höhe ihres Honorars gefragt hatte. Und an ihre Begründung, warum sie den Job angenommen hatte. *Ich wollte mich an dir rächen.* Ihre ehrliche Antwort hatte mich überrascht und so zum Lachen gebracht, dass ich davon Seitenstiche bekam. Kurze Zeit später hatten wir schon wieder lauthals miteinander gelacht. Auch wenn der Auslöser diesmal eher peinlich war. Ich hatte Maria erzählt, wie es zur Verlobung zwischen Leonie und mir gekommen war. Kein Antrag unter funkelnden Sternen mit Kniefall, Diamantring und romantischem Liebesbekenntnis, sondern während des Abendessens mit den Resten des Hühnchens auf dem Tisch. Das ist die traurigste Geschichte, die ich je gehört habe, hatte Maria gesagt, und damit hatte sie leider recht. Eigentlich hätte nur noch gefehlt, dass Leonie steuerliche Gründe geltend machte. Ich erinnerte mich, wie ich mich gefühlt hatte, als wir an jenem Abend beschlossen hatten zu heiraten. Nicht freudig und aufgeregt, sondern eher ergeben. Wenn man über zwanzig Jahre zusammen war, dann heiratete man irgendwann. Oder man trennte sich, aber dafür bestand in unserem Fall keine Veranlassung. Uns ging es ja gut in unserem Leben.

Maria trat näher an mich heran. Ihr sommerlicher Duft stieg mir in die Nase, und ich nahm unwillkürlich einen tiefen Atemzug, weil er mich an die Gärten von Herzbach erinnerte.

»Du hast recht. Die Jacke ist es nicht«, holte sie mich mit einem Ruck in die Realität zurück. Nachdenklich verzog sie die Stirn. »Du bist nicht der Typ für so was.«

»Aha. Was für ein Typ bin ich denn?«

Maria lächelte. »Sagen wir so: Ich habe keine Probleme, mir dich in den Highlands vorzustellen, wie du im Schottenrock eine Anhöhe erklimmst. Bei zerrissenen Jeans, Designer-Shirt und Bikerjacke hört meine Fantasie dagegen auf.«

In gespielter Entrüstung hob ich die Augenbrauen. »So siehst du mich? Im Rock?«

Sie grinste. »Das sollte kein Angriff auf deine Männlichkeit sein.«

»Da habe ich ja noch mal Glück gehabt«, entgegnete ich nüchtern.

Ich schlüpfte aus der unbequemen Lederjacke und legte sie auf den Tisch zu den anderen Kleidungsstücken, die genauso wenig infrage kamen.

»Warum lassen wir es nicht gut sein für heute?«, fragte ich aus einem Impuls heraus. »Ehrlich, du hast mich durch so viele Läden geschleppt, ich habe eine Pause verdient.«

Maria rang sichtlich mit sich. »Okay«, stimmte sie schließlich zu und zuckte mit den Schultern. »Das letzte Outfit können wir auch nächsten Samstag kaufen.«

»Da gibt es nur ein Problem«, witzelte ich. »Ich kann mir deinen Tagessatz nicht leisten.«

Sie winkte mit einer lässigen Handbewegung ab. »Nächstes Mal geht das aufs Haus. Immerhin habe ich einen Ruf zu verlieren, wenn ich nicht liefere.«

Ich schaute sie an. Bei der Aussicht, auch den nächsten Samstag mit ihr zu verbringen, stieg Vorfreude in mir auf. Maria sprühte nur so vor Temperament und Energie. In ihrer Gegenwart fühlte man sich unweigerlich lebendig.

»Aber dann fahren wir mit meinem Wagen«, hörte ich mich sagen.

Maria verdrehte die Augen. »Ist das jetzt wieder so ein Männer-Macho-Ding?«, fragte sie und stemmte die Fäuste in die Hüften.

Ich überlegte kurz, ob ich sie ärgern sollte, entschied mich dann aber dagegen. »Nein. Das ist eher so ein Dann-können-wir-auf-dem-Rückweg-noch-Blumenerde-besorgen-Ding. Im Gegensatz zu deinem Mini hat mein Pick-up nämlich eine Ladefläche.«

Überraschung zeigte sich auf ihrem Gesicht, dann lächelte sie. So hell, dass ich unwillkürlich mitlächeln musste.

»Wenn das so ist – einverstanden. Solange du nicht von mir erwartest, dass ich dir anschließend noch beim Einpflanzen helfe.«

»Eigentlich gar keine schlechte Idee«, gab ich zu bedenken. »Hast du nicht gesagt, dass du in deinem Urlaub runterkommen willst, um diese Inferno-Sache in den Griff zu kriegen? Dafür gibt es nichts Besseres als jeden Tag ein paar Stunden ehrliche, harte Gartenarbeit. Du allein im Einklang mit der Natur ... Na, wie klingt das?«

Maria lachte, wobei ihre weißen Zähne aufblitzten. »Weißt du, was eher meins ist? Ich im Garten mit einem Glas Rosé auf der Liege, während ich dem Poolboy bei der Arbeit zuschaue.«

»Dem Poolboy?«, entgegnete ich belustigt. »Wer soll das sein, ich?«

»Nur, wenn du dabei dein Hemd ausziehst. Aber das sollte für dich ja kein Problem darstellen.«

Ich spürte Verlegenheit in mir aufsteigen. Für einen Augenblick wusste ich nicht, was ich entgegnen sollte. Mir war klar, dass sie auf die Szene heute Morgen anspielte. Ich wusste selbst nicht genau, warum ich in dem Laden mein T-Shirt ausgezogen hatte. Vielleicht weil es mir Spaß machte, Maria aus der Reserve zu locken. In dem Moment hatte sie nicht ganz so tough und überlegen gewirkt wie sonst, was mir eine diebische Freude bereitet hatte. Vielleicht – und die Vorstellung war mir weniger geheuer – hatte ich aber auch nur vor ihr angeben wollen. Neben meiner Arbeit machte ich regelmäßig Sport, ich joggte, ging an den Wochenenden in den Bergen wandern, fuhr Mountainbike und im Winter Ski und Snowboard. Von daher war ich gut in Form, und aus irgendeinem Grund hatte ich ihr das zeigen wollen. Vermutlich war das so ein Überbleibsel aus der Steinzeit, wenn ein Männchen einem attraktiven Weibchen begegnete. Dann liefen im Gehirn uralte Balz-Mechanismen ab. Dabei war Maria Trilliarden Lichtjahre von einem Weibchen entfernt, und so sah ich sie auch nicht. Natürlich hätte ich blind sein müssen, um nicht zu bemerken, wie gut sie aussah. Aber ich würde sie genauso mögen, wenn es anders wäre. Sie interessierte mich als Mensch. Als Persönlichkeit. Eine Partnerin hatte ich bereits, und diese würde ich demnächst heiraten.

»Danke für den schönen Tag«, sagte ich, als wir wieder auf dem Parkplatz vor Herzbachs Ortseingang standen. Mittlerweile war es sieben Uhr abends. Die Luft war immer noch sommerlich warm.

»Also dann«, erwiderte Maria, machte aber keine Anstalten zu gehen.

»Also dann«, wiederholte ich und rührte mich ebenfalls nicht von der Stelle. Plötzlich kam mir ein Gedanke. »Wolltest du nicht den Garten sehen, den ich für Sara anlege?«

Im Stillen gratulierte ich mir zu dem Einfall. Allein aus beruflichen Gründen. Maria war Saras Freundin und kannte ihren Geschmack. Ihre Einschätzung zum Garten würde mir wertvolle Hinweise für meine Arbeit liefern.

Maria nickte begeistert. »Unbedingt!«, rief sie, und ich spürte, wie sehr ich mich freute, nun noch ein wenig mehr Zeit mit ihr verbringen zu dürfen, anstatt nach Mondstein zurückzukehren, wo nur eine leere Wohnung und mein Laptop auf mich warteten.

19

Maria Auf dem Weg ins Dorf lächelte ich vor mich hin. Ich freute mich riesig darauf, Saras Garten zu sehen, und war gespannt wie ein Flitzebogen. Außerdem gefiel es mir in Jans Gesellschaft. Zeit mit ihm zu verbringen war unterhaltsamer als ein Fernsehabend auf dem Sofa. Bald schon duftete die Luft nach den prachtvollen Blumen, die ringsherum in den Vorgärten wuchsen. *In Herzbach sehen selbst die Straßen wie Postkartenmotive aus,* hatte ich irgendwo gehört, und es stimmte.

»Schau mal«, meinte ich und wies auf einen violett blühenden Strauch. »Sind das Hortensien?« In diesem Fall wusste ich genau, dass es Hortensien waren, denn meine Großmutter hatte die Blumen in ihrem Garten gehabt. Sie waren ihr ganzer Stolz gewesen.

Jan nickte. Leider schien er weniger beeindruckt von meinem Wissen, als ich gehofft hatte. Ich nahm mir vor, meine Kenntnisse über das heimische Grünzeug ein wenig aufzupeppen, damit ich eine schlaue Bemerkung fallen lassen konnte, wenn ich Jan das nächste Mal begegnete.

Bis zur alten Wassermühle am Fluss war es nicht weit.

Auf unserem Spaziergang kamen uns zahlreiche Herzbacher entgegen, die den lauen Abend nutzten, um sich noch ein wenig die Füße zu vertreten. Uns trafen neugierige Blicke. Bestimmt hatte es sich herumgesprochen, dass ich den Malworkshop übernommen und ihn kurzerhand in einen Modekurs verwandelt hatte. Vielleicht war es aber auch Jan, der die Aufmerksamkeit der Spaziergänger auf sich zog. Ich sprach ihn darauf an.

»Ich wundere mich, dass niemand ahnt, dass Alexander das Haus gekauft hat. In diesem Dorf lässt sich doch sonst kein Geheimnis für sich behalten.«

Jan stöhnte. »Du hast ja keine Ahnung! In den ersten Tagen wurde ich ständig auf meine Arbeit am Haus angesprochen. Mittlerweile gehe ich nur noch morgens vom Parkplatz zum Garten und abends wieder zurück. So kann mich niemand ausquetschen.«

»Respekt, dass du so standhaft bist.« Mir kam Biene in den Sinn, und ich sah ihre sensationslustig glitzernden Augen vor mir. »Ich weiß, wie beharrlich die Herzbacher sein können.« Ich stockte. »Heißt das, ich bin die Einzige, die von Alexanders Plänen weiß?«

Jan warf mir einen Seitenblick zu. Er setzte zu einer Antwort an, dann zuckte er stattdessen mit den Achseln und sagte schlicht: »Ja.«

»Welche Ehre«, entgegnete ich und war überrascht, wie sehr ich mich darüber freute, dass er mir sein Vertrauen schenkte.

Vor einem frei stehenden Fachwerkhaus blieb Jan stehen. »Hier ist es. Wir sind da.«

Ich sah hoch. Die Jahreszahl unter dem Dach wies darauf hin, dass das Haus im Jahre 1821 erbaut worden war. Es besaß eine lichtblau gestrichene Tür, und die Fenster in ihren hölzernen Rahmen waren blitzblank. Ich folgte Jan durch den Vorgarten zur Haustür. Er öffnete mit seinem Schlüssel und ließ mich hinein. Hier war noch einiges zu tun, aber so, wie ich Sara kannte, würde sie sich mit Feuereifer in die Renovierung stürzen. Wir durchquerten den Wohn- und Essbereich, der wunderbar geräumig war. Geradezu geschaffen, um Freunde einzuladen und rauschende Feste zu feiern.

»Es ist so weit«, ließ Jan sich vernehmen. »Mach die Augen zu.«

Mein erster Impuls war, mir an die Stirn zu tippen. Doch dann schloss ich gehorsam die Augen. Ich hörte, wie Jan die Terrassentür aufschob. Anschließend nahm er meine Hände. Die unerwartete Berührung jagte kleine Stromstöße über meine Haut.

»Schön zulassen«, sagte er leise.

Mein Herz klopfte schneller, als er mich nach draußen führte. Es kam mir vor, als würde ich auf einmal alles intensiver erleben. Eine betörend duftende Brise streichelte mein Gesicht, und ich erschauderte.

»Jetzt darfst du gucken«, flüsterte Jan und ließ mich los.

Langsam und ein wenig benebelt öffnete ich die Augen. Mir stockte der Atem, und mit offenem Mund sah ich mich um. Ich tauchte ein in einen Strudel aus Formen, Farben und Düften, bis mir ganz schwindelig wurde. Der Rasen wuchs hoch und erinnerte an grüne Dünen. Hindurch zogen sich Bänder von lilafarbenem Lavendel, eingefasst von wogenden Gräsern und Blüten in den wunderschönsten Farbtönen. Ich sah intensive Blautöne, fedriges Weiß und leuchtendes Violett, begleitet von kräftigem Pink und feenhaftem Silber. Anmutig wiegten sich die Halme im Wind. Es war ein Gefühl, als wenn sich der ganze Garten in Bewegung befände.

Plötzlich wurde mir bewusst, dass Jan mich ansah. In seinem Gesicht las ich gespannte Erwartung. Um Worte verlegen versuchte ich, meine Eindrücke zu beschreiben.

»Es ist überwältigend, als würden wir in einer Landschaft aus Wiesen und Wasser stehen, die in allen Farben leuchtet. Der Anblick ist einfach nur traumhaft schön!«

Ein zufriedener Ausdruck legte sich auf Jans Züge. »Das freut mich. Ich wollte einen Garten, der zum Münsterland und zur Stever passt, der das Muster von Wiesen und Wellen widerspiegelt. Auf eine natürliche Weise. Ich kenne Sara nicht persönlich, aber Alex hat mir viel von ihr erzählt, und ich habe versucht, ihre Persönlichkeit einfließen zu lassen.«

Ich schwieg und betrachtete den Garten noch einmal. Nun mit dem Wissen um das, was Jan mir soeben erzählt hatte. Sara war eine wunderschöne Frau, aber sie war viel mehr als das. Sie war ein liebevoller, ein leidenschaftlicher Mensch. Das machte sie verletzlich. Aber auch stark. Ja, Sara vereinte beides: Verletzlichkeit und Stärke. Sie besaß eine innere Kraft, die sie antrieb. Sie war aktiv und lebendig, ohne jemals hektisch zu sein. In ihrer Anwesenheit konnte man nicht anders, als sich wohlzufühlen. Nicht selten ertappte ich mich dabei, dass ich in ihrer Gegenwart vor mich hin lächelte, einfach, weil sie da war. Und hier, in ihrem Garten, ging es mir genauso, bemerkte ich. Ich lächelte, ohne dass ich mir dessen bewusst war. Der Garten strahlte eine solche Harmonie aus, war so unaufgeregt und gleichzeitig voller Bewegung und in seinen Farben und Formen so spektakulär, dass man einfach nur dastehen und schauen wollte. Mit plötzlicher Gewissheit dachte ich: Und wenn ich tausendmal hierherkomme, ich werde immer wieder etwas Neues entdecken. Und Sara ... Sie würde nicht fassen können, was Jan für sie geschaffen hatte. Einen Garten zum Verlieben. Auf einmal wünschte ich mir nichts sehnlicher, als den Moment mitzuerleben, wenn sie ihn zum ersten Mal betrat. Wohl wissend, dass es nicht dazu kommen würde. Denn Alexander Hoven war kein Mann, der ein Publikum brauchte, um seiner Freundin einen Heiratsantrag zu machen. Ich seufzte. Ich würde Sara hinterher bitten müssen, mir die Situation mitsamt ihren Gefühlen bis ins letzte Detail zu beschreiben.

Neben mir ergriff Jan das Wort. »Ein Garten soll das ganze Jahr über Spaß machen. Deshalb liebe ich Stauden und Gräser, viele von ihnen sehen selbst im Herbst und Winter toll aus. Und pflegeleicht sind sie auch. Das ist wichtig. Wer möchte schon in seiner Freizeit stundenlang im Garten stehen.« Um seinen Mund blitzte ein Lächeln auf. »Abgesehen von mir natürlich.«

Lachend schaute ich ihn an. »Als du mir das erste Mal von Stauden und Gräsern erzählt hast, hatte ich Gestrüpp vor Augen. Ich hatte ja keine Ahnung! Wenn man vor dem Haus steht und die langweiligen Beete sieht, kann man kaum glauben, welches Paradies einen dahinter erwartet.«

Jan fuhr sich über seinen Bart. »Der Vorgarten kommt als Nächstes dran. Für den Weg zur Haustür nehme ich Pfeifengräser und Fetthenne. Die sehen sehr romantisch aus.«

»Das klingt gut. Sara hat eine romantische Ader.«

»Alex hat so etwas erwähnt. Deshalb werde ich nächstes Jahr auch noch mal wiederkommen, um Dahlien und Astern zu setzen.« Er grinste. »Wegen der Romantik.«

»Hoffen wir nur, dass Sara nicht Nein sagt, wenn Alexander um ihre Hand bittet«, scherzte ich.

Jans Augen weiteten sich. Der Gedanke war ihm offenbar noch gar nicht gekommen. »Glaubst du das denn?«

Ich schüttelte den Kopf. »Nie im Leben. Du solltest die beiden zusammen sehen. Das ist wahre Liebe.«

Er entspannte sich wieder. »Dann ist ja gut.« Er blickte mich an. »In Sternbeck gibt es einen großen Park. Ein Areal davon habe ich gestaltet. Das ist allerdings Jahre her. Ich würde mir gerne ansehen, wie es sich entwickelt hat. Hast du Lust, morgen mit mir hinzufahren? Wir könnten uns Fahrräder leihen.«

»Sehr gerne!«, rief ich spontan und lächelte über das ganze Gesicht. Dann kam mir meine Mutter in den Sinn, und meine Miene verdüsterte sich. »Tut mir leid, ich kann nicht. Ich muss meine Mutter besuchen. Sie ist eh schon auf hundertachtzig, weil ich heute nicht bei ihr war.«

»Und wenn wir zwischendurch bei ihr vorbeifahren?«

Ich traute meinen Ohren nicht. Fassungslos starrte ich ihn an. Dabei regte sich ein Gefühl in meiner Brust, das ich so nicht kannte. Rührung und noch etwas anderes, das schwerer zu benennen war.

»Du willst mitkommen?«, stotterte ich. »Zu meiner Mutter? In den Stift?«

»Klar, warum nicht? Ich würde mich freuen, sie kennenzulernen.«

Ich schluckte. »Okay.«

Jan lächelte. »Wunderbar. Dann leihe ich uns zwei Fahrräder.«

Mit einem Ruck erwachte ich aus meiner Erstarrung. »Das brauchst du nicht. Ich wohne bei einer Freundin, die gerade mit ihrem Partner in Neuseeland ist. Wir können ihre Fahrräder nehmen. Ellie und Jonas haben bestimmt nichts dagegen.«

»Umso besser. Dann treffen wir uns morgen früh bei dir.«

In dieser Nacht konnte ich nicht schlafen. Silbernes Mondlicht fiel durch die Vorhänge auf mein Bett, während ich mich ruhelos von einer Seite auf die andere wälzte. Mir gingen so viele Gedanken im Kopf herum. Nun war ich beinahe eine Woche in Herzbach und hatte in der Zeit so viel erlebt wie in Frankfurt in einem Monat nicht. Dort verlief mein Tag immer gleich. Er bewegte sich zwischen Arbeit, Sport und Freunden. Es war ein gutes Leben. Aber es lieferte keine neuen Impulse. Ich sah Jans Lächeln vor mir, dachte daran, wie er vorhin meine Hände genommen hatte, um mich auf die Terrasse zu führen, und mein Herzschlag beschleunigte sich. Woher kamen diese plötzlichen Gefühle? Lag es daran, dass ich ihn nicht haben konnte? Isa vertrat die Theorie, dass ich gar keine ernsthafte Beziehung wollte und mir deshalb nur Männer aussuchte, mit denen es von vornherein unmöglich war, eine zu führen. Jan würde demnächst heiraten. Dachte ich deshalb an ihn? Weil ich genau wusste, dass nichts aus uns werden würde? Entschieden drehte ich mich um und versuchte meine Konzentration in eine andere Richtung zu lenken. Nachdem ich Bautz bei Sara abgeholt hatte und nach Hause zurückgekehrt war, hatte ich meine Mutter angerufen. Ihre Laune war fürchterlich gewesen.

»Alle sind bei dem schönen Wetter draußen spazieren gegangen, nur ich habe alleine in meinem Zimmer gesessen und an die Wand gestarrt«, beschwerte sie sich.

Aufgrund ihrer rasch fortschreitenden Demenz durfte meine Mutter das *Haus Morgenröte* nur noch in Begleitung verlassen, dennoch konnte ich mir nicht vorstellen, dass das traurige Bild, das sie zeichnete, der Realität entsprach. Bestimmt war sie mit Bernadette unterwegs gewesen und hatte mit ihr bei Kaffee und Kuchen im Rosengarten gesessen.

»Dafür komme ich dich morgen besuchen«, versprach ich ihr. Dass Jan mich begleiten würde, erwähnte ich nicht. Immerhin war es möglich, dass er sich die Sache noch einmal anders überlegte. An seiner Stelle würde ich es tun.

»Das will ich hoffen!«, erwiderte meine Mutter pampig.

Ich unterdrückte einen Seufzer. Konnte sie nicht einmal etwas Freundliches sagen? Warum war sie nicht wie Isas Mutter? Aufgewachsen mit drei jüngeren Geschwistern, zwei Brüdern und einer Schwester, war bei Isa zu Hause immer viel los gewesen. Meine gesamte Kindheit hindurch hatte ich mir gewünscht, ein Teil ihrer Familie zu sein. Ihre Eltern waren freundliche, liebevolle Menschen, die ihre Kinder in der Gewissheit aufzogen, einzigartig und wertvoll zu sein. So, wie sie waren, mit all ihren Ecken und Kanten. Sie unterstützten Isa und ihre Geschwister nach Kräften, ließen ihnen aber genügend Raum, um sich auszuprobieren und zu entfalten. Isa musste sich ihren Eltern gegenüber nie beweisen. Nie um Liebe und Anerkennung kämpfen, sie bekam sie umsonst, und das in Hülle und Fülle. Während ich das ständige Gefühl hatte, nicht zu genügen. Egal, was ich tat, in den Augen meiner Mutter reichte es nie, war immer alles falsch. Dazu erwartete sie ständig Dankbarkeit von mir. Dafür, dass sie mich geboren hatte, mich großzog, mir ein Heim gab und Kleidung und mir ihre Zeit widmete. Sie wollte für Dinge gelobt werden, die für andere Eltern selbstverständlich waren. Dafür, dass sie mich zur Schule brachte und wieder abholte, als ich noch zu klein war, um alleine zu gehen.

Ich richtete mich auf und trank einen Schluck aus meinem Wasserglas, das neben mir auf dem Nachttisch stand. So, wie meine Mutter sich am Telefon vorhin aufgeführt hatte, hatte ich nicht die geringste Lust, sie morgen zu besuchen. Dennoch würde ich es tun. Wie immer.

20

Maria Der Sternbecker Park war tatsächlich riesig. Nachdem Jan und ich die Räder am Eingang abgestellt hatten – Bautz war in meinem Korb mitgefahren –, folgten wir dem gewundenen Pfad, der an Wiesen, lichten Waldstücken und Seen vorbeiführte. Es war zwölf Uhr mittags, und die Sonne schien warm und einladend vom Himmel. Außer uns waren zahlreiche Menschen unterwegs. Vor allem Familien mit Kindern und Paare jeden Alters. Einmal wurden wir von drei Seniorinnen auf Elektromobilen überholt, die sich freundlich bedankten, als wir ihnen Platz machten.

»Was ist das dort drüben?«, erkundigte ich mich bei Jan und zeigte auf eine Stelle, an der mehrere gekappte Baumstämme aufragten.

Jan folgte meinem Blick. »Das ist stehendes Totholz. Es wird der Natur überlassen. So bietet es Tieren und Pflanzen Nahrung, Unterkunft und Schutz.«

»Clever«, entgegnete ich, weil mir nichts Klügeres einfiel.

Jan schob sich die Hände in die Taschen seiner Jeans. »Besser, du genießt den Ausflug«, meinte er belustigt.

»Einen Park wie diesen wird es nicht mehr lange geben.«

Verständnislos schaute ich ihn an. »Warum nicht?«

»Weil sich unser Klima verändert. Hier wachsen überwiegend Buchen. Die können nicht gut mit Hitze und Trockenheit umgehen. Die letzten Sommer haben ihnen zu schaffen gemacht.«

An Jans Gesichtsausdruck konnte ich ablesen, dass ihm das Thema naheging. »Bäume besitzen eine große Wurzelmasse«, erklärte er. »Wenn es zu wenig regnet, holen sie sich die Feuchtigkeit, die sie brauchen, aus der Erde. Nur ist das Grundwasser inzwischen so stark gesunken, dass sie dort auch nicht mehr fündig werden. Also müssen die Parkbetreiber mehr wässern, was den Aufwand enorm in die Höhe treibt.« Er kickte einen Stein weg. »Die Kosten für die Baumpflege explodieren ebenfalls. Durch die Trockenheit werden Bäume anfälliger für Krankheiten und Schädlinge. Deshalb greifen immer mehr Gärtner inzwischen bei Nachpflanzungen zu Gehölzen, die mit den neuen Klimagegebenheiten besser zurechtkommen.« Er hob einen Ast auf, der auf dem Weg lag, und musterte ihn prüfend. »Dann gibt es zukünftig keine Ulmen mehr, sondern Amberbäume«, sagte er und warf den Ast in ein Gebüsch. »Und statt der heimischen Buchen wachsen hier Arten aus Nordamerika.« Jan schaute mich an. »Unsere Enkelkinder werden Purpur-Erle, Schnurbaum, Ahorn und Ginkgo genauso selbstverständlich finden wie wir Buche und Fichte.«

Ich ließ seine Worte auf mich wirken. So hatte ich es noch nie betrachtet. Für mich sahen alle Bäume gleich aus, und in meiner Wohnung überlebten nur die Pflanzen, die weitestgehend für sich selber sorgen konnten.

Dennoch überkam mich Wehmut bei dem Gedanken, dass ein Park, wie wir ihn gerade besuchten, schon bald der Vergangenheit angehören sollte.

»Schau mal dort drüben«, machte Jan mich auf eine Gruppe Rehe aufmerksam, die friedlich auf einer Lichtung beieinanderstanden.

Wir blieben stehen. Falls es seine Absicht war, mich aufzuheitern, funktionierte es. Beim Anblick der anmutigen Geschöpfe hob sich meine Laune. Bautz war ebenso begeistert und zerrte an seiner Leine.

»Wie niedlich!«, rief ich. »Bautz möchte mit den Rehen spielen.«

Jan warf mir einen amüsierten Blick zu. »Spielen? Er möchte sie jagen.«

Ich sah zu dem kleinen Dackel zu meinen Füßen, der inzwischen heftig zu bellen begonnen hatte, und dann zu den Rehen, die erschrocken die Köpfe hoben.

»Jagen?«, wiederholte ich ungläubig. »Bautz? Er ist doch viel kleiner als die.«

»Das weiß er ja nicht. Er hält sich für einen Wolf.«

Der »Wolf« zog stärker.

»Tut mir leid, Kumpel«, meinte Jan, beugte sich herunter und klopfte ihm auf den Rücken. »Daraus wird leider nichts. In der Beziehung verstehen Förster keinen Spaß.«

Wir gingen weiter. Mit einer Miene, die nicht anders als enttäuscht zu nennen war, ergab sich Bautz seinem Schicksal.

Fünf Minuten später erreichten wir das Areal, das Jan gestaltet hatte. Es handelte sich um eine herrliche Sommerwiese, die in den buntesten Farben leuchtete. Schmetterlinge schwirrten umher, und in den Blütenkelchen tummelten sich unzählige Bienen und Hummeln. Überall summte und brummte es. Bilder von fröhlichen Picknicks und endlos langen Sommertagen stiegen in mir auf. Bewundernd sah ich zu Jan, der dieses wunderschöne Fleckchen Erde erschaffen hatte.

»Und? Ist die Wiese noch so, wie du sie in Erinnerung hattest?«

Jan antwortete nicht. Er schien meilenweit entfernt. Plötzlich drehte er sich abrupt zu mir um. »Ja. Sie sieht genauso aus, sie hat sich nicht verändert.« Er lächelte. »Wollen wir jetzt irgendwo zu Mittag essen und danach zu deiner Mutter fahren?«

Ich lächelte zurück und nickte. Jan wollte mich immer noch begleiten. Er hatte es sich nicht anders überlegt.

~

»Und wer sind Sie?«, fragte meine Mutter erstaunt.

Sie stand in der Tür ihres Zimmers und musterte Jan von oben bis unten. Ihr Gesichtsausdruck verriet deutlich, dass ihr gefiel, was sie sah.

»Hallo, Frau Mahler, mein Name ist Jan«, erwiderte er freundlich. »Ich bin ein Bekannter Ihrer Tochter. Freut mich, Sie kennenzulernen.« Er streckte meiner Mutter eine Hand entgegen, und sie ergriff sie und hielt sie länger fest, als notwendig gewesen wäre.

»Das ist ja nett, dass Sie mich besuchen kommen«, säuselte sie.

Ich seufzte. »Hallo, Mama.«

Ihr Blick streifte mich, und ihr Lächeln verblasste. »Ach, hallo. Du bist ja auch da.« Sie bemerkte Bautz. »Und mein lieber Hund auch!«, sagte sie, jetzt wieder mit deutlich mehr Enthusiasmus in der Stimme. Sie richtete ihre Aufmerksamkeit erneut auf Jan. »Warum gehen wir nicht in den Rosengarten? Dort gibt es Kaffee und Obsttorte.«

Sie hakte sich bei Jan unter, als würde sie ihn schon ewig kennen. So blieb mir nichts anderes übrig, als wie das fünfte Rad am Wagen hinter den beiden herzulaufen. Jan warf mir über seine Schulter einen aufmunternden Blick zu. Läuft doch gut, signalisierte er mir. Ich runzelte die Stirn. Das kam auf die Betrachtungsweise an. Wenn andere dabei waren, zeigte sich meine Mutter von ihrer Schokoladenseite. Deshalb hatte mein Ex-Mann Thomas es auch nie verstanden, wenn ich mich über sie beschwert hatte. Ich weiß nicht, was du gegen sie hast, hatte er immer gesagt, deine Mutter ist doch reizend! Von wegen reizend, grummelte ich in mich hinein.

Mama steuerte auf einen Tisch im Schatten eines großen Sonnenschirms zu. Sofort kam eine Angestellte des Stifts und erkundigte sich nach unseren Wünschen. Wir bestellten Himbeertorte und dazu eine Kanne Kaffee. Da Sonntag war, hatten viele Bewohner Besuch. Um uns herum waren fröhliche Gespräche im Gang. Auf dem Rasen tobten Kinder herum und spielten Fangen. Ich hielt mein Gesicht in die Sonne, während Jan meiner Mutter von seinem Beruf erzählte. Sie war früher eine begeisterte Gärtnerin gewesen und stellte eifrig Fragen. Wenn ihr ein Begriff fehlte, gab sie nicht wie sonst frustriert auf, sondern umschrieb ihn geduldig, bis Jan verstand, worauf sie hinauswollte. Mein Ärger verflog. Meine Mutter hatte einen angenehmen Nachmittag, und ich meine Ruhe, weil sie voll und ganz auf Jan fixiert war. Dafür sollte ich dankbar sein. Genauso wie für den wunderschönen Tag, den wir bereits gemeinsam verbracht hatten. Nach dem Besuch im Park hatten Jan und ich noch im Biergarten eines Gasthauses zu Mittag gesessen. Es gab Speckpfannkuchen mit gemischtem Salat und dazu Alster. Dabei hatte Jan mir gestanden, dass er von einem Leben auf dem Land träumte. Er wünschte sich einen Garten mit Wildblumen, wie sie im Sternbecker Park wuchsen.

»Irgendwann vielleicht ...«, meinte er sehnsüchtig. »Wenn ich Leonie davon überzeugen kann.«

Bei der Erwähnung von Leonies Namen verspürte ich einen Anflug von Eifersucht, den ich schnell beiseiteschob.

»Das erklärt, warum du beim Anblick der Wiese so komisch geguckt hast.«

»Wie habe ich denn geguckt?«

»So in etwa«, sagte ich und setzte die einfältigste Miene auf, zu der ich imstande war. Jan brach in lautes Gelächter aus, und ich schmunzelte, weil ich es so schön fand, ihn so glücklich zu sehen.

Die Angestellte des Seniorenheims brachte unsere Bestellungen. Eigentlich hatte ich nach dem leckeren Mittagessen gar keinen richtigen Appetit, aber die Torte schmeckte so köstlich, dass ich sie bis zum letzten Krümel aufaß.

Eineinhalb Stunden später beschloss ich, dass es an der Zeit war, sich zu verabschieden. Meine Mutter beschwerte sich nicht. Vermutlich, weil Jan dabei war. Sie legte ihre Hand auf seine.

»Sie möchten bestimmt noch kurz mein Zimmer sehen, bevor Sie gehen. Es ist wirklich sehr schön.«

»Unbedingt«, erwiderte Jan charmant.

Im Flur des Seniorenstifts trafen wir auf einen alten Mann mit schütterem weißen Haar, den Mama uns als ihren lieben Freund Heinz vorstellte.

»Der Arme ist leider ziemlich vergesslich«, flüsterte sie mir nicht eben leise ins Ohr. »Nur Lieder kann er sich merken.«

»Na, wohin wollt ihr?«, erkundigte sich Heinz freundlich.

»In mein Zimmer«, informierte ihn meine Mutter.

»Wie nett. Da komme ich mit«, meinte er.

Warum nicht?, dachte ich in einer Mischung aus Belustigung und Resignation. Auf einen mehr oder weniger kam es auch nicht mehr an.

Der Raum, in dem meine Mutter wohnte, war hell und freundlich eingerichtet. Am Fenster, das auf den Garten hinaus zeigte, stand ein geblümtes Sofa, auf dem Mama und Heinz es sich gemütlich machten. Von wegen nur kurz das Zimmer zeigen, dachte ich und setzte mich in den Korbsessel gegenüber. Jan ließ sich in dem zweiten Sessel neben mir nieder. Die beiden alten Leute schauten mich erwartungsvoll an. Unterhalte uns, war in ihren Gesichtern zu lesen.

Während ich nachdachte, was ich erzählen konnte, fing Heinz plötzlich unvermittelt an zu singen. »Auf der Reeperbahn nachts um halb eins«, schmetterte er in voller Lautstärke.

Jan und ich tauschten einen amüsierten Blick. Dann fielen wir gleichzeitig mit ein.

Stirnrunzelnd schaute meine Mutter mich an. Als ich ein Kind war, hatte sie mir verboten, in ihrer Gegenwart zu singen. Doch sie sagte nichts. Stattdessen setzte sie ebenfalls mit ein. Ich schmunzelte in mich hinein. Wenn uns jetzt jemand sehen könnte, schoss es mir durch den Kopf. Als der Refrain zu Ende war, hielten wir alle inne und sahen einander an.

Heinz lächelte selig. Dann öffnete er den Mund. »Auf der Reeperbahn nachts um halb eins«, begann er erneut, und wieder sangen wir alle mit, während Bautz fröhlich dazu bellte.

»Erinnere mich daran, dass ich fürs nächste Mal die Strophen lerne«, bat ich Jan, als wir eine halbe Stunde später wieder auf unseren Rädern saßen und durch die Felder in Richtung Herzbach fuhren. Bautz war in seinem Korb eingeschlafen.

»Das wäre nicht schlecht«, erwiderte er gut gelaunt. »Spätestens nach dem dritten Durchgang des Refrains hätte ich mir auch mehr Textsicherheit gewünscht.«

Wir grinsten uns an. Inzwischen war es unvorstellbar für mich, dass ich ihn jemals unsympathisch gefunden hatte.

Nachdem wir die Räder in Ellies Garage abgestellt hatten, sagte Jan: »Ich will noch einmal im Garten nach dem Rechten schauen, bevor ich mich auf den Rückweg mache. Kommst du mit?«

»Nichts lieber als das«, sagte ich und meinte es auch so.

Genau wie gestern war ich hingerissen von Saras Garten, von den intensiven Farben und den fedrigen Gräsern, die sich in der Sommerbrise wiegten. In tiefen Zügen atmete ich die warme, nach Lavendel duftende Luft ein. Gab es einen perfekteren Ort für einen Heiratsantrag? Was für ein Glück Sara hat, dachte ich. Sie hatte die Liebe ihres Lebens gefunden. Einen Mann, dessen größte

Freude es war, ihr die Sterne vom Himmel zu holen. Ich spürte ein neidvolles Ziehen im Bauch und schämte mich im selben Augenblick für das Gefühl. Sara war meine Freundin, und ich gönnte ihr alles Glück der Welt. Nur hätte ich gerne auch ein wenig mehr davon. Ich sah zu Jan, der ein paar Meter weiter den Sitzplatz inspizierte, den er gebaut hatte. Er ging in die Knie und fuhr mit einer Hand über das Holz. Seine Miene wirkte höchst zufrieden. Es musste schön sein, etwas mit seinen Händen zu erschaffen und das Ergebnis seiner Arbeit direkt vor Augen zu haben. Vielleicht sollte ich das auch einmal ausprobieren. Hatte ich das gerade wirklich gedacht?, fragte ich mich überrascht. So weit kam es noch, dass ich mir in Frankfurt einen Schrebergarten zulegte.

Kopfschüttelnd schlüpfte ich aus meinen Flip-Flops und ging barfuß zum Wasser. Bautz folgte mir. Der Rasen kitzelte angenehm unter den Füßen. Ich streckte eine Hand aus und ließ sie durch die hohen Gräser zu meiner Rechten gleiten. Dabei konnte ich nicht anders, als zu lächeln. In diesem Garten war es unmöglich, trüben Gedanken nachzuhängen. Ich erklomm den Steg und lief über das warme Holz zum Wasser. Was war es doch für ein Luxus, hier zu wohnen, mit der Stever direkt vor der Haustür. Der Fluss funkelte in der Sonne, als ob auf seinem Grund Diamanten lägen. Jan trat neben mich, und ich spürte die Nähe und Verbundenheit zwischen uns. Langsam wendete ich den Kopf und sah ihn an. Seine Augen waren von einem solch intensiven Blau, dass es mir den Atem raubte. Mein Blick glitt wie in Zeitlupe über sein Gesicht und blieb an seinen Lippen hängen. Wie sinnlich und fest sie aussahen. Ich hob das Kinn. Mein Herz schlug wie wild. In diesem Moment fing

Bautz an zu bellen, und hastig wich ich einen Schritt zurück.

~

»Ich brauche deinen Rat.«

Ich lag auf meinem Bett in Ellies Gästezimmer und starrte an die Decke, während ich mit Isa telefonierte. Bautz hatte sich neben mir zu einer Kugel zusammengerollt und schnarchte leise vor sich hin. Inzwischen war es Viertel nach acht. Draußen ging die Sonne allmählich unter und tauchte den Raum in ein warmes, goldenes Licht.

»Das klingt spannend«, meinte Isa. »Dann schieß mal los.«

»Es geht um einen Mann.«

Meine Freundin stieß einen überraschten Laut aus. »Erzähl!«

Ich sah einer Fliege hinterher, die auf die Lampe zu krabbelte. »Ich weiß nicht, wo ich anfangen soll.«

»Am besten am Anfang«, schlug Isa vor, und ich hörte das Schmunzeln in ihrer Stimme.

Also erzählte ich ihr, wie ich Jan bei meiner Ankunft in Herzbach kennengelernt hatte. Ich berichtete von unserer zweiten Begegnung im Supermarkt und unserem Shoppingausflug nach Münster, der unter einem schlechten Stern begonnen und sich dann zu einem überraschend schönen Tag entwickelt hatte. Isa lachte schallend, als ich ihr schilderte, wie Jan sein T-Shirt ausgezogen hatte und mir bei dem Anblick seines nackten Oberkörpers siedend heiß geworden war.

»Mir war richtig schwindelig. Wahrscheinlich, weil ich ewig nicht mehr mit einem Mann zusammen war.«

Ich fuhr fort, erzählte von Saras traumhaftem Garten, unserer Radtour und wie Jan mich zu meiner Mutter in den Seniorenstift begleitet hatte. Bei der Erinnerung, wie wir mit Mama und Heinz *Auf der Reeperbahn nachts um halb eins* gesungen hatten, ging mir erneut das Herz auf, und ich musste lächeln.

»Da wäre ich zu gerne dabei gewesen«, lachte Isa.

Langsam kam ich zum Schluss. »Danach sind wir nach Hause geradelt. Jan wohnt eigentlich in Mondstein, aber er hatte seinen Wagen hier geparkt. Jedenfalls wollte er noch mal zum Garten, und ich bin mitgekommen. Und vorhin auf dem Steg ... da hätte ich ihn fast geküsst. Ich war wirklich kurz davor.« Ich verstummte und atmete tief durch. »Wenn du ihn sehen könntest, Isa, mit den zu langen Locken, den breiten Schultern und dem kupferbraunen Bart. Er ist überhaupt nicht mein Typ.« Ich schüttelte den Kopf.

Isa schwieg. »Er hat dich zu deiner Mutter begleitet«, sagte sie, ohne auf meine letzte Bemerkung einzugehen.

»Ja.«

»Wow.«

»Ich weiß.« Ich verscheuchte die Fliege, die ihre Inspektion der Lampe aufgegeben hatte und nun auf meinem Schienbein saß. »Was soll ich bloß tun? Jan heiratet bald. Und ich bin diejenige, die ihn für seine Verlobungsfeier einkleiden soll. Im Auftrag seiner Freundin. Ist das nicht verrückt?«

»Normalerweise hast du kein Problem damit, wenn ein Typ gebunden ist«, meinte Isa. »Sein Problem, nicht meins, sagst du immer.«

»Diesmal ist es anders.« Ich sah Jans Gesicht vor mir,

die Freundlichkeit und Wärme in seinen Augen, hörte sein Lachen.

»Du magst ihn wirklich.«

»Ich kenne ihn kaum.«

»Dafür habt ihr aber schon viel zusammen erlebt.« Isa hielt inne. »Rede mit ihm«, schlug sie vor. »Sag ihm, was in dir vorgeht.«

»Dazu müsste ich darüber erst mal selbst Bescheid wissen.« Ich stöhnte auf. »Keine Ahnung, was ich fühle. Ich bin gerne in seiner Nähe. In seiner Gegenwart muss ich die ganze Zeit lächeln. Außerdem finde ich ihn sexy. Wenn er mich berührt, fängt meine Haut an zu kribbeln, als ob sie unter Strom stehen würde. Und wir lachen zusammen. Ich habe noch nie einen Mann kennengelernt, mit dem ich so lachen kann wie mit ihm.«

»Ist doch klar, was mit dir los ist«, bemerkte Isa. »Du hast dich verliebt.«

Ich schloss für einen Moment die Augen. »Meinst du? Geht das denn so schnell?«

Ein leises Lachen drang durch die Leitung. »Ich kenne dich schon ewig, meine Süße, und das ist das erste Mal, dass ich dich so über einen Mann reden höre. Und damit meine ich nicht nur, was du sagst, sondern auch *wie* du es sagst. Dieser weiche Tonfall in deiner Stimme – den bin ich gar nicht von dir gewöhnt.«

Ich rieb mir die Stirn. »Und was mache ich jetzt?«

»Rede mit ihm«, wiederholte sie.

»Was soll das bringen? Jan liebt Leonie, er wird sie heiraten. Vielleicht hast du recht, und ich habe tatsächlich Gefühle für ihn. Aber wenn Jan davon erfährt, wird er sich zurückziehen. Zumindest würde es das Verhältnis zwischen uns verändern und die Dinge kompliziert machen. Und das möchte ich nicht. Lieber tue ich so, als wäre nichts. Dann kann ich mich weiter mit ihm treffen und die Zeit mit ihm genießen.«

»Bist du dir sicher?« Isas Stimme klang genauso zweifelnd, wie ich mich fühlte.

Ich seufzte. »Ich weiß es nicht. Ich weiß gerade gar nichts mehr.«

21

Maria »Sie erzitterte vor Leidenschaft und Begierde, als er sie mit seinen starken Armen umfing und an seine von unzähligen Schlachten gestählte Brust zog … ernsthaft jetzt?«

Ich sah von dem Roman hoch, in dem ich gerade geblättert hatte, und begegnete Amelies amüsiertem Blick.

»Was hast du erwartet bei dem Titel *Highlander der Liebe*?«, fragte die junge Buchhändlerin. Sie nahm einen Stapel Romane aus der Kiste zu ihren Füßen und räumte sie ins Regal. »Nobelpreisliteratur?«

»Natürlich nicht. Aber trotzdem: Wer liest so was?«

»Du, wie es aussieht.« Sie lächelte.

Ich warf ihr einen Blick zu, mit dem ich sonst nur Bautz in seinen frechsten Momenten bedachte, worauf sich ihr Schmunzeln weiter vertiefte. Es war Montagvormittag, und ich war mit Bautz zur *Büchertruhe,* der kleinen Buchhandlung am Herzbacher Marktplatz, spaziert, um mir ein paar neue Romane zu kaufen. Es wurde Zeit, dass ich meinen Vorsatz, wieder mit dem Lesen anzufangen, in die Tat umsetzte. Vielleicht hörte ich dann auf, ständig an Jan zu denken. Seitdem ich ihn gestern beinahe geküsst hatte, ging er mir nicht mehr aus dem Kopf. Daran hatte auch das Telefonat mit Isa nichts geändert. Im Gegenteil.

Amelie richtete sich auf und nahm mir das Buch aus der Hand. Belustigt betrachtete sie das Cover, das einen halb nackten Krieger mit einer dunkelhaarigen Schönheit im Arm vor der Kulisse einer trutzigen Burg zeigte. Die Frau sah mit schmachtendem Blick zu ihm hoch, die Lippen gehoben zum alles verzehrenden Kuss. Auf einmal runzelte Amelie die Stirn.

»An irgendjemanden erinnert der Typ mich«, murmelte sie.

Ertappt zuckte ich zusammen. »Was, der?«, fragte ich und lachte unnatürlich hoch. »So ein Quatsch.«

Amelie schüttelte den Kopf. Ihre Miene zeigte, dass sie angestrengt nachdachte. Plötzlich erhellten sich ihre Züge. »Ich hab's!«, rief sie triumphierend. »Er sieht aus wie dieser Gärtner, der jeden Tag nach Herzbach kommt. Das gleiche Haar, die gleichen strahlenden Augen.«

»Findest du?«, fragte ich und hüstelte. »Das ist mir gar nicht aufgefallen.«

Sie hielt mir ihren Zeigefinger vor die Nase. »Aha!«, stellte sie fest. »Dann hast du ihn also auch schon kennengelernt!«

Ich schob ihren Finger aus meinem Gesicht. »Nein … okay, ja, habe ich«, korrigierte ich, als sie mich mit gespielter Strenge ansah.

Amelie machte eine aufgeregte Geste, dass ich fortfahren sollte, und ich erzählte ihr, wie Leonie nach dem Modeberatungskurs noch einmal zurückgekommen war, um mich als Einkaufsbegleitung für ihren Freund zu buchen.

Das musste Amelie erst mal verdauen. »Ich fasse es nicht. Der Gärtner und die Zicke. Die beiden passen überhaupt nicht zusammen.«

Ich seufzte. »Was du nicht sagst.«

Überrascht schaute Amelie mich an. »Du magst ihn.«

»Er ist nett«, erwiderte ich ausweichend.

Ein Kunde rief nach Amelie, und sie drehte sich um, um einem älteren Herrn das Regal mit den Kinderbüchern zu zeigen. Dankbar für die Unterbrechung ließ ich meinen Blick durch den Laden schweifen. Es waren die kleinen Details, die die *Büchertruhe* so sympathisch machten: Das gemütliche Sofa am Fenster, das zum Lesen einlud, oder die liebevoll verfassten Empfehlungen, die ich bei vielen der ausgestellten Romane entdeckte.

»Und mag er dich auch?«, fragte Amelie, als sie wieder zu mir trat.

»Er *mag* Leonie«, erinnerte ich sie. »Die beiden werden heiraten. Sie waren schon im Sandkasten zusammen.«

Amelie verschränkte die Arme vor dem Oberkörper. »Dann willst du also kampflos aufgeben.«

Ich starrte sie an. Hatte sie sich heimlich mit Isa verbündet?

»Wer redet denn von aufgeben? Da ist nichts zwischen Jan und mir. Müssen die hier ins Regal?« Ich bückte mich nach der Kiste, die vergessen zu Amelie Füßen stand, und griff wahllos nach dem ersten Buch. Amelie streckte ihre Hände danach aus, und für einen Moment hielten wir den Roman gemeinsam fest. Jede an einer Seite.

»Ich finde, du solltest ihn küssen«, bemerkte sie. »Nur ein Kuss, um herauszufinden, ob da vielleicht doch etwas zwischen euch ist.«

Verblüfft schaute ich sie an. »Rätst du mir gerade, Jan

zum Ehebruch anzustiften?« Der Vorschlag an sich schockierte mich nicht. Nur hätte ich ihn von ihr nicht erwartet. Amelie wirkte mit ihren großen braunen Bambiaugen so rein und unschuldig.

Ungerührt begegnete sie meinem Blick. »Erstens ist er noch gar nicht verheiratet. Zweitens habe ich von einem Kuss gesprochen, nicht davon, dass du mit ihm ins Bett hüpfen sollst. Und drittens hast du eine Verpflichtung dir selbst gegenüber. Was, wenn Jan der Mann *deines* Lebens ist und nicht der von dieser Leonie?«

Ich musterte sie nachdenklich. Vielleicht hatte Amelie recht. Vielleicht sollte ich Jan wirklich küssen. Nicht, um festzustellen, ob dabei die Sterne vom Himmel fielen und als funkelnde Herzchen auf uns niederregneten, sondern aus dem gegenteiligen Grund. Ich hatte in meinem Leben schon einige Männer geküsst und war dabei nicht selten enttäuscht worden. Demnach war die Wahrscheinlichkeit hoch, dass mich Jans Kuss ernüchterte und auf den Boden der Tatsachen zurückholte. Aber zu welchem Preis? Wenn ich ihn küsste, würde er sich von mir abwenden. Wollte ich das riskieren? War es nicht einfacher, seine Gegenwart zu genießen und dabei das Kribbeln so gut es ging zu ignorieren? Plötzlich wurde mir bewusst, dass Amelie und ich immer noch beide das Buch festhielten. Ich ließ los und steckte meine Hände in die Taschen meiner Shorts.

»Du liest zu viele Liebesromane.«

In dieser Sekunde gab mein Smartphone ein Geräusch von sich. Es war eine Nachricht von Jan. Mein Puls schnellte in die Höhe.

Hallo Maria, hast du Lust, heute Nachmittag bei mir im Garten vorbeizuschauen? So gegen drei? Wenn du dann auch noch Kuchen mitbringen könntest, wäre das ein Traum. ☺
Lg, Jan

Ich spürte, wie sich ein Lächeln auf meinem Gesicht ausbreitete. Schnell tippte ich eine Antwort.

Ich komme gerne. Kuchen bringe ich auch mit. Solange du nicht von mir erwartest, dass ich ihn selber backe ☺

Das würde ich niemals wagen ☺

Ich sehe, wir verstehen uns. Irgendwelche besonderen Wünsche?

Egal. Hauptsache süß.

Ich schickte ihm das Daumen-hoch-Symbol und steckte mein iPhone weg.

»War er das?«, erkundigte sich Amelie, deren Anwesenheit ich vollkommen vergessen hatte.

Ich wich ihrem Blick aus und schüttelte den Kopf. »Nein, das war meine Mutter.«

»Na klar, deine Mutter«, meinte sie und grinste.

Als ich am Nachmittag mit Bautz vor dem Fachwerkhaus an der alten Mühle stand, fing mein Herz an zu hämmern. Wieder muss ich an unseren Beinahe-Kuss denken. Was, wenn wir nun nicht mehr unbeschwert miteinander umgehen konnten? Doch ich hätte mir keine Sorgen machen müssen. Jan öffnete mir die Tür und begrüßte mich so freundschaftlich und unbefangen, dass ich mich augenblicklich entspannte.

»Toll, du hast dran gedacht«, meinte er freudestrahlend und nahm mir den Kuchen aus der Hand. Er faltete das Papier auseinander und lugte hinein. »Pflaumenkuchen!«, rief er begeistert. Im Gehen blickte er sich nach mir um. »Du willst nichts davon, oder?«

»Aber hallo!«, erwiderte ich.

Wir aßen den Kuchen mit den Fingern, während wir auf dem Steg saßen und unsere Füße im Wasser baumeln ließen.

»Kommst du gut voran mit deiner Arbeit?«, erkundigte ich mich und leckte mir einen Krümel aus dem Mundwinkel.

»Ja. Ich bin zufrieden.«

»Das freut mich! Ich würde so gerne Mäuschen spielen, wenn Sara den Garten zum ersten Mal sieht.«

»Ich auch. Nur werde ich dann leider nicht mehr hier sein«, sagte Jan, und auf einmal erschien mir der Tag weniger hell.

»Wann reist du denn ab?«, brachte ich mühsam hervor.

»Heute in zwei Wochen.«

Die Auskunft beruhigte mich ein wenig. Bis dahin war schließlich noch viel Zeit.

Zwei Tage später stand ich an der Terrassentür in Ellies Haus und betrachtete die dunklen Wolken, die sich über dem Wald zusammenballten. Seit heute Morgen schon hatte es nach Regen ausgesehen, und nun fielen die ersten Tropfen und klatschten gegen die Fensterscheiben. Ob Jan bei dem Wetter noch arbeitete? Ich hatte zuletzt heute Mittag von ihm gehört, als er mir per WhatsApp Fotos vom Vorgarten geschickt hatte. Zwar hatte ich vergessen, wie die Gräser hießen, die er entlang des Weges zur Haustür gepflanzt hatte, doch der Anblick hatte mich verzaubert.

Ich verabschiedete mich von Bautz, nahm den Regenschirm von der Garderobe und ging zum Veranstaltungszentrum, wo heute mein zweiter Modeberatungskurs stattfand. Ich war ein wenig nervös, aber viel mehr freute ich mich darauf, einen netten Abend zu verbringen. Nach den letzten Besuchen bei meiner Mutter stand mir der Sinn nach fröhlicher Gesellschaft. Gestern hatte sie eine Betreuerin beschuldigt, sich aus ihrem verschwundenen Badvorleger eine Bluse genäht zu haben. Als ich daraufhin nach der Matte gesucht und sie am Fußende von Mamas Bett gefunden hatte, war ihre Antwort ein pampiges: »Die Bluse von der Frau sah genauso aus!« Heute wiederum hatte mich Frau Steffen bei meiner Ankunft beiseitegenommen. Meine Mutter hatte die Köchin beschimpft, weil diese ihr angeblich weniger auftat als allen anderen. »Wenn Sie das noch einmal machen, rede ich mit meiner Tochter, und dann fliegen Sie!«, hatte sie der armen Frau an den Kopf geworfen. Natürlich zeigte meine Mutter nicht das geringste Einsehen, als ich sie damit konfrontierte. Stattdessen brach sie in bittere Tränen aus, weil sie sich von mir ungerecht behandelt fühlte.

Ja, heute war mir wirklich nach einem Abend in freundlicher Atmosphäre. Es regnete jetzt stärker. Die Tropfen liefen in Strömen an meinem Schirm herunter. Ich wich einer Pfütze aus und betrat den Vorgarten des Veranstaltungszentrums. Obwohl ich eine Viertelstunde zu früh dran war, traf ich gleichzeitig mit Irene ein. Sie trug eine transparente Regenhaube auf dem Kopf, durch die sie wirkte, als wäre sie aus der Zeit gefallen.

»Hallo Irene, hattest du einen schönen Tag?«, begrüßte ich sie und biss mir im selben Moment auf die Zunge. Wenn es eine Frage gab, die man Irene *nicht* stellen durfte, dann war es diese.

Und richtig. Ihr Gesicht verzog sich zu einer kummervollen Grimasse. »Ein Tag ist wie der andere«, entgegnete sie leidend. Das Kinn sackte ihr auf die Brust. »Was soll daran schön sein?«

Zum Glück trat in diesem Moment Ava zu uns, sodass ich nichts darauf erwidern musste.

»Hallo, ihr beiden«, begrüßte sie uns herzlich. »Ist das nicht ein herrlicher Regen heute? Mein Garten freut sich. Und ich mich auch – denn dann muss ich nicht selber gießen.« Sie lächelte.

Während Irene in mir ständig das Bedürfnis weckte, sie in den Arm zu nehmen und gleichzeitig kräftig zu schütteln, versprühte Ava pure Energie und Lebensfreude. Darin erinnerte sie mich sehr an Ellie. Kein Wunder, dass die beiden verwandt waren.

Ich öffnete die Tür, und die zwei Frauen folgten mir ins Innere. Der große Raum im Erdgeschoss war behaglich warm und duftete angenehm nach Holz.

Pünktlich um halb acht waren alle Teilnehmerinnen versammelt. Weil es draußen so nass und dunkel war, hatte ich überall im Saal Kerzen angezündet, die ich in einem Fach in der Küche gefunden hatte. Das flackernde Licht hatte etwas Heimeliges.

»Willkommen zu unserer zweiten Stunde«, eröffnete ich den Abend.

Wie schon in der letzten Woche hatten wir erneut einen Stuhlkreis gebildet. Lächelnd sah ich von einer zur anderen.

»Wie ich sehe, habt ihr die Lieblingsstücke aus eurem Kleiderschrank mitgebracht«, meinte ich mit Blick auf die vielen Taschen ringsherum. »Das ist wunderbar. Denn zum Start heute wollen wir uns mit der Frage beschäftigten, wie wir sie am besten stylen. Wer möchte anfangen?«

»Ich«, rief Biene wie schon beim letzten Mal und sprang auf.

Sie kramte in ihrer Tüte und zog mit einem triumphierenden »Voilà« einen langen Rock im Leopardenprint hervor. Neben mir hörte ich Johanna vernehmlich schnaufen und etwas von »Tiermuster stehen nur Tieren« murmeln, worauf ich sie mit einem strengen Blick bedachte. Auch wenn sich die alte Frau davon nicht im Geringsten beeindrucken ließ, wollte ich eine deutliche Botschaft senden: Wir machen uns nicht übereinander lustig.

»Du bist ja nur neidisch, Johanna«, kicherte Biene. »Weil du nicht so ein schickes Teil besitzt.«

Ehe ich wusste, wie mir geschah, schälte sich die Friseurin aus ihrer Jogginghose und stand im lilafarbenen Baumwollslip vor uns. Ihr Selbstbewusstsein beeindruckte mich. Biene war klein und rund, die dicken Oberschenkel voller Dellen, doch sie stand da ohne das geringste Anzeichen von Befangenheit. Auf einem Bein balancierend schlüpfte sie in ihren Leopardenrock. Dann folgte das andere Bein.

»Der saß oben auch schon mal weiter«, ächzte sie, doch schließlich hatte sie es geschafft. Mit vor Anstrengung gerötetem Gesicht tänzelte sie einmal im Kreis. »Na? Was sagt ihr?«, meinte sie, »sehe ich nicht heiß aus?«

Die ersten fünf Sekunden herrschte Stille. Dann sagte Sophie: »Das ist zumindest mal was anderes.«

Amelie nickte, um Sophies Bemerkung zu unterstreichen.

»Ich habe Pumps im Leo-Look«, fiel Sara ein.

»Ehrlich?«, fragte Biene mit glänzenden Augen. »Kannst du mir die leihen?«

An dieser Stelle entschied ich einzugreifen. Es war schließlich mein Job, Tipps zu geben. »Zunächst einmal: Animal-Prints sind auch in dieser Saison wieder total angesagt.«

Biene nickte triumphierend. »Wusste ich's doch.«

Lächelnd schaute ich sie an. »Dabei gibt es allerdings ein paar Regeln zu beachten, damit der Look edel aussieht und nicht billig rüberkommt.«

Biene ließ sich auf ihren Stuhl zurückplumpsen. »Ich bin ganz Ohr.« Sie stützte die Ellbogen auf ihre Knie und sah mich erwartungsvoll an.

Ich räusperte mich. »Beim Leopardenmuster gilt: Weniger ist mehr.« Da ich nicht den Eindruck erwecken wollte, dass sich meine Beratung ausschließlich an Biene richtete, ließ ich meinen Blick umherwandern. »Also, lasst die Finger von weiteren Prints. Am besten ist es, das Teil mit möglichst dezenten, einfarbigen Kleidungsstücken zu kombinieren. Mit Schwarz zum Beispiel könnt ihr nichts falsch machen.«

Biene legte nachdenklich die Stirn in Falten. »Irgendwo müsste ich noch ein schwarzes, bauchfreies Spitzentop haben. Wenn ich nur wüsste, wo.«

Ich tat so, als hätte ich nichts gehört, und fuhr fort: »Die zweite Regel lautet: nicht zu sexy. Damit das Outfit insgesamt edel wirkt, sollten die weiteren Kleidungsstücke klassisch oder sportlich ausfallen. Im konkreten Fall könnte das ein schlichtes schwarzes T-Shirt sein.«

»Dann muss ich das Top wenigstens nicht suchen«, freute sich Biene, was Greta ein Kichern entlockte.

»Gibt es noch weitere Regeln?«, erkundigte sich das Mädchen neugierig.

In Gedanken machte ich mir eine Notiz, Ellie zu berichten, dass Greta aus sich heraus die Initiative ergriff und nachfragte. Sie würde so stolz sein.

»Die gibt es: Stoffqualität. Baumwolle oder Seide sehen viel wertiger aus als Polyester. Außerdem ist der Schnitt wichtig. Nicht zu eng oder zu kurz.«

Bienes Rock saß zwar am Bund ein wenig knapp, war ansonsten aber weit. Ich war gespannt, ob sie meine Tipps beherzigen würde.

»Hat noch jemand Fragen?«, erkundigte ich mich. Es folgte kollektives Kopfschütteln. »Sehr schön. Wer möchte als Nächstes?«

Amelie, Sophie und Sara zeigten gleichzeitig auf. Sie sahen einander an und lachten, dann einigten sie sich auf eine Reihenfolge. Sara hatte einen mintgrünen, wadenlangen Plisseerock mitgebracht, der elegant und feenhaft wirkte, Sophie eine lässige schwarze Lederjacke und Amelie ein beiges Strickkleid in Midi-Länge. Wie schon bei Biene hatte ich sofort die passenden Ratschläge an der Hand. Manchmal fragte ich mich, wieso ich solche

Details ohne Probleme in meinem Gehirn abspeichern und bei Bedarf hervorholen konnte, während ich bei anderen Themen froh war, wenn ich sie mir bis zum nächsten Tag merken konnte.

Nun kam Ava an die Reihe. Sie hatte kein Kleidungsstück ausgesucht, sondern einen knallroten Lippenstift. »Den hat mir Ellie geschenkt«, erklärte sie, was niemanden der Anwesenden überraschte. Die leuchtende Farbe war Ellies Markenzeichen. Ich selbst hatte den gleichen von ihr bekommen. Ava drehte den Stift auf. »Er ist wirklich sehr rot«, meinte sie mit einem warmen Lächeln.

Ich überlegte kurz und empfahl ihr dazu ein weißes Oberteil mit blauen Streifen für den französischen Look. Der würde ihr fantastisch stehen.

Greta hatte zu meinem Entzücken Cowboystiefel dabei. Begeistert zeigte ich ihr verschiedene Möglichkeiten auf.

»Was ist mit dir?«, wandte ich mich im Anschluss an Johanna, die mit unbewegter Miene dasaß und noch kein Wort zur Unterhaltung beigetragen hatte. »Was hast du mitgebracht?«

Die alte Frau schaute mich unter ihren schweren Lidern an. »Meine Kleidung muss zweckmäßig sein. Ich habe keine Zeit für modischen Firlefanz.« Ihre Augen verengten sich minimal. »Ich weiß, ich bin auch hier, dennoch empfinde ich die ganze Thematik als sehr oberflächlich. Warum ist es so wichtig, was Frauen anziehen? Um den *Männern* zu gefallen?« Ihr Tonfall ließ keinen Zweifel daran, wie sie zu einem solchen Verhalten stand.

Ich atmete tief durch. Den Vorwurf hörte ich nicht zum ersten Mal, er wirkte wie ein rotes Tuch auf mich. Seit ich denken konnte, interessierte ich mich für Mode und achtete darauf, was ich anzog. Ich liebte es, mein Geld für schöne Kleider und Handtaschen auszugeben, ich ging zur Kosmetikerin und zur Maniküre und ließ mir seit meinem dreißigsten Geburtstag regelmäßig den Ansatz färben. Und ich machte keinen Hehl daraus. War ich deswegen oberflächlich? Nur weil ich mich gerne schminkte und hübsch anzog?

»Es geht darum, sich wohlzufühlen, Johanna«, entgegnete ich. »Das hat nichts damit zu tun, einem Mann gefallen zu wollen. Oder meinst du, ich laufe in Sack und Asche herum, wenn gerade keiner in Reichweite ist?«

»Also ich möchte meinem Siggi schon gefallen«, mischte Biene sich ein. Sie machte eine nachdenkliche Pause. »Andererseits würde ich nie etwas anziehen, was ich hässlich finde. Auch nicht meinem Schatzi zuliebe.«

Es dauerte keine Minute, da war eine angeregte Diskussion im Gang. Es ging um Klischees und wahre Werte, um Instagram und den Einfluss, den Modeblogger auf die Jugend ausübten, um Werbung mit übertrieben schlanken und gephotoshopten Frauen im Vergleich zu Marken wie *Dove,* die unter dem Motto »Wahre Schönheit« auf natürliche Frauen mit normalen Körpern setzten. Sie endete damit, dass es kein Richtig und kein Falsch gab. Für jede Frau bedeutete Mode etwas anderes, und jede brachte mit ihr zwangsläufig etwas zum Ausdruck. Auch Johanna mit ihrem betont zweckmäßigen Kleidungsstil.

»Einigen wir uns auf Toleranz, und dass wir Unterschiede akzeptieren«, fasste Sara die Unterhaltung zusammen.

Dankbar nickte ich ihr zu. So interessant und wichtig der Meinungsaustausch auch war, hinkten wir meinem Zeitplan für heute deutlich hinterher, und Irene hatte ihr Lieblingsteil noch nicht einmal präsentiert. Bevor jemand Einwände erheben konnte und die Diskussion erneut aufbrandete, bat ich Irene, uns zu zeigen, was sie mitgebracht hatte. Sie zögerte. Eine feine Röte überzog ihr Gesicht.

»Ich bin mir nicht sicher …«, begann sie und brach ab. Sie blickte auf ihre Hände, die klein und rund wie die eines Kindes waren.

Ava, die rechts neben Irene saß, berührte sie kurz am Arm. »Du musst nichts tun, was du nicht möchtest.«

Am liebsten hätte ich ihr widersprochen, weil es mich jetzt noch brennender interessierte, was Irene dabeihatte, doch zu meinem eigenen Erstaunen schwieg ich. Ava besaß eine natürliche Autorität, die es einem fast unmöglich machte, dagegen aufzubegehren. Zumindest, wenn man nicht als Trottel dastehen wollte. Irene kämpfte mit sich, das konnte ich ihrem Gesicht ablesen. In Gedanken sprach ich ihr Mut zu.

»Zeig es uns, oder lass es bleiben«, sagte Johanna ungerührt, »nur entscheid dich bitte.«

Bei den Worten ging ein Ruck durch Irenes Körper. Im nächsten Moment griff sie in ihre Tasche und holte etwas hervor. Ich sah Bahnen von elfenbeinfarbenem Stoff und zarter Spitze und hielt den Atem an. War das etwa …? Ein Aufseufzen ging durch die Runde. Irene hatte ihr Hochzeitskleid mitgebracht. Das Kleid, das sie nie getragen hatte, weil ihr Verlobter in der Nacht vor der Trauung verschwunden war. Stille senkte sich über den Kreis. Niemand wusste, was er sagen sollte. Sara war aschfahl geworden. Greta hatte sich eine Hand vor den Mund geschlagen, und in Amelies Augen schimmerte es feucht. Schließlich war es Irene selbst, die das Schweigen brach.

»Ich habe kein Lieblingsstück, das ich hätte mitbringen können. Aber dieses Kleid hier hat vierzig Jahre lang in meinem Keller gelegen. In einer Truhe, eingeschlagen in Seidenpapier.« Sie schüttelte den Kopf. »Ich weiß nicht, warum ich es euch zeige, das war eine blöde Idee von mir, entschuldigt bitte …«

Die Frauen widersprachen und begannen, Irene zu trösten. Alle bis auf Ava.

Sie studierte Irene mit einer Eindringlichkeit, die mir seltsam vorkam.

Auf dem Heimweg erzählte ich Sara von meiner Beobachtung.

Sie zuckte mit den Schultern. »Ava ist Irenes Freundin. Es geht ihr sehr nah, was damals passiert ist. Und wie sich Irene danach verändert hat, ist für sie nicht leicht zu ertragen. Für niemanden von uns.«

Wir erreichten das Haus von Ellie und Jonas, und ich kramte in meiner Handtasche nach dem Schlüssel. Vor dem Schlafengehen wollte ich noch eine Runde mit Bautz drehen, und Sara hatte vor, mich zu begleiten. Um den Abend Revue passieren zu lassen, wie sie meinte. Bautz stand bereits erwartungsvoll im Flur, als ich die Haustür öffnete. Ich bückte mich und streichelte ihn.

»Na, hast du mich vermisst?«

Bautz bellte und wedelte voller Freude mit dem Schwanz. So als sei ich hundert Jahre fort gewesen anstatt zwei Stunden. Lächelnd griff ich nach seiner Leine und machte sie an seinem Halsband fest.

»Der Kurs heute Abend war wieder super«, bemerkte Sara, als wir den Weg am Fluss entlangspazierten, der von altmodischen Gaslaternen sanft beleuchtet wurde. Die

Nacht war kühl, aber zum Glück hatte es aufgehört zu regnen und die Luft roch angenehm frisch und würzig. Vom gegenüberliegenden Ufer drangen die Geräusche des Waldes zu uns herüber. »Du machst das großartig. Als hättest du nie etwas anderes getan.«

Sie sah mich bewundernd von der Seite an, und ich freute mich sehr über das Kompliment.

»Das ist lieb, dass du das sagst. Es macht mir aber auch riesigen Spaß!«

Sara schlug den Kragen ihres Mantels hoch. »Deine Idee mit dem gemeinsamen Shoppingausflug kam auch richtig gut an«, fand sie. »Greta hat so gestrahlt. Mir ist richtig das Herz aufgegangen.«

Ich lächelte und nickte. Den Vorschlag hatte ich nach der Sache mit dem Hochzeitskleid gemacht, um die Stimmung wieder aufzuhellen, und der Plan war aufgegangen. Alle hatten begeistert zugestimmt, selbst Johanna wollte mitkommen. Allerdings würden wir nicht nach Münster fahren, sondern nach Düsseldorf.

»Nach Münster kommen wir immer, ich will die Kö sehen«, hatte Biene verkündet, und damit war die Sache entschieden.

Dass wir zum Abschluss des Tages mein Honorar von Leonie in einem ganz besonderen Laden auf den Kopf hauen würden, hatte ich noch nicht verraten. Das sollte eine Überraschung für die Frauen werden. Plötzlich wurde mir bewusst, dass wir uns in unmittelbarer Nähe zu dem Haus befanden, das Alexander gekauft hatte. Ob Jan noch dort ist?, schoss es mir erneut durch den Kopf, und mein Puls beschleunigte sich. Unsinn, holte ich mich in die Realität zurück. Es war zehn Uhr abends und stockdunkel. Dazu feucht und kühl.

»Wer hier wohl einzieht?«, fragte Sara und blieb stehen.

Ich erschrak. »Bitte?«, murmelte ich, um Zeit zu gewinnen.

Sara wies auf das Haus. »Es steht leer, seit die alte Frau Michalski ausgezogen ist. Niemand weiß, an wen es verkauft wurde. Noch nicht einmal Biene hat etwas gehört. Wirklich seltsam.«

Sie schaute mich an. Im Schein der Gaslaterne konnte ich ein schalkhaftes Glitzern in ihren Augen erkennen, das in mir eine böse Vorahnung weckte.

»Was meinst du?«, fragte sie aufgeregt. »Wollen wir uns über die Mauer in den Garten schleichen? Vielleicht entdecken wir was Interessantes.«

»Was? Nein!«, rief ich entsetzt.

Erstaunt sah Sara mich an. »Jetzt komm schon! Du bist doch sonst für jedes Abenteuer zu haben.«

Ach du meine Güte. Der Garten war eine Überraschung für Sara. Hier wollte Alexander ihr einen Heiratsantrag machen. Ich musste unter allen Umständen verhindern, dass sie ihn schon vorher betrat. Fieberhaft dachte ich nach.

»Das ist fremdes Eigentum«, brachte ich schließlich hervor. »Wir können da nicht so einfach rein. Außerdem ist es im Garten bestimmt stockdunkel. Nicht einmal der Mond scheint. Wir würden überhaupt nichts erkennen.«

Sara machte eine wegwerfende Handbewegung. »Unsere Handys haben Taschenlampen, und wir rühren ja nichts an, wir klettern nur über die Mauer und schauen uns ein wenig um. Und außerdem … Hier ist doch niemand. Wo kein Kläger, da kein Richter.« Sie lachte übermütig. »Los jetzt, stell dich nicht so an.«

Sara fasste mich am Arm, um mich mitzuziehen. Mein Körper wurde stocksteif.

»Ich glaube, ich habe mich in Jan verliebt!«, platzte ich heraus, um sie abzulenken.

Mein Vorhaben ging auf. Sara ließ mich auf der Stelle los und trat einen Schritt zurück.

»Was hast du gesagt?«, fragte sie. Ihre Augen waren riesengroß. Der Garten war vergessen.

»Ich habe mich verliebt. In Jan«, wiederholte ich tapfer. »Also vielleicht. So genau weiß ich das nicht.«

Sara holte tief Luft. »Du meinst den Jan, mit dem du shoppen warst? Den Freund von dieser schrecklichen Leonie?«

»Hm«, erwiderte ich.

»Ach, Süße«, meinte Sara. Ihre Stimme war jetzt voller Mitgefühl. »Ich weiß nicht, was ich sagen soll.« Sie schluckte. »Ich habe mir so gewünscht, dass du dich verliebst. Aber ausgerechnet in einen Mann, der bald heiraten wird …«

Ich sah den Schmerz in ihren Augen und spürte einen Stich zwischen den Rippen. Sie denkt an Noah, ging es mir durch den Sinn. Sara hatte eine Affäre mit ihm begonnen, in dem Wissen, dass er verheiratet war, und war durch ein Tal der Tränen gegangen. Immer wieder hatte Noah von ihrer gemeinsamen Zukunft gesprochen und sie für Sara in den schillerndsten Farben ausgemalt. Wo sie wohnen und wie sie sich einrichten würden. Ihre Urlaube. Wie sie ihre Freizeit zusammen verbringen würden. Dass er nur träumte und nichts davon ernst meinte, hatte er ihr vorenthalten. Was Sara für bare Münze genommen hatte, der Grund, warum sie die Einsamkeit und das Leid so lange ertragen hatte, war nichts weiter als das Luftschloss eines unglücklich verheirateten Mannes gewesen, der weder den Mut noch die Entschlossenheit besaß, etwas an seiner Situation zu ändern. Jetzt bereute ich, dass ich ihr von Jan erzählt hatte.

Sara berührte mich an der Schulter. »Ich bin auf deiner Seite, das weißt du«, flüsterte sie. »Egal, was du tust. Aber als deine Freundin wünsche ich mir, dass du glücklich bist. Und sich in einen Mann zu verlieben, der vergeben ist, ist aus meiner Erfahrung nicht die beste Voraussetzung dafür.«

Trotz allem musste ich lächeln. »Mach dir keine Sorgen. Ich habe meine Gefühle im Griff. Jan ist bald zurück in München. Damit löst sich das Problem von selbst.«

Warum nur fühlte ich mich so elend bei der Vorstellung?

Sara musterte mich prüfend. »Wieso verlieben wir uns immer in die Falschen?«, fragte sie traurig.

»Na hör mal«, entgegnete ich. »Du bist mit Alexander zusammen. Und er ist ja wohl definitiv der Richtige.«

Saras Miene hellte sich auf, wie Sonnenschein, der durch die Wolken brach. »Das stimmt«, sagte sie voller Inbrunst und hakte sich bei mir unter. »Und für dich finden wir auch noch Mr. Right. Du wirst schon sehen.«

Sie setzte sich in Bewegung, ohne das Haus weiter zu beachten. Wenigstens in dieser Hinsicht hatte mein Ablenkungsmanöver gewirkt.

22

Jan Frustriert klappte ich den Laptop zu. Es hatte keinen Sinn. Je mehr ich versuchte, mich auf die Planung des Präriegartens zu konzentrieren, den ein neuer Kunde in Auftrag gegeben hatte, desto weniger gelang es mir. Wo war ich nur mit meinen Gedanken?

Ich stand vom Sofa auf und trat ans Fenster, das auf den Bürgersteig hinauszeigte. Es war elf Uhr. Draußen war es stockdunkel. Einzig eine Straßenlaterne spendete ein wenig schwaches Licht. Wie wohl Marias zweiter Modekurs heute gelaufen ist?, fragte ich mich. Ob ich ihr eine Nachricht schicken sollte, um mich danach zu erkundigen? Wir hatten uns seit Montag nicht mehr gesehen, und sie fehlte mir. Ihr Lächeln, ihre witzigen Sprüche, unser gemeinsames Lachen. Ich konnte mich nicht erinnern, mit Leonie jemals so gelacht zu haben, dass mir die Tränen über das Gesicht liefen und ich Seitenstiche bekam. Vielleicht, als wir noch jünger waren …

Jetzt hör auf, sie miteinander zu vergleichen, sagte ich mir. Leonie war meine Verlobte. Die Frau, die ich heiraten würde. Maria dagegen war … ja, was war Maria für mich? Eine Freundin? Ein Kumpel? Ich musste wieder an Sonntagabend denken. Wir hatten auf dem Steg gestanden, uns angesehen und plötzlich hatte ich das unwiderstehliche Verlangen gespürt, sie zu küssen. Und ihr war es genauso ergangen, wenn ich die Situation richtig eingeschätzt hatte. Zum Glück hatte Bautz gebellt, bevor es dazu kommen konnte. Hinterher konnte ich mir selbst nicht erklären, was in mich gefahren war. Der Zauber des Gartens? Oder die Torschlusspanik vor der Hochzeit, von der man so häufig hörte? Was es auch war, es war Maria gegenüber nicht fair. Von Leonie ganz zu schweigen. An diesem Abend hatte ich den Entschluss gefasst, mich nicht mehr bei Maria zu melden. Doch schon am nächsten Tag schickte ich ihr eine WhatsApp mit der Bitte, im Garten vorbeizuschauen und Kuchen mitzubringen. Denn wenn man es genau betrachtete, war zwischen uns nicht das Geringste vorgefallen. Es bestand kein Grund, den Kontakt zu beenden. Dennoch war ich nervös, als ich ihr die Tür öffnete. Ich fragte mich, ob der kurze Moment auf dem Steg unser unbeschwertes Verhältnis beeinträchtigen würde, und ich war froh und erleichtert, dass er es nicht tat und alles so war wie immer.

Auf einmal kam mir in den Sinn, dass ich heute noch gar nicht mit Leonie gesprochen hatte. Wir hatten weder telefoniert noch geschrieben. Leonie ging unter der Woche früh ins Bett. Stunden vor mir. Garantiert schlief sie schon. Ich zog mein Handy hervor, um ihr eine kurze Nachricht zu schicken. So würde sie morgen früh sehen, dass ich an sie gedacht hatte. Ich rief ihren Kontakt auf und stutzte. Unter Leonies Namen stand das Wort *online*. Sie war also doch noch wach. Mit wem schrieb sie sich um diese Uhrzeit? Ich legte das Handy auf den Tisch und ging in die Küche, um mir ein Bier aus dem Kühlschrank zu nehmen. Als ich damit zum Sofa zurückkehrte, war Leonie immer noch online. Während ich überlegte, ob ich sie anrufen sollte, ging eine neue Sprachnachricht auf meinem Smartphone ein. Sie war von Maria. Unwillkürlich musste ich lächeln.

»Hi, Jan, du ahnst nicht, was vorhin passiert ist«, drang ihre Stimme an mein Ohr. Sie klang außer Atem. »Nach meinem Kurs – der in aller Bescheidenheit fantastisch war – haben Sara und ich noch eine Runde mit Bautz gedreht. Plötzlich standen wir vor Alexanders Haus, und Sara wollte unbedingt über die Mauer klettern, um sich deinen Garten anzuschauen. Kannst du dir das vorstellen? Mir ist fast das Herz stehen geblieben. Ich konnte sie gerade noch davon abbringen, indem ich … äh … Jedenfalls konnte ich sie gerade noch davon abhalten. Wie auch immer. Ich hoffe, du hattest einen erfolgreichen Tag und bist nicht weggeschwommen bei dem Wetter. Und dann habe ich noch eine Frage: Hast du Lust, morgen mit Bautz und mir zu Mittag zu essen? Ich weiß ja, dass du dich nicht auf den Dorfplatz traust, von daher kommen wir zu dir und bringen was mit. Sag einfach Bescheid. Wir würden uns freuen. Mach's gut. Tschühüss!«

Ohne nachzudenken drückte ich auf die Aufnahmefunktion. »Hallo, Maria. Gratuliere zu deinem Kurs! Ich bin sicher, du hast sie schwer beeindruckt. Und gut, dass du Sara davon überzeugen konntest, *nicht* über die Mauer zu klettern. Obwohl mich interessieren würde, wie du das geschafft hast. Hast du an ihren Beinen gezogen?«

Die Antwort per Sprachnachricht kam prompt. »So ähnlich.« Ich hörte Marias Lachen hinter den Worten. Sie räusperte sich und fuhr fort: »Was ist mit morgen Mittag? Hast du Lust?«

»Soll das ein Witz sein? Als ob ich ein kostenloses Essen ausschlagen würde.«

»Wer hat was von kostenlos gesagt?«

Ich lachte. »Entschuldige, mein Fehler«, sprach ich ins Handy.

»Passt dir dreizehn Uhr?« antwortete sie. »Ich will vorher noch bei meiner Mutter vorbei.«

»Dreizehn Uhr ist perfekt.«

»Dann bis morgen. Ich freu mich!«

»Ich freu mich auch.«

Eine Sekunde später war Maria offline. Im Gegensatz zu Leonie.

Was für ein schönes Wetter, dachte ich, als ich am nächsten Morgen aus meiner Wohnung trat. Die schweren Wolken vom Vortag hatten sich verzogen. Stattdessen begrüßte mich ein strahlend blauer Himmel, und die Temperatur war sommerlich warm. Nur die glänzenden Pfützen auf dem Bürgersteig erinnerten noch an den heftigen Regen von gestern. Ich stieg in meinen Wagen und fuhr los. Von unterwegs rief ich Leonie an. Nach den Sprachnachrichten mit Maria gestern Abend war ich nicht mehr in der Stimmung dazu gewesen, und auch jetzt verspürte ich wenig Lust auf ein Gespräch mit ihr. Sie ging nach dem zweiten Klingeln ran. Ihre Stimme klang gehetzt.

»Was gibt es, Jan? Ich bin gerade in der Firma angekommen.«

»Dir auch einen guten Morgen«, antwortete ich ironisch.

Leonie schwieg kurz. »Entschuldige, tut mir leid«, sagte sie. »Es ist nur: Ich bin in Eile. Ich habe gleich das erste Meeting.«

»Kein Problem. Ich wollte mich nur kurz melden, weil wir gestern nicht mehr gesprochen haben.« Ich hielt vor einer roten Ampel.

»Ja«, entgegnete Leonie. »Ich hatte einen anstrengenden Tag und war völlig erledigt. Ich bin um neun ins Bett gegangen und direkt eingeschlafen.«

Kälte breitete sich in mir aus. Hinter mir ertönte ein lautes Hupen. Die Ampel war auf Grün gesprungen, ohne dass ich es bemerkt hatte. Schnell legte ich den Gang ein und gab Gas.

»Was soll das, Leonie?«, machte ich meinen Gefühlen Luft. »Du hast nicht geschlafen. Du warst um elf noch online.«

Am anderen Ende herrschte Schweigen. »Spionierst du mir nach?«, kam es schließlich aus der Leitung. Leonies Stimme zitterte.

Zwischen meinen Schläfen begann es zu pochen. »Jetzt dreh den Spieß nicht um«, erwiderte ich. »Ich wollte dir eine Nachricht schreiben und habe gesehen, dass du online bist.«

Leonie atmete geräuschvoll ein und wieder aus. »Na toll«, zischte sie. »Jetzt ist die Überraschung geplatzt. Schönen Dank auch!«

In meinen Ohren rauschte das Blut. Mir war klar, was sie wollte. Ich sollte nachfragen, sie würde sich eine Zeit lang zieren und dann irgendwas von der Verlobungsfeier erzählen. Das konnte stimmen oder auch nicht. Zu meiner Überraschung merkte ich, dass es mir egal war. Und ganz sicher würde ich ihr nicht die Entschuldigung geben, die sie von mir erwartete.

»Weißt du was, Leonie?«, sagte ich kühl. »Wir reden, wenn du wieder ehrlich zu mir bist.«

Ich drückte das Gespräch weg und bog auf den Herzbacher Parkplatz ein.

Ein paar Stunden später hatte sich meine Laune wieder gebessert. Die Arbeit an der Terrasse, die trockenes Wetter voraussetzte, machte Spaß und ging mir gut von der Hand. Ein Blick auf mein Handy verriet mir, dass Maria und Bautz jeden Moment hier sein mussten. Ein warmes Gefühl breitete sich in meiner Brust aus, und ich lächelte. Wir hatten vereinbart, dass Maria anrief, sobald sie da war. Wenn ich draußen arbeitete, hörte ich die Türklingel nicht, und einen anderen Weg in den Garten gab es nicht. Es sei denn, man kletterte über die Steinmauer, die das Grundstück umgab ... Bei der Vorstellung, wie Maria Sara davon abhielt, indem sie an ihren Beinen zog, musste ich grinsen.

Fünf Minuten später kam der Anruf, und ich lief ins Haus, um Maria hereinzulassen. Heute trug sie ein enges graues Top und dazu eine kurze Shorts, die den Blick auf ihre gebräunten, endlos langen Beine lenkte. Mir wurde heiß im Nacken, und schnell schaute ich woanders hin.

»Ich wusste nicht, was du magst, darum habe ich einfach alles gekauft«, erklärte Maria mit vielsagendem Blick auf die große Einkaufstüte, die sie bei sich trug. »Und eine Picknickdecke haben Bautz und ich auch mitgebracht.«

Wir aßen auf dem Rasen. Maria hatte nicht übertrieben, als sie meinte, sie habe »einfach alles gekauft«. Es gab frisches Brot, das außen knusprig und innen noch ganz warm war. Dazu mit Knoblauch gefüllte Oliven, eine große Auswahl an Antipasti, verschiedene Dips und frisches Obst. Bautz bekam das Futter, das Maria in einer

Box für ihn mitgebracht hatte. Während des Picknicks erzählte sie mir von ihrem gestrigen Kurs. Von Bienes Rock im Leopardenprint, Gretas Cowboystiefeln und dem traurigen Moment, in dem Irene ihr altes Hochzeitskleid hervorgeholt hatte, das nie zum Einsatz gekommen war, weil ihr Verlobter vor der Trauung verschwunden war.

Maria sah hinunter zum Fluss. Auf ihren Zügen lag ein nachdenklicher Ausdruck. Als sie sich mir wieder zuwandte, war er verschwunden. Stattdessen lächelte sie.

»Für nächsten Mittwoch haben sich die Frauen eine Farbberatung gewünscht. Nicht, dass ich darin Expertin wäre, aber bekanntlich wächst man ja an seinen Aufgaben. Und am Samstag darauf fahren wir nach Düsseldorf, um dort zu shoppen. Am Ende gibt es dann noch eine kleine Überraschung für meine Teilnehmerinnen, für die wir das Geld verprassen, das ich von Leonie bekommen habe.«

»Was hast du vor?«

Maria erzählte es mir, und ich lachte so laut, dass Bautz verwundert den Kopf hob.

Als ich wieder zu Atem gekommen war, schaute ich sie an und sagte: »Daran könnte ich mich gewöhnen. Ich arbeite ein bisschen im Garten, und mittags kommst du vorbei, bringst mir etwas zu essen und unterhältst mich.«

Maria angelte nach einer Olive. »War das ein versteckter Hinweis, dass ich morgen wiederkommen soll?«

»Eher ein offener.«

Grinsend steckte sie sich die Olive in den Mund. Ihre braunen Augen blitzten. »Unter einer Bedingung.«

»Welcher?«

»Den Abwasch machst du schön alleine.«

23

Maria »Bitte sehr«, sagte Jan galant, als er mir am Samstagmorgen die Tür zu seinem Wagen aufhielt.

Es gefiel mir, dass er so aufmerksam war. Ich erlebte es nicht häufig, dass sich Männer mir gegenüber wie Kavaliere verhielten. Sie haben Angst, dass du ihnen eine verpasst, war Isas Meinung dazu. Als ob ich so etwas tun würde.

Jan stieg neben mir ein und legte seinen Gurt an. Sein Duft nach Duschgel und Shampoo stieg mir in die Nase und löste das mittlerweile schon vertraute Kribbeln in meinem Bauch aus. Schnell versuchte ich an etwas anderes zu denken.

»Du bist so still«, meinte Jan, als er den Pick-up auf die Autobahn einfädelte. Er sah mich von der Seite an. »Ist alles in Ordnung?«

Ich gab ein zustimmendes Murmeln von mir.

»Bei deiner Mutter auch alles okay?«, fragte er.

Ein inniges Gefühl breitete sich in mir aus. Jan war der erste Mann, mit dem ich ausging, der sich nach meiner Mutter erkundigte. Du gehst nicht mit Jan aus, rief ich mir ins Gedächtnis. Du leistest ihm in der Mittagspause

Gesellschaft, damit er sie nicht alleine im Garten verbringen muss, und begleitest ihn zum Einkaufen, weil seine Verlobte dich damit beauftragt hat. Dennoch war Jan aufmerksamer als alle meine Dates zusammen. Ich fragte mich, was das über meinen Männergeschmack aussagte. Auf einmal wurde mir bewusst, dass Jan mich immer noch anblickte.

»Schau auf die Straße«, meinte ich, um meine Verlegenheit zu überspielen.

Ich nahm ein Döschen mit Creme aus meiner Handtasche und rieb meine Lippen damit ein, weil sie mir plötzlich trocken erschienen.

»Meine Mutter hatte gestern einen schlechten Tag«, sagte ich schließlich. Ich musste mir eingestehen, dass es schön war, mit Jan darüber zu reden. Er kannte meine Mutter, und er war ein aufmerksamer Zuhörer. »Der Auslöser war ein Streit mit einer Bewohnerin. Die Frau hat beim Abendessen eine Bemerkung gemacht, die meine Mutter in den falschen Hals bekommen hat. Frag mich nicht, worum es ging. Ein umgestoßenes Wasserglas, glaube ich. Jedenfalls fühlte sich meine Mutter gemobbt. Sie bekam einen Tobsuchtsanfall und hat im Speisesaal herumgeschrien. Anschließend hat sie mich angerufen.« Schaudernd dachte ich daran, wie sie mich durch die Leitung angebrüllt und danach wie ein Kind geweint hatte. Ich sah auf meine Hände. »Ein bisschen kann ich ihr Verhalten sogar verstehen. Meine Mutter verliert jeden Tag ein Stückchen mehr von sich selbst, und noch ist sie klar genug, um es zu bemerken. Sie war schon immer ein zorniger Mensch. Aber die Krankheit macht sie rasend. Die Macht- und Hilflosigkeit, die damit einhergeht.« Ich spürte einen dicken Kloß im Hals.

So sehr mir meine Mutter auch zusetzte: Sie leiden zu sehen, konnte ich nur schwer ertragen.

»Das tut mir sehr leid«, erwiderte Jan sanft. Das Mitgefühl in seiner Stimme hüllte mich ein wie eine warme Decke. »Es muss unendlich schwer für dich sein. Zu beobachten, wie sich die eigene Mutter so verändert.«

Ich dachte über seine Äußerung nach. Der Wagen vor uns fuhr entnervend langsam, doch Jan machte keine Anstalten ihn zu überholen, seine Konzentration war vollständig auf mich gerichtet.

Ermutigt durch seine Aufmerksamkeit fuhr ich fort: »Ich weiß gar nicht, ob das der Punkt ist. Meine Mutter hat mir meine gesamte Kindheit hindurch vermittelt, ein Störfaktor zu sein. Trotzdem habe ich immer den Kontakt gehalten und mich um sie gekümmert, als sie nicht mehr alleine wohnen konnte. Aber da war auch dieser Gedanke, den ich nicht abschütteln konnte. *Du hast mich schlecht behandelt, und nun muss ich für dich da sein.* Ich fand das so unglaublich ungerecht.« Ich biss mir auf die Lippe. »Ich habe das noch nie zu jemandem gesagt, aber ich glaube, heute fällt es mir weniger schwer, für meine Mutter zu sorgen. Gerade *weil* sie zu einer anderen Person wird. Keiner netteren, Gott bewahre.« Ich lachte bitter. »Einfach einer anderen. Nicht mehr meine Mutter.« Ich schielte zu Jan hinüber. »Klingt das sehr gefühllos und grausam?«

Jan nahm seine Hand vom Lenkrad und legte sie kurz auf meinen Arm. »Überhaupt nicht. Ich bewundere dich, wie du damit umgehst. Sich um jemanden zu kümmern, der nie freundlich zu einem ist, dem nie ein Dankeschön über die Lippen kommt, der einen stattdessen angeht und beleidigt … Ich wüsste nicht, ob ich das könnte. Du bist eine starke Frau, Maria. Du bist das Gegenteil von gefühllos und grausam.«

Ich spürte ein Brennen in meiner Kehle. »Danke«, flüsterte ich. Dann räusperte ich mich und setzte mich aufrecht hin. »Manchmal ist es auch komisch«, bemerkte ich. »Letztens hat meine Mutter mich angefaucht, warum mein Vater sie nie besuchen würde. Bestimmt hätte *ich* da meine Finger im Spiel. Als ich ihr erklärte, dass sie seit sechsunddreißig Jahren getrennt seien, schaute sie mich nur völlig verdutzt an und fragte: ›Ach so?‹«

In Jans Mundwinkel zeigte sich ein Lächeln. »Wenn du möchtest, komme ich nächstes Mal wieder mit zu deiner Mutter.«

Gerührt schaute ich ihn an. »Das willst du dir noch mal antun? Ehrlich? Warum?«

Er zuckte mit den Schultern. »Vielleicht faucht sie dann *mich* an, und du hast deine Ruhe.«

Ich öffnete den Mund und schloss ihn direkt wieder. Dann versuchte ich es erneut. »Das ist das Netteste, was jemals ein Mann für mich tun wollte.«

Jan wirkte belustigt und ungläubig zugleich. »*Das* ist das Netteste? Dann hast du dich bisher definitiv mit den falschen Männern verabredet.«

Ich musste schmunzeln. »Ach so?«, imitierte ich den erstaunten Tonfall meiner Mutter, was Jan zum Lachen brachte.

»Im Ernst«, forderte er mich auf. »Erzähl mir von deinem letzten Date. Was war das für ein Typ?«

Nun setzte er doch zum Überholen an. Offenbar hatte auch Jans Geduld irgendwann ein Ende, was ich sehr beruhigend fand. Entspannt lehnte ich mich in meinem Sitz zurück.

»Meine letzte Verabredung war mit Simon«, erzählte ich. »Er ist Banker und hat seinen Arbeitgeber im Alleingang durch die Finanzkrise gelotst.«

»Klingt nach einem Teufelskerl.«

Ich nickte. »Als ich während des Essens aufstand, um zu gehen, war er nicht mehr ganz so selbstbewusst.«

Jan grinste. »Der arme Kerl. Hättest du das mit mir gemacht, ich hätte mich zitternd unter dem Tisch versteckt.«

Lachend zeigte ich ihm einen Vogel. »Was ist mit dir?«, fragte ich nach einer kurzen Pause. »Wie bist du mit Leonie zusammengekommen? Hat sie da auch eines Tages beim Hühnchen gesagt: Eigentlich sollten wir beide ein Paar sein?«

Im ersten Moment lächelte Jan, dann veränderte sich seine Miene, und er wurde ernst. »Es hat sich so ergeben.«

Ich wartete ab, ob er noch etwas hinzufügen würde, aber er schwieg und richtete seinen Blick auf die Fahrbahn.

»Eine Mitfahrgelegenheit ergibt sich«, hakte ich nach. »Aber doch keine Partnerschaft.«

»In unserem Fall schon.« Er zögerte. »Leonie und ich sind miteinander aufgewachsen. Sie ist Bestandteil meines Lebens, seit ich denken kann. In der Oberstufe ist unsere Freundschaft zu einer Beziehung geworden. Es ist einfach so passiert, ohne dass wir uns groß Gedanken darüber gemacht hätten.«

»Dann seid ihr seitdem ein Paar?«

»Mit einer Unterbrechung von zwei Jahren. Während des Studiums hat sich Leonie in einen anderen Mann verliebt. Eine Zeit lang war sie mit *ihm* zusammen. Doch eines Tages stand sie wieder vor meiner Tür. Sie hatten sich getrennt. Meinetwegen.« Seine Stimme verriet nichts über seine Gefühle.

Prüfend musterte ich sein Profil. »Wie ging es dir damit?«

Er spannte den Kiefer an. Das war offensichtlich kein Thema, über das er gerne redete. »Ich habe Leonie vermisst. Bis zu dem Zeitpunkt waren wir ständig zusammen. Als sie zu mir zurückkehrte, war ich, ich weiß nicht, erleichtert. Können wir jetzt bitte über etwas anderes sprechen?«

»Sehr gerne. Sobald wir diesen Punkt geklärt haben.«

In seinen Zügen blitzte ein Lächeln auf. »Du bist ganz schön hartnäckig.«

»Liebst du sie?«, fragte ich.

»Wen, Leonie?«

»Nein, die Königin von England. Natürlich Leonie«, entgegnete ich spöttisch, während meine Handflächen feucht wurden und mein Puls zu rasen begann.

»Die Frage ist ziemlich persönlich.«

»Stimmt.«

Er sah mich kurz an, dann richtete er seinen Blick wieder auf den Verkehr. »Ja, ich liebe Leonie«, sagte er leise.

Bei seinem Bekenntnis spürte ich einen heftigen Schmerz in der Herzgegend. Es war ein Gefühl, als würde mir jemand ein Messer in die Brust stoßen und es genüsslich herumdrehen.

»Dann ist doch gut«, stieß ich hervor und wandte mich zum Fenster, damit Jan meinen Gesichtsausdruck nicht sah.

Ich bemühte mich, gleichmäßig zu atmen. Jans Bekenntnis kam nicht überraschend. *Natürlich* liebte er Leonie. Sonst würde er sie nicht heiraten. Ich hatte es gewusst, und doch war es wichtig, dass ich es aus seinem Mund hörte. Jetzt konnte ich das winzige Stückchen Hoffnung, das sich trotz allem irgendwo in meinem Inneren geregt hatte, endgültig begraben und mich wieder auf die Realität konzentrieren, in der wir nur Freunde waren. Es war nicht das erste Mal, dass ich einen Mann mochte, den ich nicht haben konnte. Ich würde darüber hinwegkommen. Das hatte bisher immer funktioniert. Es blieben jetzt zwei Möglichkeiten: Entweder ich suhlte mich im Selbstmitleid, oder ich tat so, als sei nichts, und konnte mich weiterhin an Jans Gesellschaft erfreuen, bis er zurück nach München fuhr. Ich entschied mich für Letzteres.

»Also, wo fangen wir an?«, erkundigte sich Jan, nachdem wir ausgestiegen waren.

Der Spätsommer präsentierte sich heute noch einmal von seiner besten Seite. Über Münster spannte sich ein tiefblauer, wolkenloser Himmel, und die Luft war angenehm warm.

»Der Laden, zu dem wir zuerst gehen, liegt in der Ludgeristraße«, informierte ich ihn betont geschäftsmäßig. »Wenn wir dort nichts finden, habe ich noch ein paar weitere Ideen.«

»Nichts anderes habe ich erwartet«, erwiderte Jan.

Heute trug er eine schwarze Jeans und ein altes hellgraues T-Shirt. Zum ersten Mal kamen mir Zweifel an dem, was ich tat. Indem ich Jan all diese Klamotten anprobieren ließ, verwandelte ich ihn in jemanden, der er überhaupt nicht war. Ich musste daran denken, was er bei unserem letzten Shoppingausflug zu mir gesagt hatte. *Ich sehe aus wie schwarze Lederjacke mit Jan anstatt Jan mit schwarzer Lederjacke.*

Kleidung sollte eine Persönlichkeit unterstreichen und sich nicht in den Mittelpunkt drängen, bis von dem Menschen dahinter nichts mehr zu erkennen war. Ganz schön tiefgründige Gedanken für einen sonnigen Samstagmorgen, stichelte eine Stimme in meinem Kopf. Sie hatte recht. Davon abgesehen ging es mich nichts an. Leonie wollte für ihre Feier einen schicken Verlobten, und den würde ich ihr liefern. Und wenn Jan sich in der Rolle nicht wohlfühlte, musste er das mit ihr ausmachen. Er war alt genug. Mit entschiedenen Schritten setzte ich mich in Bewegung.

Zwei Stunden später hatten wir das Outfit für die Verlobungsparty gekauft. Eine Kombination aus dunkelblauer Chino, schmal geschnittenem weißem Hemd und grauem Blazer mit Einstecktuch, dazu Turnschuhe. Damit war mein Job erledigt. Leonie würde zufrieden sein. Doch auf dem Weg zurück zum Wagen blieb Jan plötzlich stehen.

»Was ist los?«, fragte ich ihn. »Zum Parkplatz geht es da lang!« Ich wies geradeaus.

So ganz hatte ich sein Liebesbekenntnis noch nicht verdaut, sodass ich mich danach sehnte, nach Herzbach zurückzukehren, Bautz bei Sara abzuholen und ausgiebig mit ihm zu kuscheln.

Jan rührte sich nicht von der Stelle. »Ich dachte, du wolltest, dass ich zum Friseur gehe. Da drüben ist einer. Vielleicht haben wir Glück und bekommen spontan einen Termin.«

Verdattert schaute ich erst zu Jan, dann zu dem Laden, auf den er zeigte. Daran hatte ich überhaupt nicht mehr gedacht.

»Willst du das denn wirklich?«, fragte ich skeptisch.

Ich warf einen Blick durch die Fensterscheibe. Der Salon machte einen schicken und modernen Eindruck. Im Inneren waren zwei junge, schwarz gekleidete Friseure zu sehen, die sich um ihre Kunden kümmerten.

»Warum nicht?«, meinte Jan. »Wenn, dann richtig.«

Er schlenderte zum Eingang, und mir blieb nichts anderes übrig, als ihm widerstrebend zu folgen. Wie sich herausstellte, hatte ein Kunde kurzfristig abgesagt, sodass Jan tatsächlich bleiben durfte. Mit plötzlichem Wehmut betrachtete ich seine lockige kupferbraune Mähne, an die ich mich schon beinahe gewöhnt hatte. Es geht dich nichts an, sagte ich mir erneut und nahm im Wartebereich Platz. Eine freundliche Angestellte versorgte mich mit Cappuccino und Zeitschriften, während der jüngere der beiden Friseure seinen Kunden abkassierte und dann Jan über eine Treppe in den hinteren Bereich führte. Offenbar war der Salon größer, als es von außen den Anschein hatte. Resigniert schlug ich die *Gala* auf.

24

Jan Ich winkte Maria zum Abschied zu und folgte dem Friseur in den hinteren Teil des Salons. In meinem Kopf herrschte Chaos. Anders war es nicht zu erklären, dass ich vorgeschlagen hatte, mir die Haare schneiden zu lassen. Auf der Fahrt hierhin hatte Maria über ihren Konflikt mit ihrer Mutter gesprochen und mir dabei persönliche, intime Dinge erzählt, die sie offenbar noch nie jemandem anvertraut hatte. Das berührte mich tief. Ich hatte ein Gefühl von Freundschaft empfunden, das in keinem Verhältnis zu der Anzahl von Tagen stand, die wir uns kannten. Doch dann hatte Maria gefragt, ob ich Leonie liebte, und mich damit vollkommen überrumpelt. Was Leonie und mich verband, war nicht mit einem simplen Wort zu beschreiben. Wir waren zusammen aufgewachsen, hatten Höhen und Tiefen erlebt, hatten uns getrennt und wieder zueinandergefunden. Auch wenn es gerade schwierig war: Wir gehörten zusammen. Dennoch hatte sich meine Antwort »Ja, ich liebe Leonie« laut ausgesprochen falsch angefühlt. Ich war mir wie ein Hochstapler vorgekommen. Vielleicht lag es daran, dass seit unserem Telefonat am Donnerstag gewissermaßen Funkstille zwischen uns herrschte. Wir reden, wenn du wieder ehrlich zu mir bist, hatte ich zu Leonie gesagt. Seitdem hatte sie mir eine kurze, belanglose WhatsApp geschrieben, auf die ich ebenso knapp geantwortet hatte.

Der Friseur legte mir einen Umhang um.

»Was machen wir denn, Chef?«, erkundigte er sich.

»Irgendwas«, sagte ich abgelenkt.

Unsere Blicke trafen sich im Spiegel. Der Mann wirkte halb irritiert, halb belustigt.

»Meine Freundin hat eine große Verlobungsfeier geplant«, bemühte ich mich zu erklären. »Ich werde zum ersten Mal seit meiner Kommunion einen Anzug tragen.«

Bei dem Gedanken bildete sich in meinem Magen ein Knoten.

Der Friseur nickte. »Okay. Ich hab verstanden. Dann kommen Sie mal mit zum Waschbecken.«

Fünf Minuten später saß ich mit handtuchtrockenem Haar wieder auf dem Frisierstuhl.

»Ihre Verlobte ist sehr hübsch«, meinte der junge Mann und zückte seine Schere. »Und diese Haare … der absolute Hammer!«

Verwundert sah ich ihn an. Woher kannte er Leonie? Dann wurde mir klar, dass er von Maria sprach, die unten auf mich wartete.

»Das ist nicht meine Verlobte. Wir sind nur Freunde.«

»Ach, wirklich? Ich hätte meine Lieblingsschere darauf verwettet, dass Sie beide ein Paar sind.«

Darauf wusste ich nichts zu erwidern. Ich mochte Maria, sehr sogar. Mehr noch. Sie faszinierte mich. Als Mensch. Der kurze Moment auf dem Steg hatte rein gar nichts zu bedeuten. Weder für sie noch für mich.

Die nächsten zwanzig Minuten verliefen schweigend.

Ich versuchte, nicht an Maria zu denken, und stellte fest, dass dieses Vorhaben unweigerlich dazu führte, dass ich erst recht an sie dachte. Vermutlich lag es daran, dass sie sich keine zehn Meter von mir entfernt aufhielt. Als der Friseur mich fragte, ob er auch meinen Bart in Form bringen solle, nickte ich geistesabwesend. Ich war an einem Punkt angekommen, an dem es mir egal war, wie ich aussah.

»Voilà«, rief der Mann schließlich im Tonfall eines Zauberkünstlers und trat hinter mich.

Verblüfft betrachtete ich mein Spiegelbild. Mein Haar war kurz geschnitten, und er hatte irgendetwas reingemacht, um es nach oben zu stylen. Zusammen mit dem sorgfältig gestutzten Bart erkannte ich mich selbst nicht wieder.

»Gefällt es Ihnen?«, fragte der Friseur.

Ich drehte den Kopf nach beiden Seiten. »Ich muss mich erst daran gewöhnen«, gab ich ehrlich zu.

Der Mann lachte. »Das werden Sie, versprochen.« Er zog einen Spiegel hervor und hielt ihn so, dass ich meine Frisur von hinten betrachten konnte. »Sie sehen aus wie ein schottisches Männermodel, wenn ich das so sagen darf. Sind das eigentlich Kontaktlinsen, die Sie da tragen, oder haben Ihre Augen tatsächlich diesen irren Blauton?«

»Bitte? Nein, keine Linsen, meine Augenfarbe ist echt.«

»Wahnsinn!«

Der Mann nahm mir den Umhang ab, und leicht benommen stand ich auf und folgte ihm die Treppe hinunter. Mein Blick suchte Maria. Sie saß noch immer auf einem Stuhl am Eingang und blätterte in einem Klatschmagazin. Ich dachte daran, dass der Friseur uns für ein Paar gehalten hatte, und fragte mich, wie er darauf gekommen war. In diesem Moment schaute Maria auf. Ihre Augen weiteten sich vor Überraschung. Im Licht der hereinströmenden Sonne glänzten ihre dunklen Locken wie Walnussholz.

»Zahlen Sie bar oder mit EC-Karte?«, zog der Friseur meine Aufmerksamkeit wieder auf sich. »Äh, mit Karte«, beeilte ich mich zu sagen.

Als ich mein Portemonnaie wieder einsteckte, war Maria aufgestanden. Sie schaute zu mir herüber, auf dem Gesicht ein Ausdruck, den ich nicht deuten konnte.

»Gefällt es dir nicht?«, fragte ich sie, nachdem wir den Salon verlassen hatten.

»Doch«, erwiderte sie nach einer kurzen Pause. »Es ist nur … Du siehst so anders aus. Gar nicht mehr wie du selbst.« Sie schüttelte den Kopf. »Entschuldige, das war nicht hilfreich. Du siehst gut aus, ehrlich. Ich muss mich nur daran gewöhnen.«

»Genau das Gleiche habe ich auch gesagt.«

25

Maria Auf der Rückfahrt warf ich Jan verstohlene Blicke zu. Als er im Friseursalon die Treppe heruntergekommen war, hatte mir sein Anblick den Atem verschlagen. Mit dem kurzen Haar und dem gepflegten Bart sah er wie ein Fremder aus. Wie ein unwiderstehlicher Fremder. Ich war alles andere als schüchtern, doch nun fühlte ich mich in seiner Gegenwart merkwürdig befangen. So als hätten wir uns gerade erst kennengelernt.

Kurz vor Sternbeck hielten wir an einem Gartencenter, damit Jan Blumenerde kaufen konnte. Ich blieb mit der Entschuldigung im Wagen, ich müsse meine Mutter anrufen. Während ich auf ihn wartete, rief ich mir wieder ins Gedächtnis, wie er mich in den Seniorenstift begleitet hatte. Was er heute Morgen im Auto zu mir gesagt hatte. *Du bist eine starke Frau, Maria. Du bist das Gegenteil von gefühllos und grausam.* Nein, Jan war kein Fremder. Er sah nur anders aus, aber daran würde ich mich gewöhnen. Eine Erschütterung ließ mich herumfahren. Jan war zurückgekehrt und nun dabei, die Säcke auf die Ladefläche zu hieven. Mir fiel das Spiel seiner Muskeln auf, und ich spürte, wie mein Herz schneller klopfte. Was findet Jan nur an Leonie?, fragte ich mich. Natürlich war sie wunderschön, aber ihr Aussehen allein konnte es nicht sein. Jetzt hör schon auf, schalt ich mich selbst. Jan würde Leonie heiraten. Je schneller ich das akzeptierte, desto besser.

~

»Du siehst aus wie eine Wasserleiche«, kommentierte Biene.

»Also kein Grün«, meinte Johanna und nahm das Tuch von ihren Schultern.

»Das ist kein Grün. Das ist schlammfarben«, stellte Biene richtig.

Amelie, Greta und Sara sahen einander an und kicherten, und auch ich konnte mir ein Lächeln nicht verkneifen. Es war Mittwochabend, und für heute stand als letzter Punkt die Farbberatung auf dem Programm, die sich meine Teilnehmerinnen gewünscht hatten. Zu meiner Überraschung und Freude war es ausgerechnet Johanna gewesen, die alles dafür organisiert hatte. Ihre Schwester Barbara nähte für ihr Leben gern und hatte laut Johanna ein ganzes Zimmer voller Tücher und Stoffe in allen nur erdenklichen Farben.

»Versuch das rosafarbene«, rief Biene und hielt der alten Frau ein leuchtendes Etwas aus hauchfeinem Stoff entgegen.

»Jesus und Maria«, murmelte Johanna. Sie verdrehte die Augen gen Himmel, nahm das Tuch aber wie geheißen entgegen und legte es sich um. Verdattert schaute ich sie an. »Ich will ja nichts sagen …«, setzte ich an.

»Dann lass es«, unterbrach mich Johanna spitz.

»… Aber«, fuhr ich fort, als habe sie nichts gesagt, »Rosa ist genau deine Farbe.« Die anderen nickten eifrig.

»Deine Haut bekommt dadurch so einen frischen Ton«, schwärmte Amelie.

Johanna zog warnend eine Augenbraue in die Höhe.

»Ja, genau! Wie ein Pfirsich«, setzte Irene noch einen drauf.

Johanna presste die Lippen zusammen. Vermutlich war Irene neben Greta die Einzige, die eine solche Äußerung gegenüber Johanna machen durfte, ohne dafür in Grund und Boden gestampft zu werden. Denn Irene anzugehen war in etwa so, als würde man einen Welpen treten.

Um die Aufmerksamkeit von sich abzulenken, griff Johanna nun ihrerseits nach einem Tuch aus der Kiste und hielt es Amelie hin. »Hier, du hast noch gar nichts ausprobiert.«

Die junge Buchhändlerin kicherte. »Die Karos sind für Maria. Sie hat eine Schwäche für Schottenmuster.«

Ich funkelte sie böse an, während ich im Stillen überlegte, ob es jemandem auffallen würde, wenn ich Amelie nach dem Kurs im Schutze der Dunkelheit in der Stever ertränkte.

Vergnügt legte mir Amelie eine Hand auf die Schulter. »Deine Schwäche für Highlander-Romane muss dir nicht peinlich sein. Wir haben alle unsere Laster. Bei mir sind es die Thriller von Henry Miles … je blutrünstiger, desto besser!«

Sophie hörte auf, in den Tüchern zu wühlen, richtete sich auf und sah mich voller Begeisterung an. »Du stehst auf Schotten-Romane? Dann sind wir ja Schwestern im Geiste. Hast du *Highlander der Liebe* gelesen?«

»Nein«, entgegnete ich unwirsch. Die Unterhaltung entwickelte sich in eine Richtung, die mir nicht gefiel.

»Du vielleicht nicht«, rief Biene. »Aber ich!« Kichernd wandte sie sich an Sophie. »Findest du nicht auch, dass der Mann auf dem Cover aussieht wie dieser Jan, der jeden Tag nach Herzbach kommt?«

Sara warf mir einen mitleidigen Blick zu.

»Können wir uns jetzt bitte wieder auf den Kurs konzentrieren?«, fragte ich und rieb meine Nasenwurzel.

Seit unserem zweiten Shoppingausflug letzten Samstag hatten Jan und ich uns jeden Tag gesehen. Es war zur Gewohnheit geworden, dass wir im Garten zusammen zu Mittag aßen, und mit jedem Tag wurde die Pause länger. Die Zeit mit ihm verging immer rasend schnell. Ja, sie flog nur so dahin. Wir redeten über Gott und die Welt. Zwischendurch lachten wir, bis wir über den Rasen kugelten. An Jans neues Aussehen hatte ich mich inzwischen auch gewöhnt. Daran, dass er bald abreiste, mochte ich dagegen nicht denken.

Die Teilnehmerinnen ignorierten mich.

»Haargenau! Dieselben starken Muskeln!«, grinste Sophie.

»Ich wette, die kommen davon, dass er säckeweise Erde schleppt«, schaltete sich Amelie ein.

Ich stöhnte gequält.

»Das ist diskriminierend«, meldete sich Greta nun zu Wort.

Alle Augen im Raum richteten sich auf das Mädchen. Ihre Wangen wurden feuerrot, aber sie sprach unbeirrt weiter.

»Man sollte einen Mann nicht auf sein Äußeres reduzieren. Wichtiger ist doch, was den Menschen im Inneren ausmacht. Oder, Maria?« Hilfe suchend wandte sie sich mir zu.

»Äh, ja«, entgegnete ich eine Spur überfordert. »Genau.«

Mir war nicht klar, warum sie sich ausgerechnet an mich wandte, die einen Modeberatungskurs anbot und damit offenkundig machte, dass ihr Äußerlichkeiten wichtig waren, aber Greta sah mich mit so kindlicher Überzeugung an, dass ich es nicht über das Herz brachte, ihr zu widersprechen. Außerdem hatte sie ja recht. Natürlich sah Jan gut aus, aber sein Charakter war es, der ihn für mich so anziehend machte und ihn von jedem anderen Mann unterschied, den ich bisher attraktiv gefunden hatte.

Die Frauen wirkten beschämt. Dass eine Vierzehnjährige ihnen Diskriminierung vorwarf, hatten sie vermutlich noch nicht häufig erlebt. Johanna nickte Greta mit einem Ausdruck zu, den man nur als respektvoll bezeichnen konnte, und sah anschließend in die Runde.

»Das Mädchen hat mehr Verstand als ihr alle zusammen. Und jetzt schlage ich vor, dass wir mit der Farbberatung weitermachen.« Sie hielt inne. »Auch wenn es hierbei wohl ebenfalls um Äußerlichkeiten geht.«

Um die Stimmung aufzuheitern, zog Biene ein quietschgelbes Tuch aus der Kiste, hüllte sich darin ein und klimperte mit den Wimpern. »Na, was sagt ihr? Wie sehe ich aus?«

»Wie Bibo«, rief Sophie entzückt. »Das ist der große gelbe Vogel aus der Sesamstraße«, erklärte sie Irene leise.

Die Verwirrung in Irenes Miene legte sich. »Ach der«, meinte sie.

Biene gluckste. »Besser großer gelber Vogel als Wasserleiche«, fand sie, worauf Johanna ihr einen vernichtenden Blick zuwarf.

»Nicht streiten, Kinder«, ging Ava dazwischen, die sich bis jetzt dezent zurückgehalten hatte. »Lasst uns lieber über unseren Ausflug am Samstag sprechen. Jetzt, wo wir nicht nur wissen, *was* uns steht, sondern auch, in welcher Farbe, kann ich nicht erwarten, dass es losgeht.«

Nachdem wir Uhrzeit und Treffpunkt ausgemacht hatten – die Gruppe hatte entschieden, vom Mondsteiner Bahnhof mit dem Zug nach Düsseldorf zu fahren – war es an der Zeit, den Kurs zu beschließen. Wir nahmen wieder im Stuhlkreis Platz, und ich ließ meinen Blick umherschweifen, bevor ich sagte:

»Das war's, ihr Lieben. Unser Kurs ist vorbei. Ich hoffe, er hat euch genauso viel Spaß gemacht wie mir.« Ich sah kollektives Nicken, was mich mit tiefer Freude erfüllte. Gerührt fuhr ich fort: »Vielen Dank euch allen! Es war toll, wie ihr euch auf das Thema Mode eingelassen hat. Und ich habe ebenfalls eine Menge gelernt. Durch euch habe ich einen neuen Blickwinkel gewonnen. Mode war für mich immer etwas sehr Bedeutsames«, ich schmunzelte, »das ist sie immer noch, aber jetzt sehe ich sie leichter, spielerischer. Man könnte auch sagen: Ich bin toleranter geworden.« Die Frauen lächelten mich an, und ich lächelte zurück. »Bevor ihr geht, füllt bitte noch diesen Feedbackbogen aus.«

Ich hielt die Ausdrucke hoch, die ich vorbereitet hatte. Der Kurs hatte mir so gut gefallen, dass ich mir vorstellen konnte, weitere anzubieten. Auch wenn ich noch nicht wusste, wie und wann, war es wichtig zu erfahren, was den Frauen gefallen hatte und was ich zukünftig besser machen konnte. Ich fischte einen Schwung an Kugelschreibern aus meiner Handtasche und reichte sie an Greta weiter.

»Wenn ihr fertig seid, lasst die Bögen einfach liegen. Ich sammle sie dann ein.«

Fünf Minuten lang herrschte Stille. Das einzige Geräusch war das Kratzen der Minen auf dem Papier. Belustigt beobachtete ich, mit welchem Eifer Amelie ihre Notizen machte, die Zungenspitze zwischen die Zähne geklemmt. Greta dagegen hatte vor Konzentration die Stirn gerunzelt, während sie schrieb. Irene wiederum versuchte einen Blick auf Bienes Blatt zu erhaschen, worauf diese ihr demonstrativ den Rücken zudrehte. Wie nicht anders zu erwarten, vermittelte Johanna den Eindruck, als sei sie gelangweilt. Dennoch füllte sie den Bogen gewissenhaft aus. Ebenso wie Ava, die zwischendurch immer wieder innehielt, um nachzudenken. Sophie war als Erste fertig. Nach und nach kamen auch die anderen Teilnehmerinnen zum Ende.

»Seid ihr alle so weit?«, fragte ich. »Dann legt den Bogen jetzt bitte auf euren Stuhl.« Die Frauen taten wie geheißen.

Obwohl der Kurs damit offiziell zu Ende war, zumindest was den theoretischen Teil anbelangte, hatten es die Herzbacherinnen nicht eilig, nach Hause zu kommen. Sara holte das Spendenschwein hervor, das sie mitgebracht hatte, und gut gelaunt begannen die Frauen es zu füllen. Anschließend halfen sie unter fröhlichem Geplapper, den Raum aufzuräumen, und so war es schon beinahe zehn Uhr, als wir uns voneinander verabschiedeten.

26

Maria »Hab ich was verpasst? Fahren wir etwa nach Paris statt nach Düsseldorf? Oder erwarten wir noch mehr Gäste?«

Halb ungläubig, halb belustigt starrte ich auf den riesigen Picknickkorb zu Bienes Füßen. Daneben stand eine nicht minder große Kühlbox. Es war Samstagmorgen zehn Uhr, und ich war soeben als Letzte die Stufen zum Bahnsteig heruntergehastet und von den anderen Kursteilnehmerinnen überschwänglich begrüßt worden. Bautz hatte ich zu Jan gebracht. Dem Dackel stand ein herrlich fauler Tag bevor. Er durfte im Garten liegen und zugucken, wie Jan weiter an der neuen Terrasse arbeitete.

»Ich verstehe nicht, was du meinst«, entgegnete Biene unschuldig und strich sich mit einer Hand über ihren nach außen geföhnten und mit Unmengen an Haarspray fixierten Bob. »Das ist nur eine kleine Stärkung, damit wir unterwegs nicht vom Fleisch fallen. Immerhin haben wir heute viel vor.«

Ich wollte etwas entgegnen, doch in diesem Moment kündigte eine Lautsprecherstimme den einfahrenden

Zug an. Unter viel Geschiebe und Gekicher bahnten wir uns den Weg zu unseren Plätzen. Wir hatten zwei Vierertische reserviert, die durch den Mittelgang voneinander getrennt waren, und zusätzlich einen weiteren Sitzplatz in der Reihe dahinter. Kaum hatte sich der ICE in Bewegung gesetzt, öffnete Amelie die Kühlbox und holte eine Flasche Prosecco und Plastik-Sektgläser hervor. Ich musste grinsen. Mehr Klischee ging nicht. Nachdem wir lautstark miteinander angestoßen hatten, begann Biene die Inhalte des Picknickkorbs zu verteilen. Es gab selbst gemachten Kartoffel- und Gurkensalat, portioniert in kleinen Gläschen, Frikadellen, goldgelbe Schnitzelchen, knackige Cocktailtomaten und saftige Oliven. Zum Nachtisch hatte Biene Erdbeeren, Weintrauben und Ananas mitgebracht.

Während wir aßen, überkam mich ein wohliges Gefühl von Nähe und Zugehörigkeit. Ich würde die Herzbacherinnen vermissen, wenn ich zurück in Frankfurt war. Und nicht nur sie ... Unwillkürlich stieg ein Bild von Jan in mir auf, wie er mit Bautz über den Rasen tobte. Schnell schob ich den Gedanken beiseite.

Am Düsseldorfer Bahnhof angekommen, verstauten wir den Picknickkorb und die Kühlbox in einem Schließfach. Anschließend machten wir uns zu Fuß auf den Weg in die Innenstadt. Heute war der 7. September. Am Morgen war der Himmel noch wolkenverhangen gewesen, doch nun brach immer wieder die Sonne durch und sorgte für eine angenehme Temperatur. Biene und Johanna liefen vorneweg. Sie waren zu weit entfernt, als dass ich hören konnte, worüber sie redeten, doch ich ging jede Wette ein, dass sie sich ihre üblichen Wortgefechte lieferten. Direkt dahinter folgten Irene, Ava und Greta.

Auch sie waren in eine Unterhaltung vertieft. Ich lief neben Sara, die mit ihrem schimmernden Haar und der überdimensionalen Sonnenbrille sehr elegant aussah. Das Schlusslicht bildeten Amelie und Sophie. Die beiden jungen Frauen hatten einander untergehakt. Wir begannen unsere Shoppingtour bei *Peek & Cloppenburg*. Biene suchte etwas Passendes für die Geburtstagsfeier ihrer Nichte und Ava für die Hochzeit von Freunden. Für beides erschien mir das Kaufhaus eine gute Adresse. In der Abteilung für festliche Abendgarderobe wurden wir fündig. Biene verliebte sich in einen nachtschwarzen, wadenlangen A-Linien-Rock, der ihre Kurven umschmeichelte. Dazu brachte Amelie ihr ein schlichtes, aber figurbetontes Oberteil, ebenfalls in Schwarz, das Bienes üppiges Dekolleté vorteilhaft zur Geltung brachte.

»Du siehst wunderhübsch aus!«, rief Greta, und wir anderen nickten begeistert.

Danach war Ava an der Reihe. Sie entschied sich für einen taillierten, marineblauen Hosenanzug, der genau zu der Farbe ihrer Augen passte und ihr zusammen mit dem Top aus elfenbeinfarbener Seide fantastisch stand.

»Können wir jetzt für mich schauen?«, fragte Greta und tippelte von einem Fuß auf den anderen. »Im Untergeschoss gibt es eine Jugendabteilung. Da würde ich mich gerne umsehen.«

Gemeinsam fuhren wir mit der Rolltreppe hinunter. Hier war das Licht ein wenig heller und es lief angesagte Musik. Greta war im siebten Himmel. Strahlend lief sie durch die Reihen, mal hierhin und mal dorthin, hielt sich ein Kleid an oder betrachtete ein Shirt, während wir anderen um sie herumstanden und unsere Kommentare abgaben. Es war wunderschön, das Mädchen so unbeschwert und fröhlich zu erleben. Schließlich suchten wir für Greta eine Umkleidekabine.

»Sie darf nur drei Teile mit hineinnehmen«, erinnerte uns eine Verkäuferin, die mit einem Stapel Jeans an uns vorbeiging. Im nächsten Moment sah sie sich mit neun ungläubig blickenden Augenpaaren konfrontiert. »Sorry«, meinte sie, »ich habe die Vorschriften nicht gemacht.« Hastig eilte sie weiter.

»Wir machen es so«, erklärte Ava an Greta gewandt. »Du nimmst jetzt die ersten Kleidungsstücke mit in die Kabine, und wir versorgen dich mit Nachschub.«

Gesagt, getan. Am Ende kaufte Greta zwei farbenfrohe Sommerkleider und eine Jeansshorts mit dazu passender Bluse. Überglücklich reichte sie ihre Sachen der Kassiererin, die sie in eine große Tüte packte.

»Ich dachte, Äußerlichkeiten sind nicht so wichtig«, zog Sophie sie liebevoll auf.

Grinsend nahm Greta ihre Einkäufe entgegen. »Das stimmt auch. Es kommt auf das Gesamtpaket an. Aber das darf ruhig farbenfroh sein.«

Ich lächelte. Das war mein Mädchen.

Vor dem Kaufhaus empfing uns heller Sonnenschein. Inzwischen hatten sich auch die letzten Wolken verzogen. Es war, als wolle der September wiedergutmachen, was der August in Teilen verbockt hatte.

»Ich weiß nicht, wie es euch geht, aber ich habe jetzt Lust auf einen Cappuccino«, verkündete Amelie und steuerte zielstrebig auf das Café auf dem Platz vor dem *Breuninger* zu.

Während wir Kaffee und Orangina tranken und Muffins verputzten, beobachteten wir das Treiben um uns herum.

»Könnt ihr euch die beiden auf Johannas Hof vorstellen?«, fragte Biene und deutete mit ihrem ausgestreckten Zeigefinger auf zwei nicht mehr ganz junge platinblonde Frauen in hautengen Jeans, die auf gefährlich hohen Absätzen über das Pflaster stöckelten. Eine der beiden führte einen Mops mit sich. Aus der Handtasche der anderen lugte mit gelangweilter Miene ein Chihuahua hervor.

»Oh, die würde ich schon beschäftigt bekommen«, antwortete Johanna, ein diabolisches Glitzern in den Augen.

Eingehüllt von einer schweren Parfümwolke tippelten die Frauen an uns vorbei.

»Mops hat die *Kö* so vermisst«, sagte die eine in diesem Moment und schwenkte ihre Einkaufstüten von *Gucci* und *Chanel*.

Wir sahen einander an und bissen uns auf die Lippen, um nicht laut loszulachen.

»Ich auch, Mops«, keuchte ich. »Ich auch.«

Gestärkt setzten wir unsere Shoppingtour fort. Nacheinander wurden Amelie, Sara und Sophie fündig, bis schließlich nur noch Irene und Johanna übrig blieben. Wie ich befürchtet hatte, erwies sich Irene als hartes Stück Arbeit. Keines der Kleidungsstücke, das wir ihr vorschlugen, konnte sie überzeugen. Für das eine fand sie sich zu klein, für das andere zu dick, für das dritte zu alt. Ihre Miene wurde immer leidvoller.

»Du guckst wie dieser kleine, traurige Esel aus *Winnie Puuh*«, stellte ich irgendwann entnervt fest.

Irene ließ den Kopf hängen. »Jetzt bist du wütend auf mich. Das tut mir leid.«

In Gedanken zählte ich bis fünf, bevor ich erwiderte:

»Ich bin nicht sauer auf dich. Ich möchte einfach, dass du dich amüsierst und Spaß hast.«

»Ich fürchte, ich weiß nicht, wie das geht«, sagte Irene leise.

Betroffen schaute ich sie an. Mir fiel nichts ein, was ich dazu sagen sollte. Die Rettung kam von unerwarteter Seite.

»Pass auf, Irene«, meinte Johanna in einem Ton, der keinen Widerspruch duldete. »Wir ziehen das hier gemeinsam durch. Ich suche jetzt etwas für uns beide aus, und dann teilen wir uns eine Umkleide und probieren es an.«

Mein Blick huschte von der großen, hageren Frau mit den scharfen, grauen Augen zu der kleinen, blond gelockten Irene, deren Weihnachtsengelgesicht einen ungläubigen Ausdruck annahm.

»*Du* willst dir mit *mir* eine Umkleidekabine teilen? Wieso?«

»Damit wir heute noch fertig werden«, erwiderte Johanna. Ihr Tonfall war ruppig, doch darunter lauerte eine Sanftheit, die ich ihr nicht zugetraut hätte.

Irene schluckte. »Na gut«, sagte sie.

»Wenn eine von euch lacht, schwöre ich, wird sie den Rest des Tages nicht mehr erleben«, drang Johannas Stimme warnend durch den Vorhang der Umkleidekabine.

Es hatte mich einige Mühe gekostet, nicht laut loszuprusten bei den Geräuschen, die dahinter zu hören waren. Offenbar hatte Irene Johanna mindestens einmal auf den Fuß getreten und ihr danach den Ellbogen ins Kreuz gerammt, als Johanna sich gerade bückte. Doch schließlich waren beide Frauen umgekleidet und bereit, sich dem

Rest der Gruppe zu präsentieren. Gleichzeitig traten sie heraus. Mir blieb der Mund offen stehen, und ein kurzer Blick zu den anderen verriet mir, dass es ihnen genauso erging. Ich kannte Irene nur in dicken Wollröcken und hochgeschlossenen Blusen, genau wie ich Johanna bisher nur in praktischer Kleidung gesehen hatte. Was sie uns nun zeigten, war etwas völlig anderes. Johanna trug eine mokkafarbene Wickelbluse und eine Stoffhose in derselben Farbe, in der sie so elegant wirkte wie eine Französin. Und auch wenn Irene in ihrer weißen Jeans und dem kurzärmeligen, blauen Pullover weitaus schlichter daherkam, war die Wirkung nicht minder verblüffend. Sie sah todschick und mindestens fünf Jahre jünger aus.

»Irene«, rief Ava. Ihre Stimme schwankte, und sie unternahm einen zweiten Versuch. »Du siehst toll aus! Und du auch, Johanna.«

Ava atmete tief durch. Ich merkte, wie bewegt sie war. Mir ging es ähnlich. Nicht zuletzt, weil sich Johanna mit meinen Ratschlägen auseinandergesetzt und sie berücksichtigt hatte. Und das, wo sie in den Kursen oft gewirkt hatte, als ginge sie das Ganze nichts an.

»Damit sind wir dann wohl fertig«, stellte Biene fest. Ihre Stimme klang ein wenig enttäuscht.

»Nicht ganz«, entgegnete ich geheimnisvoll. Nun hatte ich die Aufmerksamkeit der gesamten Truppe. Sara, die in meine Pläne eingeweiht war, grinste in sich hinein.

»Ich habe noch eine Überraschung für euch.«

Eine Viertelstunde später standen wir vor der kleinen Boutique, die ich für mein Vorhaben ausgesucht hatte.

Stirnrunzelnd betrachtete Johanna das Schaufenster. »Das sind Dessous«, sagte sie.

Irene wurde rot. »Da muss ein Irrtum vorliegen, Maria.

Wir wollen doch keine Unterwäsche kaufen.« Sie senkte ihre Stimme zu einem Flüstern. »Ich habe Unterwäsche genug. Ehrlich. Eine ganze Schublade voll.«

»Wäsche kann man nie genug haben.« Biene rieb sich die Hände. Ihre Augen funkelten vor Begeisterung. »Was für eine tolle Idee, Maria. Ein krönender Abschluss.«

»Das Beste kommt noch«, teilte ich den Frauen mit. »Die nächste Stunde gehört der Laden allein uns, und die Rechnung geht auf mich.«

Verdattert schauten die Frauen erst mich an, dann warfen sie sich gegenseitig perplexe Blicke zu.

Ich freute mich diebisch. »Ihr habt richtig gehört.«

»Hast du im Lotto gewonnen?«, stotterte Greta.

»So ähnlich«, antwortete ich mit einem Augenzwinkern.

»Aber es ist nicht kriminell, oder?«, fragte sie.

»Das ist doch piepegal«, meinte Biene, die ihre Felle offenbar davonschwimmen sah. »Und jetzt rein ins Getümmel.«

Ohne darauf zu achten, ob die anderen ihr folgten, betrat sie die Boutique.

»Herzlich willkommen, die Damen.«

Angelika, die Besitzerin des kleinen Dessousladens, kam mit strahlendem Gesicht auf uns zu. »Wir haben euch schon erwartet!«

Sie wurde flankiert von zwei hübschen Verkäuferinnen Anfang zwanzig, die sie uns als Desiree und Monique vorstellte. Alle drei Frauen trugen einen leuchtend roten Lippenstift, an dem Ellie ihre wahre Freude gehabt hätte.

»Wie wär's mit einem Gläschen Sekt zur Begrüßung?«, lockte Angelika. Sie sah Greta an. »Und für dich einen Orangensaft?«

Meine Kursteilnehmerinnen stimmten begeistert zu. Fünf Minuten später waren wir mit Getränken versorgt.

»Auf einen tollen Abschluss unseres Kurses«, sprach ich einen Toast aus.

»Auf die beste Modeberaterin der Welt!«, rief Amelie enthusiastisch, worauf alle ihre Gläser hoben und den Trinkspruch wiederholten.

Ich strahlte über das ganze Gesicht. Während wir den Sekt tranken und die Cracker knabberten, die es dazu gab, ließ ich meinen Blick durch den Laden schweifen. Ich kannte das Geschäft von früheren Besuchen, doch ich war aufs Neue entzückt, wie bezaubernd es hier war. Der Verkaufsraum war in einem warmen Cremeton gehalten. Zur Decke waren die Wände mit einer Blütenborte abgesetzt. In den weißen Regalen ringsherum präsentierten sich Höschen, BHs und Hemdchen aus Seide, feinster Wolle und zarter Spitze, dazu gab es wunderschöne Nachtwäsche. In der Luft lag ein leichter Blumenduft, vom Band spielte französische Musik. Alles so geschmackvoll und dezent, dass ich kein schlechtes Gewissen hatte, eine Vierzehnjährige hierhin mitzunehmen. Die Umkleidekabinen mit der Rosentapete lagen im hinteren Bereich des Ladens. Sie waren wunderbar geräumig. Davor stand ein *Laura-Ashley*-Sofa, auf dem es sich bequem warten ließ. Ein Blick in die Gesichter der Frauen verriet mir, dass ich einen Volltreffer gelandet hatte. Nachdem sie ihren Sekt ausgetrunken hatten, begannen sie nach und nach sich im Laden zu zerstreuen.

»Schaut euch alles in Ruhe an. Befühlt die Stoffe«, ermutigte Angelika sie. »Danach werdet ihr nie wieder etwas anderes an eure Haut lassen.«

Auf ihr Zeichen hin mischten sich Monique und Desiree unter die Gruppe, gaben Tipps und beantworteten geduldig alle Fragen. Ich stellte mich an den Verkaufstresen am Eingang und goss mir ein zweites Glas Sekt ein. Es machte mir viel mehr Spaß, die Frauen zu beobachten, wie sie voller Freude die Dinge in Augenschein nahmen, als selbst zu stöbern. Ava gesellte sich zu mir.

»Ist für mich auch noch was übrig?«, fragte sie mit einem Nicken in Richtung meines Glases.

»Na klar«, erwiderte ich und goss ihr ein.

»Und wie gefällt es dir in Herzbach? Schaffst du alles, was du dir vorgenommen hast?«, fragte sie und sah mich an.

Ava war kein Typ für Small Talk, meine Antwort schien sie aufrichtig zu interessieren. Ich nahm einen Schluck von meinem Sekt und genoss den feinen Geschmack und das Gefühl der prickelnden Bläschen auf meiner Zunge. Augenblicklich breitete sich in meinem Bauch eine angenehme Wärme aus.

»Herzbach ist wundervoll. Es fühlt sich für mich schon fast wie ein Zuhause an. Außerdem kann ich hier mehr Zeit mit meiner Mutter verbringen.«

Ava hielt meinen Blick gefangen, und plötzlich hatte ich das Gefühl, dass sie bis auf den Grund meiner Seele schauen konnte.

»Lotte Mahler ist keine einfache Frau«, bemerkte sie, und ich musste daran denken, was Ellie immer sagte. *Meiner Großtante kann man nichts vormachen, sie durchschaut einen sofort.*

Ich seufzte. »Nein. Aber sie ist meine Mutter. Darum kümmere ich mich um sie. Und ich fühle mich gut damit.« Ich lächelte schief. »Nicht unbedingt in dem Moment, in dem ich bei ihr bin, aber danach in jedem Fall.«

Ava lächelte. »Sie kann froh sein, dich als Tochter zu haben.«

Ich spürte, wie ich vor Stolz rote Wangen bekam. »Das ist lieb von dir, Ava.«

»Wie herum trägt man so etwas?«, wehte plötzlich Irenes Stimme zu uns herüber. Sie hielt ein zartes Nichts aus mitternachtsblauer Seide in die Höhe und begutachtete es von allen Seiten.

Sofort war Monique zur Stelle und drehte das Negligé herum. »So.«

»Wie ungewöhnlich.« Irene schaute zu der Verkäuferin hoch, die sie um Haupteslänge überragte. »Heißen Sie eigentlich wirklich Monique?«, erkundigte sie sich.

Die junge Frau sah sich um, ob ihre Chefin in der Nähe stand, dann schüttelte sie grinsend den Kopf. »Nein, das gehört zum Konzept. Ich bin Nele. Und Desiree heißt in Wahrheit Ruth. Nur Angelika ist Angelika. Ursprünglich wollte sie sich Angelique nennen, aber das haben wir ihr ausgeredet. Das wäre dann doch zu viel des Guten gewesen.«

Irene nickte ernst.

Ava und ich tauschten einen erheiterten Blick.

»Es ist schön, dass Irene mitgekommen ist«, sagte Ava leise. Ein nachdenklicher Ausdruck glitt über ihre Züge. »Irene ist sechs Jahre jünger als ich. Ich kenne sie, seit sie auf der Welt ist. Sie war so fröhlich früher. Hat jeden mit ihrem Lachen angesteckt. Das ist heute kaum noch vorstellbar.«

Mitfühlend schüttelte ich den Kopf. »Es muss schrecklich für sie gewesen sein, ihren Verlobten zu verlieren. In der Nacht vor der Hochzeit … unfassbar.«

»Ja, Irene hat Hans sehr geliebt.« Avas Blick verschwamm. »Sie sind früh zusammengekommen«, sagte sie in einem Ton, als spreche sie zu sich selbst. »Irene war vierzehn, Hans fünfzehn. Jeder, der die beiden zusammen sah, ging davon aus, dass sie heiraten würden. Sie waren so vertraut miteinander. Wie hätten wir ahnen können, dass Hans …« Ava brach ab.

Ich stutzte. »Was war mit Hans?«

Avas Mund verzog sich zu einem entschuldigenden Lächeln. »Nichts. Tut mir leid, Maria, ich war für einen Moment woanders.«

Auch wenn ihr Tonfall freundlich war, machte er unmissverständlich klar, dass sie kein weiteres Wort über die Angelegenheit verlieren würde. Gedankenversunken blickte ich zu Irene, die nach dem Negligé nun mit großen Augen ein rotes, mit Stickereien verziertes Miederhöschen betrachtete, das Monique alias Nele ihr mit einem aufmunternden Lächeln hinhielt.

»Das Ding beißt nicht«, ließ sich Johanna vernehmen, die gerade an Irene vorbeiging. »Du kannst es ruhig anfassen.«

»Und wenn doch?«, entgegnete Irene.

Mit einem tiefen Seufzer nahm Johanna Monique das Höschen ab. »Siehst du«, sagte sie zu Irene und steckte ihre Hand hinein. »Es tut dir nichts.« In der nächsten Sekunde verzerrte sich Johannas Gesicht wie unter Schmerzen, und sie ächzte: »Aua, ah, meine Hand.«

Irene geriet in Panik. »Was ist mit deiner Hand?«, rief sie.

Johanna verdrehte die Augen. »Manchmal bist du wirklich ein Schaf, Irene«, sagte sie. Sie zog ihre Hand hervor, um sie Irene zu zeigen. »Keine Sorge, sie ist noch dran. Die Unterhose hat sie nicht gefressen.«

Irene, der bewusst wurde, dass sie auf den Arm genommen worden war, blickte ungläubig. Dann hoben sich ihre Lippen zu einem winzigen Lächeln. Wäre es nicht Irene, hätte ich vermutet, dass es ein amüsiertes Lächeln war. Doch das war unmöglich. Irene amüsierte sich nicht. Sie wusste nicht, wie das ging. Neben mir hörte ich Ava leise lachen.

Es war Viertel nach acht, als wir wieder im Zug nach Mondstein saßen. Auf der Rückfahrt ging es deutlich gesitteter zu als auf dem Hinweg. Alle waren angenehm erschöpft und freuten sich darüber, nach dem langen Tag sitzen zu dürfen und die Beine auszustrecken. Greta hörte über die Kopfhörer ihres Handys Musik, Johanna und Biene kabbelten sich wie immer, und Amelie und Sophie hatten Ava und Irene zu einer Runde Doppelkopf überredet. In der Reihe dahinter saßen Sara und ich. Die Ablageflächen über unseren Köpfen waren gefüllt mit unseren Einkaufstüten. Der Ausflug war ein voller Erfolg gewesen. Jede hatte etwas gefunden, und sogar Johanna hatte neben der Hose und der Wickelbluse noch mehr für sich entdeckt. Zwar keine Unterwäsche, womit ich auch nicht gerechnet hatte, dafür aber einen weichen Schal aus Merinowolle, den man mit ein bisschen Fantasie durchaus als rosa bezeichnen konnte.

Sara lächelte mir zu. »Das war ein wundervoller Tag, Maria. Schau dir nur ihre Gesichter an. Alle wirken so zufrieden. Das ist allein dein Verdienst.«

Bei ihren Worten strahlte ich wie ein Honigkuchenpferd. Bisher hatte ich nie darüber nachgedacht, aber offenbar besaß ich ein Talent dafür, anderen eine gute Zeit zu bereiten.

Und das Beste daran: Mir machte es ebenfalls Riesenspaß. Ich fragte mich, warum ich das nicht schon früher probiert hatte.

Als ich Sara danach fragte, meinte sie schmunzelnd: »Es ist ja noch nicht zu spät. Du kannst in deinem Leben noch jede Menge Menschen glücklich machen.« Sie schaute mich an. »Warum verfolgst du das mit der Modeberatung nicht weiter? Du könntest das Konzept auch in Frankfurt anbieten.«

»Daran habe ich auch schon gedacht«, gab ich zu.

»Dann versuch es. Was hast du zu verlieren?«

Ich nickte. »Mal schauen. Vielleicht mache ich es wirklich.« Ich lächelte sie an. »Wie geht es Alexander? Habt ihr was Schönes vor morgen?«

Sara zog die Nase kraus. »Leider nein. Alex ist dieses Wochenende in London. Er hat heute Abend ein Geschäftsessen mit Kunden. So sehr ich ihn liebe – ich wünschte mir, sein Job wäre hier. Am liebsten hätte ich ihn jeden Tag bei mir.«

»Wohl eher jede Nacht.«

Saras Gesicht nahm einen Hauch von Farbe an. »Das auch.« Sie strich sich eine rotblonde Strähne hinter das Ohr.

Ich musterte ihr ebenmäßiges Gesicht, das sehnsüchtig und ein bisschen traurig wirkte, und musste mir auf die Zunge beißen, um nicht mit Alexanders Geheimnis herauszuplatzen.

»Alles in Ordnung?«, erkundigte sich Sara besorgt. »Du guckst so komisch.«

»Das ist mein normaler Gesichtsausdruck«, scherzte ich.

Sara legte den Kopf schief. »Ich glaube eher, du hast

gerade an Jan gedacht. Er fährt bald zurück nach München, oder? Wie geht es dir damit?«

Meine Kehle wurde eng. In den letzten Stunden hatte ich den Gedanken an Jans Abreise am Montag erfolgreich verdrängt, doch jetzt war er wieder da. »Nicht so gut«, gestand ich. »Aber wenn er erst mal weg ist und wir uns nicht mehr jeden Tag sehen, gewöhne ich mich schon daran.« Irgendwann, zumindest.

Sara legte ihre Hand auf meine. »Glaub mir, es ist besser so.«

»Ich weiß«, erwiderte ich und wünschte mir, mein Herz würde es ebenfalls kapieren.

27

Maria Die Sonne strahlte vom Himmel, als ich am Sonntagmorgen mit Bautz zu der kleinen Bäckerei am Dorfplatz schlenderte. Ich kaufte zwei Croissants, die noch ofenwarm waren, und dazu die Sonntagszeitung. Das Frühstück nahm ich auf der Terrasse ein, begleitet vom Gesang der Vögel. Zu dem köstlichen Gebäck hatte ich mir ein Glas frischen Orangensaft gepresst, der herrlich süß und fruchtig schmeckte. Ich ließ mir Zeit, las in Ruhe die Nachrichten, und zupfte hin und wieder ein Stück von meinem Croissant ab, das ich dick mit Erdbeermarmelade bestrich. Bautz tollte auf dem Rasen mit einem Ball, den Jan ihm geschenkt hatte.

Gegen elf Uhr brachen wir zu unserem Spaziergang nach Mondstein auf, wo ich mit Jan verabredet war. Es war der letzte Tag, den wir gemeinsam verbringen würden, bevor er morgen zurückfuhr. Gestern hatte Sara mich gefragt, wie es mir bei dem Gedanken ging. Ich war sehr traurig, aber das würde ich mir nicht anmerken lassen, denn ich wollte unsere Zeit heute in vollen Zügen genießen.

Ich folgte dem malerischen Weg, der nach einem kleinen Stück durch den Wald nun an einer Obstwiese vorbeiführte. Die Bäumen hingen voller reifer Zwetschgen, Äpfel und Birnen. Ein Anblick, den man im Frankfurter Bankenviertel nicht zu sehen bekam. Da gab es nur tristes Grün, wie das traurige Fleckchen Park vor dem Büroturm, in dem ich arbeitete. Ich musste an die Unterhaltung mit meinem Chef denken. Lars hatte mir den Urlaub verordnet, damit ich mich entspannte und nicht mehr wegen jeder Kleinigkeit an die Decke ging. Und wenn ich so darüber nachdachte, schien es tatsächlich zu funktionieren. Ich war nun seit drei Wochen in Herzbach und fühlte mich insgesamt zufriedener und ausgeglichener. Mein Modeberatungskurs hatte mir große Freude gemacht, und ich schätzte die Freundschaften, die dadurch entstanden waren, das Zusammensein und die Gemeinschaft unter uns Frauen. Ich dachte an gestern, an unseren Ausflug nach Düsseldorf, und musste unwillkürlich schmunzeln. Dazu kamen die langen Spaziergänge in der Natur, die ich jeden Tag mit Bautz unternahm. Sie halfen mir, die Launen meiner Mutter mit mehr Gelassenheit zu ertragen. Ich besuchte sie beinahe täglich, was mir ein gutes Gewissen gab, so schwierig es auch war. Meine Gedanken wanderten erneut zu Jan. Es schien eine Ewigkeit her, seit ich ihm auf dem Parkplatz zum ersten Mal begegnet war. Hätte mir zu dem Zeitpunkt jemand gesagt, dass wir Freunde werden würden, hätte ich ihn ausgelacht. Doch genau das waren wir. Ich hatte Jan Dinge anvertraut, zum Beispiel in Bezug auf meine Mutter, die ich nicht einmal Isa erzählte. In seiner Gegenwart fühlte ich mich rundum wohl in meiner Haut. Ich war ich selbst. Nur glücklicher.

Als ich bei Jan klingelte, war es mit meiner inneren

Ruhe schlagartig vorbei. Mein Pulsschlag schnellte in die Höhe, und mein Herz begann wie wild zu klopfen. *Den* Teil muss ich noch besser in den Griff bekommen, dachte ich.

Jan öffnete die Tür. »Da seid ihr ja.«

Er lächelte und gab mir einen Kuss auf die Wange, bei dem mein Bauch einen kleinen Hüpfer machte. Jan roch frisch geduscht. Am liebsten hätte ich meine Nase an seinem Hals vergraben. Streng rief ich mich zur Ordnung. Er beugte sich zu Bautz hinunter, der bei seinem Anblick seinen üblichen Freudentanz vollführte.

»Na, Kumpel. Geht's dir gut?«

Eine Minute später waren wir zu dritt unterwegs. Als Erstes wollten mir meine Mutter besuchen. Während wir uns dem *Haus Morgenröte* näherten, überkam mich ein Anflug von Nervosität. Bei meiner Mutter wusste man nie, was einen erwartete, und da Jan mich begleitete und es unsere letzten gemeinsamen Stunden waren, hoffte ich inständig, dass sie einen guten Tag hatte. Jan sah mich von der Seite an.

»Mach dir keine Sorgen«, meinte er, als habe er meine Gedanken gelesen. »Deine Mutter und ich haben zusammen *Auf der Reeperbahn nachts um halb eins* gesungen. Wir sind so.« Er verschränkte seine Mittel- und Zeigefinger miteinander, um mir zu signalisieren, wie eng ihr Verhältnis war.

Ich musste lächeln. »Dann kann ja gar nichts schiefgehen.«

»Schaut mal, Schmetterlinge!«, rief meine Mutter entzückt.

Sie blieb stehen, um die beiden Zitronenfalter zu bewundern, die vor uns in der Luft tanzten. Wir hatten den Rosengarten hinter uns gelassen und waren zu der Blumenwiese spaziert, die zum Seniorenstift gehörte. Bautz hob die Schnauze und begann aufgeregt zu bellen. Mama lachte so hell wie ein kleines Mädchen.

»Er ist so ein lieber Hund«, sagte sie.

»Ja«, stimmte ich zu und lächelte. »Leni ist ganz verliebt in ihn. Sie freut sich so, dass er jetzt bei ihr wohnt …«

Ich verstummte. Mein Magen zog sich zusammen. War ich von allen guten Geistern verlassen? Meine Mutter wusste nicht, dass ich Bautz abgegeben hatte. Ich warf ihr einen schnellen Blick zu. Vielleicht hatte sie meinen Ausrutscher nicht bemerkt. Als ich ihren verstörten Gesichtsausdruck sah, fiel die Hoffnung in sich zusammen. Langsam wandte sie sich mir zu. Ihre Augen verengten sich.

»Warum wohnt Bautz bei Leni?«

Ich atmete tief durch und trat die Flucht nach vorne an. »Weil ich fünf Tage pro Woche in der Bank arbeite, Mama. Dahin kann ich Bautz nicht mitnehmen. Er wäre den ganzen Tag alleine in meiner Wohnung. Also hat Isa ihn aufgenommen. In ihrer Familie hat er es viel besser.«

Eine flammende Röte breitete sich auf Mamas Wangen aus.

»DAS HAST DU MIR NICHT GESAGT!«, explodierte sie.

»Nein«, entgegnete ich, »weil ich genau wusste, wie du reagieren würdest.«

Der Körper meiner Mutter begann zu beben. »Du hast mich angelogen!«, schrie sie. »Du hast Bautz im Stich gelassen. Meinen kleinen Bautz …«

»Frau Mahler …«, schaltete sich Jan ein.

Ich schüttelte leicht den Kopf, um anzudeuten, dass es keinen Sinn hatte. Wenn meine Mutter in dieser Stimmung war, war sie für keine Argumente zugänglich. Und richtig, ihr Mund öffnete sich zu einer Tirade unkontrollierter Wut. Eine Minute lang stand ich einfach nur da, angespannt bis unter die Kopfhaut, und ließ sie ihren Zorn entladen. Sie schrie mich an und beschimpfte mich, und ich war einfach nur froh, dass wir draußen waren und es nichts gab, was sie nach mir werfen konnte.

Jans Gesicht war wie in Stein gemeißelt. Jetzt bereut er, dass er mitgekommen ist, dachte ich traurig. Bestimmt hat er sich seinen letzten freien Tag hier anders vorgestellt.

Ich hatte den Gedanken noch nicht zu Ende geführt, als sich seine Finger plötzlich fest um meine schlossen. Jan drehte sich zu mir und sah mir in die Augen. *Ich bin da, ich lass dich nicht alleine*, sagte sein Blick. Vor Dankbarkeit musste ich schlucken. Jan drückte meine Hand, dann wandte er sich erneut an meine Mutter.

»Frau Mahler«, sagte er laut.

»Lass bitte«, flüsterte ich.

»Das kann ich nicht«, erwiderte er. Ohne mich loszulassen blickte Jan meine Mutter an und sagte: »Es ist genug. Hören Sie auf damit.«

Seine Stimme klang sanft, aber entschieden. Und das Wunder geschah. Meine Mutter verstummte. Stattdessen erschien ein Ausdruck von Verblüffung auf ihrem Gesicht. Sie war es nicht gewohnt, dass jemand Partei für ihre Tochter ergriff. Ich schluckte erneut. Mein Herz schwoll an. Unvermittelt begannen die Lippen meiner Mutter zu zittern. In der nächsten Sekunde fing sie an zu weinen. Ich löste mich von Jan, trat einen Schritt auf sie zu und nahm sie in den Arm, bis ihre Schluchzer leiser wurden und schließlich verstummten.

Eine Stunde später verließen wir auf Zehenspitzen das Zimmer meiner Mutter. Wir hatten sie nach oben gebracht, und sie war sofort unter ihrer Decke auf dem Sofa eingeschlafen. Der Wutausbruch hatte sie vollkommen erschöpft. Draußen atmete ich in tiefen Zügen die frische Luft ein.

»Das tut gut«, sagte ich und stieß einen Seufzer aus. »Was für ein Tag.«

Wir liefen die Anhöhe hinauf, die zur Landstraße führte. Im Gehen sah Jan mich nachdenklich an.

»Du kennst deine Mutter am besten. Warum hat sie sich so aufgeregt? Bautz fühlt sich doch wohl. Er ist der zufriedenste kleine Hund, den man sich vorstellen kann.«

»Es geht ihr nicht um Bautz«, erwiderte ich. »In der Welt meiner Mutter dreht sich alles um sie. Sie denkt nicht: Meine Tochter hat getan, was für Bautz am besten ist. Ich freue mich, dass er ein schönes Leben hat. Nein, *sie* denkt: Ich wollte, dass der Hund bei Maria lebt. Meine Tochter hat nicht getan, was ich wollte. Meine Tochter ist böse.«

Ich hob die Schultern. »Ich schätze, meine Mutter hat so etwas wie eine narzisstische Persönlichkeitsstörung. Ich habe lange gebraucht, um das zu begreifen. Aber sobald ich das erkannt hatte, wurde mir vieles klar. Ihre grenzenlose Ichbezogenheit, ihre mangelnde Empathie, ihre Empfindlichkeit gegenüber jeder Kritik, ihre Unfähigkeit, eine liebende und ausgeglichene Beziehung einzugehen … Es passt alles ins Bild.«

Jan nickte, ohne meine Worte in Zweifel zu ziehen. »War sie deswegen in Therapie?«

Ich lachte freudlos. »Dafür hätte sie erst mal einsehen müssen, dass sie ein Problem hat.« Wir erreichten die Straße, und ich nahm Bautz an die Leine. »Und jetzt ist es eh zu spät. Vielleicht wird sie in einem Jahr nicht einmal mehr wissen, wie sie heißt.«

Jan wog seine Antwort sorgfältig ab. »Du hast recht. Für deine Mutter ist es zu spät. Für dich aber nicht. Du wunderst dich, warum du so schnell aus der Haut fährst? Ich kann dir sagen, warum. Du tust das, was sie dich ein Leben lang gelehrt hat. Und mehr noch: Ich denke, jedes Mal, wenn du jemanden anfährst, richtet sich deine Wut in Wahrheit gegen deine Mutter. Weil du *sie* nämlich nicht anschreien kannst. Weil es nichts bringt.«

Mit einem Mal fühlte ich mich unglaublich müde. »Mag sein.«

Jan beließ es dabei, und eine Zeit lang liefen wir schweigend nebeneinander her. Jans Erkenntnis war nicht neu für mich. Meine Mutter kannte nur die Eskalation. Ich war damit groß geworden. Lange dachte ich, es sei normal, so miteinander umzugehen. Erst durch Isas Familie lernte ich, dass man Auseinandersetzungen auch anders führen konnte. Ruhig, konstruktiv und lösungsorientiert. Mit Wertschätzung und gegenseitigem Respekt. Ich fand den Ansatz bewundernswert und sehr erwachsen, doch ich musste schnell feststellen, dass er gegenüber meiner Mutter keinerlei Wirkung entfaltete. Entschlossen zwang ich meine Gedanken in eine andere Richtung. Jan und mir blieb nicht mehr viel Zeit zusammen, und ich wollte noch etwas Schönes mit ihm erleben.

»Ich würde jetzt gerne zum Garten«, sagte ich. »Hast du Lust?«

Jan lächelte mich an. »Mein Wagen steht vor meiner Wohnung«, antwortete er. »Ich fahre uns hin.«

~

Der Anruf kam am späten Nachmittag. Jan und ich lagen auf einer Decke auf dem Rasen und hatten gerade über den Münster-Tatort gesprochen, der heute Abend im Fernsehen laufen würde. Ich rollte mich auf die Seite und blickte auf das Display meines Handys.

»Die Leiterin des Seniorenstifts«, stellte ich überrascht fest. Schnell nahm ich das Gespräch entgegen.

»Es tut mir leid, dass ich Sie am Sonntag stören muss«, kam Frau Steffen sofort auf den Anlass ihres Anrufs zu sprechen. »Ich wollte nur nachfragen, ob Ihre Mutter bei Ihnen ist?«

Angst erfasste jede Zelle meines Körpers. »Nein. Wieso?« Ich richtete mich auf. »Was ist passiert?«

Jan sah fragend zu mir hoch.

»Das versuchen wir gerade herauszufinden«, entgegnete Frau Steffen. »Ihre Mutter ist heute nicht zum Kaffee erschienen. Deshalb haben wir in ihrem Zimmer nachgesehen. Da war sie aber nicht. Also haben wir im Haus und im Garten nach ihr gesucht. Fehlanzeige.«

Mir wurde übel. Ich erinnerte mich an ihren Wutausbruch und die Tränen, die danach geflossen waren. Was, wenn sie die Sache mit Bautz so mitgenommen hatte, dass sie deswegen weggelaufen war?

»Ich komme sofort.«

»Ja«, erwiderte Frau Steffen. »Wir suchen in der Zeit weiter nach ihr.«

»Meine Mutter ist verschwunden«, sagte ich zu Jan und sprang auf die Füße. »Ich muss sofort in den Stift!« Meiner Stimme war die Panik deutlich anzuhören.

Jan stand auf. »Ich komme mit.« Er drückte meine Schulter und sah mir in die Augen. »Wir finden sie«, sagte er bestimmt.

Auf dem Weg zum Parkplatz trafen wir Ava, die gerade mit ihrem Hund Max spazieren ging und sofort merkte, dass etwas nicht in Ordnung war.

»Was ist passiert?«, erkundigte sie sich.

»Marias Mutter ist verschwunden«, erklärte Jan. »Im Stift wissen sie nicht, wo sie ist. Wir fahren hin.«

Ava schaute von ihm zu mir. »Verstanden«, erwiderte sie ruhig. »Lasst Bautz bei mir. Ich bitte Hermann, auf ihn und Max aufzupassen, und komme dann nach.« Sie strich mir über die Wange. »Alles wird gut, Maria. Mach dir keine Sorgen.«

Ich nickte apathisch. In meinem Kopf blitzten schreckliche Bilder auf. Ich sah meine Mutter, wie sie orientierungslos umherirrte. Wie sie stolperte und in die Stever fiel. Wie sie, ohne zu schauen, auf die Straße lief, während sich ihr in rasender Geschwindigkeit ein Auto näherte.

Behutsam löste Ava Bautz' Leine aus meinen Fingern. »Geht jetzt«, sagte sie.

Jan legte einen Arm um mich und führte mich zu seinem Auto. Wie durch einen dichten Nebel nahm ich wahr, dass er mich anschnallte, bevor er sich hinter das Steuer setzte und den Motor startete.

Im Foyer vom *Haus Morgenröte* besprach Frau Steffen sich gerade mit einer Gruppe Mitarbeiter, als wir eintrafen. Sie erblickte uns sofort und kam auf uns zu. Ihre Miene war ernst.

»Ich habe im Krankenhaus angerufen. In der Notaufnahme ist sie nicht. Zum Glück.«

»Haben Sie die Polizei alarmiert?«, fragte Jan.

»Ja, gerade eben.«

Mir wurde eiskalt, und ich begann zu zittern.

Jan musterte mich besorgt, dann wandte er sich an Frau Steffen. »Könnte bitte jemand eine Jacke für Maria organisieren?«

Die Heimleiterin winkte einen Mitarbeiter heran. »Seien Sie bitte so lieb und holen Sie die Strickjacke aus meinem Büro. Die beige, die über meinem Stuhl hängt. Frau Lehrbach friert.« Der Mann eilte davon.

»Was können wir tun?«, wollte Jan wissen.

»An den Stift grenzt ein Waldgebiet«, antwortete Frau Steffen. »Dort haben wir bisher nicht gesucht, wir sind zu wenige. Wir warten noch auf die Polizei.«

Ich fasste mir an den Hals. Eine Situation wie diese kannte ich sonst nur aus dem Fernsehen. Wieder musste ich an das wutentbrannte Gesicht meiner Mutter denken, und das schlechte Gewissen drehte mir den Magen um. Sie war meinetwegen fortgelaufen. Weil ich Bautz weggegeben und ihr nichts davon erzählt hatte. Wenn ihr etwas zustieß, war es allein meine Schuld.

»Du kannst nichts dafür«, durchbrach Jans Stimme die Flut meiner Gedanken.

Der Angestellte kehrte mit der Strickjacke zurück, und Jan half mir hinein und schloss die Knöpfe.

»Komm«, sagte er leise. »Wir gehen nach draußen. Die Polizei wird jeden Moment eintreffen.«

Als wir aus dem Eingang auf den Treppenabsatz traten, fuhr gerade ein Auto auf den Hof. Die Türen öffneten sich und Ava, Johanna, Irene und Amelie stiegen aus. Dahinter folgte ein zweites. Hinter dem Steuer saß Sophie, daneben Biene. Auf der Rückbank erkannte ich Sara und Greta. Ich biss mir auf die Lippen. Ein überwältigendes Gefühl von Dankbarkeit breitete sich in mir aus. Sie alle waren gekommen, um mir beizustehen und bei der Suche nach meiner Mutter zu helfen.

Jan ergriff meine Hand. »Komm«, wiederholte er sanft.

In diesem Moment fuhr ein Streifenwagen mit Blaulicht die Anhöhe herunter, gefolgt von einem Mannschaftswagen. Meine Panik kehrte zurück und drückte mir den Brustkorb zusammen. Ich fing an zu hyperventilieren.

»Gleichmäßig atmen«, hörte ich Jan neben mir sagen. Er fasste mich an den Armen und zwang mich so, ihn anzusehen. »Atme weiter. Genauso. Ein und aus. Gut machst du das.«

Ich gehorchte und spürte, wie mir die Tränen dabei über die Wangen liefen. *Ich* hatte das alles ausgelöst. Ich ganz allein. Ein zentnerschweres Gewicht drückte meine Schultern herab, während alle Hoffnung aus mir herausströmte.

»Was ist denn hier los?«, ertönte unvermittelt eine Stimme hinter mir. Es war Bernadette, Mamas Zimmernachbarin. Mit erstaunter Miene blickte sie auf die vielen Menschen im Hof herunter.

Ich rieb mir über das Gesicht. »Meine Mutter ist weggelaufen«, flüsterte ich erstickt.

Bernadette runzelte die Stirn. »Wie kommen Sie denn darauf, mein Kind? Da drüben ist sie doch.«

Ich starrte sie an. Dann schaute ich wie in Zeitlupe in

die Richtung, in die Bernadette wies, und sah ... meine Mutter! In Begleitung von Heinz und einer jungen Frau in einem gelben Kleid. Es dauerte eine Sekunde, bis mein Gehirn die Situation richtig erfasst hatte, aber dann gab es kein Halten mehr.

»Mama!«, rief ich und stolperte die Treppe hinunter auf sie zu. Vor Erleichterung musste ich gleichzeitig lachen und weinen. Jauchzend riss ich meine Mutter in die Arme und wirbelte sie im Kreis herum.

»Was soll das?«, beschwerte sich meine Mutter empört. »Stell mich sofort wieder ab, Maria. Mir wird ja schlecht.«

Behutsam ließ ich sie los und musterte sie von oben bis unten. »Geht es dir gut?«, fragte ich atemlos.

Meine Mutter sah mich an, als sei ich vollkommen übergeschnappt. »Natürlich geht es mir gut. Ich war nur spazieren.« Erst jetzt bemerkte sie den Menschenauflauf um sich herum, und ihre Augen weiteten sich. »Was wollen denn Ava und die ganzen anderen hier?«, fragte sie verdattert.

»Nach Ihnen suchen, Frau Mahler«, erklärte Jan, der neben mich getreten war.

»Aber ich bin doch hier.«

»Ich glaube, ich muss mich bei Ihnen entschuldigen«, meldete sich nun die Frau im gelben Kleid erstmalig zu Wort. Ihr Hals war rot gefleckt, ihre Stimme kleinlaut. »Mein Großvater und ich wollten spazieren gehen.« Sie wies auf Heinz, der freundlich lächelnd neben ihr stand. »Ihre Mutter hat mich gefragt, ob wir sie mitnehmen, und ich habe Ja gesagt.« Sie ließ den Kopf hängen. »Es tut mir so leid. Ich fühle mich schrecklich. Mir war nicht klar, welchen Tumult ich damit auslöse.«

Frau Steffen, die ihre letzten Worte mit angehört hatte,

legte der aufgelösten Frau kurz eine Hand auf den Arm. »Machen Sie sich keine Vorwürfe«, tröstete sie. »Sie konnten nicht wissen, dass Frau Mahler Demenz hat und wir deswegen ein wenig mehr auf sie achtgeben.«

»Dennoch: Ich hätte Bescheid geben müssen«, sagte sie bekümmert.

Ich war so glücklich, meine Mutter wohlbehalten wieder zu haben, dass ich großmütig antwortete: »Das nächste Mal.«

»Dann können wir ja jetzt alle wieder nach Hause«, erklang eine Stimme. Es war Johanna. Sie und die anderen Herzbacherinnen waren näher gekommen und standen nun im Halbkreis um uns herum.

Ich lächelte sie an. »Ja, das könnt ihr. Und danke für alles!« Ich sah von einer zur anderen. »Ihr wisst gar nicht, wie viel es mir bedeutet, dass ihr gekommen seid!«

Meine Mutter, der offenbar jetzt erst so richtig bewusst wurde, dass die Frauen und auch die Polizisten, die die Szene amüsiert beobachteten, nur ihretwegen hier waren, strahlte über das ganze Gesicht. Rummel um ihre Person hatte sie schon immer genossen.

»Das war wirklich sehr nett«, sagte sie kokett. Sie sah mich an und runzelte missbilligend die Stirn. »Was trägst du da eigentlich?«, fragte sie und zupfte am Ärmel meiner geliehenen Strickjacke. »Damit würde ich nicht einmal im Dunkeln zum Briefkasten gehen.«

Einen Wimpernschlag lang war ich zu verdutzt, um etwas zu entgegnen, dann brach ich in lautes Lachen aus. Ich nahm meine Mutter erneut in die Arme, diesmal ganz sanft, und drückte sie an mich.

»Wenn du weg gewesen wärst, hätte mir echt etwas gefehlt.«

28

Jan »Wenn du weg gewesen wärst, hätte mir echt etwas gefehlt.«

Ich beobachtete, wie Maria ihre Mutter lachend umarmte, und war genauso erleichtert wie sie, dass Frau Mahler unversehrt wiederaufgetaucht war. Marias Schmerz und ihre Angst mitzuerleben war für mich kaum auszuhalten gewesen. Ich hatte ihr Leid gespürt, als sei es mein eigenes. Eine Erfahrung, die neu für mich war und auf die ich gut hätte verzichten können.

Frau Steffen sprach mit den Polizisten, die daraufhin in ihre Fahrzeuge stiegen und davonfuhren. Sie hatten es mit Humor getragen, dass sie wegen eines blinden Alarms ausgerückt waren. Ebenso wie die Herzbacherinnen, die es offenbar doch nicht so eilig hatten, nach Hause zu kommen, und stattdessen plaudernd beisammenstanden.

Wenn du weg gewesen wärst, hätte mir echt etwas gefehlt … Ich dachte daran, dass ich mich morgen auf den Heimweg nach München machen würde. In den letzten Wochen hatte ich Stauden und Gräser gepflanzt, einen Steg gebaut, einen Sitzplatz angelegt, die Terrasse erneuert und begrünt und den Vorgarten eingefasst. Meine Arbeit war getan. Morgen früh kam Alex aus London. Ich würde ihm den Garten zeigen und danach abreisen. Ich sah zu Maria, die noch immer ihre Mutter an sich drückte, und mein Herz wurde schwer. Es war kaum zu glauben, wie sehr ich mich an ihre Gesellschaft gewöhnt hatte. Wir hatten beinahe jeden Tag zusammen verbracht, und nun hieß es Abschied nehmen. Wie würde es mit unserer Freundschaft weitergehen? Darüber hatten wir bisher nicht gesprochen. Doch ich spürte ganz deutlich, dass ich Maria weiter in meinem Leben haben wollte. Ob ich sie zu meiner Verlobungsparty einladen sollte? Nein, dachte ich im selben Moment. Das wäre unpassend. Sie würde sich nicht wohlfühlen unter Leonie und ihren Freunden. So wenig wie ich ... Ich stutzte. Woher kam der Gedanke? Natürlich fühlte ich mich in Leonies Gegenwart wohl. Oder würde ich zumindest wieder, sobald wir uns ausgesprochen hatten. Morgen Abend würden wir uns wiedersehen, und dann konnten wir die Dinge zwischen uns persönlich klären. Es wurde höchste Zeit. Noch immer beschränkte sich unser Kontakt auf WhatsApp-Nachrichten, dabei feierten wir nächstes Wochenende unsere Verlobung. Mein Hals wurde eng, und ich atmete tief durch.

»Ich möchte jetzt wirklich gerne zum Abendessen gehen«, hörte ich Marias Mutter quengeln.

Maria ließ sie los und gab ihr einen Kuss auf die Wange. »Okay, Mama. Dann sehen wir uns morgen.«

Frau Mahler nickte, hakte sich bei Heinz unter, und gemeinsam verschwanden die beiden alten Leute im Gebäude. Heinz' Enkeltochter und Frau Steffen verabschiedeten sich ebenfalls und folgten ihnen durch die Tür.

Zurück blieben Maria, ihre Freundinnen aus Herzbach und ich.

Ava fragte: »Sollen wir dich mitnehmen?«, was Maria bejahte.

»Ich kann dich auch nach Hause bringen«, bot ich an. »Wir könnten zusammen zu Abend essen.«

Ich hatte das Bedürfnis, das Geschehene mit ihr zu besprechen. Für sie da zu sein. Ihr, wenn nötig, meine Schulter zum Anlehnen anzubieten. Doch Maria schüttelte nur den Kopf.

»Du bist doch schon fast bei deiner Wohnung. Das wäre ein Umweg für ich. Und ich möchte auch nichts mehr essen. Ich bin todmüde. Der Tag hat mich geschafft. Ich möchte nur noch aufs Sofa und mich ausruhen.«

Ich versuchte mir meine Enttäuschung nicht anmerken zu lassen. »Aber wir verabschieden uns morgen noch, bevor ich zurückfahre, oder?«

Maria schaute mich an. »Na klar.« Sie umarmte mich. »Bis morgen«, flüsterte sie.

Ich rang mir ein Lächeln ab, auch wenn mir plötzlich hundeelend zumute war. »Bis morgen.«

~

Am nächsten Tag fühlte ich mich wie gerädert. In der Nacht hatte ich kaum geschlafen. Ständig musste ich an Marias Gesichtsausdruck denken, als sie vom Verschwinden ihrer Mutter erfahren hatte. Diese nackte Panik, diese grenzenlose Furcht … auch jetzt noch reichte die Vorstellung, damit mir der Schweiß ausbrach. Dabei war die Geschichte glimpflich ausgegangen. Marias Mutter ging es gut. Maria war glücklich. Ich müsste zufrieden sein, war es aber nicht. Im Gegenteil. Ich war regelrecht übellaunig und wusste nicht, warum. Dieses Gefühl zerrte an meinen Nerven. Es machte mich wahnsinnig.

Frustriert lud ich mein Gepäck in den Pick-up und fuhr nach Herzbach. Viel zu früh – als ich den Garten erreichte, ging gerade die Sonne über dem Wald auf. Ich beobachtete, wie sie den Himmel in zartes Rosa tauchte. Doch anders als sonst konnte mich der Anblick heute nicht erfreuen. Ich setzte mich im Schneidersitz auf den Steg und klappte meinen Laptop auf, den ich mitgebracht hatte. Es dauerte noch, bis Alex kam. Bis dahin konnte ich genauso gut weiter an der Planung für den Präriegarten arbeiten.

Gegen zehn Uhr meldete sich mein Magen. Mir wurde bewusst, dass ich noch nicht gefrühstückt hatte. Auch wenn ich ihn bislang gemieden hatte, lief ich nun zum Dorfplatz, um mir in der Bäckerei ein belegtes Brötchen zu kaufen. Ich nahm an, dass mein grimmiger Gesichtsausdruck auch die neugierigsten Herzbacher davon abhalten würde, mir Fragen nach dem neuen Hausbesitzer zu stellen.

Auf dem Platz, der von bunten Fachwerkhäusern gesäumt wurde, war einiges los. Mit meiner Brötchentüte in der Hand setzte ich mich auf den Rand des Brunnes und schloss für einen kurzen Moment die Augen. Plötzlich tippte mich jemand an. Maria, schoss es mir durch den Kopf. Doch als ich die Augen öffnete, stand vor mir ein kleines Mädchen mit blonden Zöpfen und blickte mich neugierig an.

»Warum siehst du so traurig aus?«, wollte es wissen. »Hat dich jemand geärgert?«

Trotz allem musste ich lächeln. »Nein. Ich habe ein paar Wochen in Herzbach verbracht, und nun ist meine Zeit um. Vermutlich bin ich deswegen ein bisschen traurig.«

Die Kleine wiegte den Kopf, als dächte sie angestrengt nach. »Das ist doof. Kannst du nicht länger bleiben?«

»Leider nein. Ich wünschte, es ginge«, fügte ich leise hinzu und stellte fest, dass es die Wahrheit war.

Das Mädchen streckte eine Hand in die Tasche ihrer geblümten Shorts und holte eine Zwanzig-Cent-Münze hervor. »Hier, die schenke ich dir.«

Verwundert schaute ich auf das Geldstück, das sie mir entgegenhielt. »Wofür ist das?«

Die Kleine runzelte die Stirn, um mir zu signalisieren, dass sie mich für nicht besonders schlau hielt. »Na, für den Brunnen.« Sie zeigte auf den Grund, und ich bemerkte, dass dort unzählige Münzen lagen, die in der Morgensonne glitzerten. »Du wirfst das Geldstück hinein und wünschst dir etwas, und dann geht der Wunsch in Erfüllung.«

»Lilly, hör auf, den armen Mann zu belästigen«, ertönte eine weibliche Stimme. Sie klang entschuldigend. »Ich hoffe, sie hat Sie nicht gestört.« Ich drehte den Kopf und erblickte eine blonde Frau, bei der es sich um die Mutter der Kleinen handeln musste. Das Kind war ihr wie aus dem Gesicht geschnitten.

»Mama!«, rief Lilly, den Mund vor Empörung verzogen.

»Nein, überhaupt nicht«, beeilte ich mich zu sagen. »Lilly hat mir gerade erklärt, dass dies ein Wunschbrunnen ist. Sie wollte mir sogar etwas von ihrem Taschengeld abgeben, damit ich es hineinwerfen kann.«

Die Frau schmunzelte. »Ja, so ein Wunschbrunnen ist sehr praktisch. Nehmen Sie die Münze ruhig. Vielleicht bringt sie Ihnen Glück.«

Wieder streckte mir Lilly die Hand entgegen. Als ich

nicht sofort danach griff, legte sie das Geldstück neben mich auf den Brunnenrand. »Und nicht vergessen: Beim Wünschen die Augen schließen! Sonst geht es nicht in Erfüllung.«

Die Mutter nahm ihre Tochter an die Hand. »Wir müssen jetzt weiter«, sagte sie und lächelte mir noch einmal zu. »Einen schönen Tag für Sie. Und toi, toi, toi.«

Als die beiden gegangen waren, nahm ich das Centstück und betrachtete es einen Moment. Ach, was soll's, dachte ich dann. Ich warf die Münze ins Wasser und sah zu, wie sie durch das Wasser trudelte und sich auf die anderen Geldstücke legte. Dann schloss ich die Augen und wünschte mir das Erste, was mir in den Sinn kam. Ein Leben auf dem Land.

»Ich weiß nicht, was ich sagen soll!« Alex wandte den Blick vom Garten ab und sah mich mit einem breiten Lächeln an. »Ich wusste, dass du gut bist, aber nicht, dass du zaubern kannst.« Er klopfte mir auf den Rücken. »Sara wird den Garten lieben. Danke, Jan.«

»Keine Ursache«, erwiderte ich.

Alex stutzte und musterte mich prüfend. »Alles in Ordnung mit dir? Du guckst wie sieben Tage Regenwetter.«

Ich zuckte mit den Schultern. »Ich habe mich an Herzbach gewöhnt. Meine Arbeit hier wird mir fehlen, wenn ich zurück in München bin.« Vor meinem inneren Auge erschien Marias Gesicht, und ich spürte ein flaues Gefühl in der Brust. War es möglich, dass ich sie jetzt schon vermisste, obwohl ich noch nicht einmal fort war?

»Das kann ich verstehen«, drang Alex' Stimme an mein Ohr. »Stell doch in deiner Firma jemanden ein, der dich bei der Planung der Gärten und Parks unterstützt. Dann hast du mehr Zeit, um bei der Umsetzung dabei zu sein.«

»Es klingt so einfach, wenn du das sagst.«

Alex lachte. »Es ist so einfach. Du musst es halt nur machen.«

Es ist so einfach. Du musst es halt nur machen …

Alexanders Worte klangen in meinen Ohren nach, als ich mich zehn Minuten später auf den Weg zu Maria machte, um mich von ihr zu verabschieden. Sie öffnete mir mit einem Lächeln, das ein wenig müde wirkte. Offenbar hatte sie in der vergangenen Nacht nicht gut geschlafen. Kein Wunder nach der Aufregung um ihre Mutter. Wir setzten uns auf die Terrasse, um dort einen letzten gemeinsamen Kaffee zusammen zu trinken. Bautz lag unter dem Tisch und döste. Seine Hinterläufe zuckten im Schlaf. Es war ein schöner Tag, die Sonne hatte noch genügend Kraft, um zu wärmen.

»Wie geht es dir?«, erkundigte ich mich bei Maria. »Hast du heute schon etwas von deiner Mutter gehört?« Sie rührte in ihrem Becher. »Gut, danke. Ich war vorhin kurz bei ihr.« Sie grinste schief. »Meine Mutter hat jedem im Stift erzählt, dass die Polizei ihretwegen ausgerückt ist. Die Bewohner sind angemessen beeindruckt, Mama ist hochzufrieden.«

Ich schmunzelte. »Das glaube ich gern.«

Maria nahm einen Schluck von ihrem Kaffee. »Was hat Alexander zum Garten gesagt?«, fragte sie. »War er so begeistert wie ich?«

»Ja, absolut.«

»Alles andere hätte mich auch gewundert.«

Wir schwiegen.

»Weißt du, wann er Sara den Antrag machen will?«, unterbrach Maria die Stille.

»Am Samstag.« Das Wochenende meiner eigenen Verlobungsfeier, weswegen er meine Einladung ausgeschlagen hatte. Mein Mund wurde trocken.

Maria atmete tief durch. »Wollen wir es hinter uns bringen?«, fragte sie. Sie stand auf und breitete die Arme aus. »Komm her.«

Ich erhob mich und schloss sie in die Arme, spürte ihren schlanken und dennoch so weichen Körper. Ihr Duft nach Sommerwiesen stieg mir in die Nase. In meiner Kehle bildete sich ein dicker Knoten, und ich musste schlucken. Was war ich nur für ein Weichei.

»Du fängst doch nicht an zu heulen?«, fragte Maria. Ihre Augen glitzerten feucht.

»Nein«, behauptete ich. »Du etwa?«

»Bestimmt nicht.«

Wir lösten uns voneinander und lächelten einander an.

»Darf ich dich anrufen, wenn ich wieder in München bin?«, fragte ich. Meine Stimme klang rau.

»Das wäre schön.«

»Nächstes Jahr komme ich nach Herzbach, um in Saras Garten Dahlien und Astern zu pflanzen. Vielleicht können wir uns dann sehen.«

»Ja.«

Wir umarmten uns erneut.

»Mach's gut«, flüsterte sie an meinem Ohr.

»Mach's gut«, sagte ich leise.

29

Maria Sobald sich die Tür hinter Jan geschlossen hatte, konnte ich die Tränen nicht länger zurückhalten. Ich fühlte unendliche Traurigkeit, und obwohl draußen die Sonne schien, kam mir der Tag dunkel und kalt vor. Bautz, der spürte, dass mit mir etwas nicht stimmte, wich nicht von meiner Seite.

Am frühen Abend kam Sara vorbei. Sie brachte eine Flasche Rotwein mit. Als sie mein verheultes Gesicht sah, stellte sie die Flasche auf den Boden und schloss mich fest in die Arme.

»Es ist besser so«, wiederholte sie, was sie im Zug auf dem Rückweg von Düsseldorf zu mir gesagt hatte.

»Ich weiß«, antwortete ich, ebenfalls mit denselben Worten. »Aber ich bin trotzdem todunglücklich.«

»Dagegen helfen Freunde. Viele Freunde.«

Wie auf Kommando klingelte es an der Tür. »Ich hoffe, es war okay, dass ich sie eingeladen habe.«

Im nächsten Moment drängten sich die Frauen aus meinem Modekurs in den Flur und umringten mich. Sie waren alle gekommen: Biene, Ava, Amelie, Sophie, Greta, Irene ... sogar Johanna.

Die Rührung trieb mir erneut die Tränen in die Augen.

Sophie hielt ein Exemplar von *Highlander der Liebe* in die Höhe. »Ich dachte, wir könnten gemeinsam die Seiten rausreißen«, schlug sie vor.

Perplex sah ich zu Sara. Die hob die Arme. »Von mir wissen sie nicht, dass du in Jan verliebt bist.«

»Wir haben selber Augen im Kopf«, sagte Amelie.

»Genau«, bekräftigte Biene, und Greta und Irene nickten eifrig.

»War ja nicht zu übersehen, wie du ihn gestern vor dem *Haus Morgenröte* angehimmelt hast, nachdem deine Mutter dieses Drama veranstaltet hat«, fügte Johanna hinzu.

»Johanna«, sagte Ava streng.

»Wo finde ich den Korkenzieher?«, fragte Biene und hielt eine weitere Flasche Wein hoch.

Obwohl mir nicht danach zumute war, musste ich lächeln. »Ich hole einen.«

Am Dienstagmorgen erwachte ich mit Kater-Kopfschmerzen und der Gewissheit, dass man alles im Leben aushalten konnte, wenn man die richtigen Menschen um sich herum hatte. Der Gedanke gab mir Kraft und trug mich durch meine letzte Woche in Herzbach.

Ich ging viel spazieren, alleine oder mit Ava, traf mich mit Sara, besuchte meine Mutter im Stift, ging mit Biene Kaffee trinken oder schaute bei Amelie in der *Büchertruhe* vorbei. Am Donnerstag kehrten Ellie und Jonas aus Neuseeland zurück. Nicht nur braun gebrannt und mit jeder Menge Fotos im Gepäck, sondern auch frisch verlobt. Im nächsten Jahr sollte die Hochzeit stattfinden. Natürlich freute ich mich für sie, aber ich fühlte auch einen schmerzhaften Stich in der Herzgegend. Denn egal, wie sehr ich mich abzulenken versuchte, kehrten meine Gedanken doch immer wieder zu Jan zurück. Nachdem wir in den letzten Wochen so viel Zeit miteinander verbracht hatten, wirkte seine Abwesenheit wie ein kalter Entzug auf mich. Er war ständig in meinem Kopf. Ich fragte mich, was er gerade tat und ob er hin und wieder an mich dachte. Anders als versprochen hatte er nicht angerufen, bestimmt hatte er zu viel mit seiner bevorstehenden Verlobungsfeier zu tun, und auch ich widerstand der Versuchung, zum Handy zu greifen. Denn so sehr ich mich nach ihm sehnte: Dadurch würde es noch schwerer werden, über ihn hinwegzukommen.

30

Jan »Hast du deine Rede für Freitag vorbereitet?« Leonie sah mich über den Rand ihres Wasserglases an.

Es war Mittwochabend, und wir saßen in unserer Wohnung auf dem Sofa. Im Fernsehen lief ein Krimi, der so langweilig war, dass ich schon nach den ersten zehn Minuten aufgehört hatte, der Handlung zu folgen. Stattdessen hatte ich an Maria gedacht und daran, dass ich mich bisher nicht bei ihr gemeldet hatte. Ein Dutzend Mal war ich kurz davor gewesen, doch dann hatte ich mein Handy wieder beiseitegelegt. Ich wusste nicht, was ich ihr sagen sollte. Dass ich sie vermisste? Dass ich ständig an unsere gemeinsame Zeit denken musste? Klang das nicht irgendwie seltsam?

»Jan?«, hakte Leonie nach. »Hast du? Oder hast du nicht?«

Ich schaute sie an und spürte wieder die Gereiztheit in mir aufsteigen, die mich seit meiner Rückkehr aus Herzbach ständig zu begleiten schien. »Ich bin noch nicht dazu gekommen.«

Leonie runzelte die Stirn. »Unsere Verlobungsfeier ist dieses Wochenende, wenn ich dich daran erinnern darf.

Viel Zeit bleibt dir nicht mehr.« Geräuschvoll stellte sie das Wasserglas auf dem Sofatisch ab.

Ich sah zum Bildschirm, auf dem eine junge Polizistin soeben einen Zeugen verhörte. »Das weiß ich. Aber in der Firma geht es gerade drunter und drüber.«

In Gedanken bat ich mein Team um Entschuldigung. Im Unternehmen war alles in bester Ordnung. Unser Auftragsbuch war auf Monate im Voraus gefüllt, die laufenden Projekte waren alle im Plan, es gab keine nennenswerten Außenstände, und die Mitarbeiter waren bester Laune. Meine Stellvertreterin Paula hatte in meiner Abwesenheit einen hervorragenden Job gemacht. So gut, dass ich mir heute im Büro beinahe ein wenig überflüssig vorgekommen war.

Leonie stieß einen tiefen Seufzer aus. Ärger flammte in mir auf, und ich spannte den Kiefer an.

»Na los, sprich es aus. Was geht dir durch den Kopf?«

Sie wandte den Blick ab. »Nichts. Ist schon gut.«

»Du machst mich wahnsinnig«, entfuhr es mir. »Warum kannst du nicht einmal sagen, was Sache ist? Du bist sauer, weil ich meine Rede nicht fertig habe. Das ist es doch.«

Leonie verzog den Mund wie ein kleines Mädchen. »Ich habe dir doch gesagt, es ist alles in Ordnung.«

Ich kniff die Augen zusammen. »Du sagst häufiger Dinge, die nicht stimmen.«

Eine feine Röte breitete sich auf ihren Wangen aus. »Fängst du jetzt wieder damit an, dass ich an jenem Abend noch online war? Vertraust du mir nicht? Glaubst du etwa, ich hätte eine Affäre?« Sie atmete heftig. Ihre Stimme zitterte.

Ich schaute sie an, und mit einem Mal fiel aller Zorn

von mir ab. Stattdessen überkam mich eine bleierne Müdigkeit.

»Nein. Aber ich glaube, dass wir verlernt haben, miteinander zu sprechen.«

Leonie blickte auf ihre Hände, dann stand sie auf. »Ich gehe jetzt schlafen. Gute Nacht.«

~

Liebe Familie, liebe Freunde, Leonie und ich freuen uns, dass ihr alle gekommen seid, um heute mit uns unsere Verlobung zu feiern …

Ihr Lieben, danke, dass ihr dieses Fest mit uns gemeinsam begeht …

Es bedeutet uns viel, dass ihr heute hier seid, denn eine Verlobung ist ein ganz besonderes Ereignis …

Mit einem frustrierten Laut zerknitterte ich das Blatt Papier und warf es zu den anderen in den Mülleimer neben meinem Schreibtisch. Ich sah auf die Uhr, die in dem Regal mit den Aktenordnern stand. Es war schon nach sieben, und ich saß immer noch im Büro und grübelte über meiner Rede für morgen Abend. Die Worte wollten einfach nicht kommen. In der Hoffnung auf Inspiration sah ich aus dem Fenster, das auf den Hof hinauszeigte. Der Himmel war verhangen, und es nieselte leicht. Wie wohl das Wetter in Herzbach war? Ob Maria einen Schirm brauchte, wenn sie mit Bautz spazieren ging? Maria … hoffentlich dachte sie nicht, dass ich sie vergessen hatte. Ich verstand ja selbst nicht, warum es mir so schwerfiel, zum Handy zu greifen. Andererseits hätte sie sich ebenfalls bei mir melden können. Warum schickte sie mir keine Nachricht oder rief mich an? Dachte sie nicht mehr an mich? Bei dem Gedanken verkrampfte sich mein Magen.

Schluss jetzt, schalt ich mich selbst, konzentrier dich. Ich nahm das nächste Blatt vom Stapel und begann zu schreiben.

Als Leonie mich fragte, ob ich sie heiraten möchte, da fühlte ich mich …

… wie gelähmt. Ich ließ den Kugelschreiber los, als hätte ich mich daran verbrannt. Er rollte ein Stück über die Tischplatte und blieb dann liegen. Mein Herz begann zu rasen und schlug hart gegen meine Rippen. Leonie hatte vorgeschlagen zu heiraten, und anstatt Freude und Glück zu empfinden, war ich erstarrt. Mir war sogar ein wenig übel geworden. Mein Körper hatte die Situation schon damals richtig erfasst und mir Signale gesandt. Doch ich hatte sie ignoriert. Ich stöhnte auf. Wie lange wollte ich mir eigentlich noch etwas vormachen? Ich liebte Leonie nicht. Schon lange nicht mehr. Genauso wenig wie sie mich, das wurde mir jetzt bewusst. Die riesige Verlobungsfeier, die sie in den letzten Monaten so verbissen geplant hatte, war nichts anderes als ihr verzweifelter Versuch, sich selbst und die Welt glauben zu machen, dass mit uns alles in Ordnung war. Denn Scheitern war für Leonie gleichbedeutend mit Versagen, und das kam für sie nicht infrage. Selbst wenn es bedeutete, diese Hochzeit durchzuziehen und sich damit die Chance auf Liebe und ein glückliches Leben zu verbauen. Doch ich würde dabei nicht länger mitmachen. Für *mein* Leben wollte ich etwas anderes. Ich wollte eine Frau, mit der ich lachen konnte, bis mir die Tränen über das Gesicht liefen, die mich zum Staunen brachte, mit der ich albern sein konnte und wieder ernst, die meine Gedanken füllte, mit der ich stundenlang redete, ohne zu merken, wie die Zeit verflog. Eine Frau, deren Kummer ich, wenn sie traurig war, so stark empfand, als sei es mein eigener …

Ich sprang so heftig auf, dass mein Stuhl umfiel und mit einem lauten Krach zu Boden fiel. Dann stürzte ich aus dem Büro.

31

Maria Am Freitagabend waren Ellie, Jonas und ich bei Sara und Alexander zum Abendessen eingeladen. Zur Begrüßung gab es einen Aperitif auf der Terrasse. Es war ein schöner Abend. Die Temperatur war angenehm mild, und es wehte nicht das geringste Lüftchen.

»Zeig mal«, bat Sara mit Blick auf Ellies Verlobungsring.

Ellie streckte die Hand aus, und verträumt betrachtete Sara den funkelnden Stein. Ich sah zu Alexander, der seine Freundin mit einem weichen Lächeln beobachtete, und malte mir ihren Gesichtsausdruck aus, wenn er sie in den Garten führte und vor ihr auf die Knie ging.

»Möchtest du noch was trinken?«, holte mich Alexanders Stimme aus meinen Gedanken. Ich nickte und hielt ihm mein Glas hin. »Ich muss eine neue Flasche aufmachen«, meinte er. »Kommst du mit?«

In der Küche nahm er einen Champagner aus dem Kühlschrank, und ich sah ihm zu, wie er ihn mit geübten Handbewegungen entkorkte.

»Ich wollte kurz mit dir allein sprechen«, bekannte er. Seine Augen funkelten. »Ich habe für Sara und mich in

Herzbach ein Haus gekauft und möchte ihr morgen dort im Garten einen Heiratsantrag machen.« Er stellte die Flasche in den Kühler.

»Das ist ja wunderbar«, stammelte ich in dem Bemühen, überrascht zu wirken.

Alexander erschien im ersten Moment irritiert, fasste sich aber schnell wieder. »Ähm, ja. Ich freue mich, dass du das so siehst.« Er lächelte. »Mein Plan sieht wie folgt aus: Nachdem sie Ja gesagt hat«, sein Lächeln vertiefte sich, »möchte ich die Verlobung mit all unseren Freunden im Dorf feiern. Ich bin mir sicher, dass Sara sich das genauso wünschen würde. Hilfst du mir, die Herzbacher in den Garten zu locken, ohne dass meine Freundin etwas davon mitbekommt?«

»Was darf Sara nicht mitbekommen?«, erkundigte sich Ellie, die unbemerkt in die Küche getreten war. »Ich wollte sehen, wo ihr bleibt«, erklärte sie. »Oder besser gesagt: der Champagner.« Erwartungsvoll blickte sie von Alexander zu mir.

Alexander weihte sie in seine Pläne ein.

»Oh, wie romantisch!«, rief sie. »Das wird großartig! Und das Wetter soll morgen auch traumhaft werden!« Ellies Wangen färbten sich rosa, ihre Augen blitzten vor Begeisterung.

»Was ist mit Essen, Getränken und Musik?«, fragte sie.

Alexander grinste. »Ihr müsst nur dafür sorgen, dass die Gäste um halb acht dort sind. Um den Rest kümmere ich mich.«

Am Samstagmorgen nach dem Frühstück machten Ellie und ich uns auf der Terrasse daran, die Telefonnummern der Gäste zusammenzutragen. Ich war froh, etwas zu tun zu haben, so musste ich nicht ständig an *Jans* Verlobungsfeier denken, die gestern begonnen hatte und heute Abend auf der Party mit zweihundert Gästen ihren Höhepunkt erreichen würde. Allein die Vorstellung führte dazu, dass sich alles in mir zusammenzog und ich das Gefühl hatte, keine Luft mehr zu bekommen.

Ellie sah von ihrem Smartphone auf. »Jetzt fehlt nur noch Ava. Sie ist tatsächlich die Einzige, die kein Handy besitzt. Ich rufe sie nachher auf dem Festnetz an und erzähle ihr alles. Aber zuerst richten wir noch die WhatsApp-Gruppe ein. Wie sollen wir sie nennen? Und was schreiben wir? Wir dürfen ja nicht zu früh verraten, worum es geht. Sonst verplappert sich nachher noch einer.«

Eine Weile diskutierten wir hin und her. Schließlich einigten wir uns darauf, die Herzbacher zunächst zu Ellie und Jonas einzuladen. Hier würden wir sie aufklären und dann gemeinsam mit ihnen zum Fest gehen.

»Meinst du, es kommen viele?«, fragte ich. »Unsere Einladung ist ziemlich kurzfristig. Und sehr nebulös formuliert.«

Ellie lächelte. »Sie werden kommen. Gerade deswegen. Verlass dich darauf.«

Die Ersten, die um kurz vor sieben klingelten, waren Biene und ihr Ehemann Siggi.

»Wie findet ihr mich?«, rief die Friseurin und drehte sich im Wohnzimmer um die eigene Achse, damit wir sie von allen Seiten bewundern konnten. Biene trug die Kombination aus Rock und Oberteil, die sie in Düsseldorf für den Geburtstag ihrer Nichte gekauft hatte.

»Du siehst super aus!«, sagte ich ehrlich.

»Absolut«, fand auch Ellie.

Biene strahlte vor Freude. »Danke schön. Ihr habt ja geschrieben, wir sollen uns schick machen.«

»Mehr habt ihr aber auch nicht verraten«, ließ sich Johanna vernehmen, die soeben hinter Jonas den Raum betreten hatte. Ihr folgten zwei Frauen um die sechzig, die sich als ihre Schwestern Barbara und Marion vorstellten.

»Gleich. Wenn alle da sind«, meinte Ellie geheimnisvoll.

Der Raum füllte sich rasch. Bald war *Der kleine Chor der großen Herzen,* in dem Sara sang, vollständig versammelt, ebenso wie ihre Yogagruppe und der Modekurs, wobei die Personen teilweise dieselben waren. Hinzu kamen Saras Eltern, Sophies Bruder Jascha, der mit seiner Freundin Nadine und seinem Vater erschien, Pfarrer Bertelsbeck, Amelies Großvater Sebastian und weitere Bewohner des Dorfes. Manche kannte ich vom Sehen, anderen war ich noch nie begegnet.

Um zehn nach sieben raunte Ellie mir zu: »Es sind alle da. Wir können anfangen.« Sie erhob die Stimme. »Darf ich um eure Aufmerksamkeit bitten!«

Die Gespräche und das Gemurmel verstummten. Alle Blicke richteten sich nun auf Ellie. Sie strahlte wie ein Honigkuchenpferd. »Also: Erst einmal herzlich willkommen. Schön, dass ihr gekommen seid!«

»Komm zum Punkt«, meinte Johanna.

»Zu Befehl«, schmunzelte Ellie und fuhr fort: »In diesem Moment ist Alexander Hoven dabei, Sara einen Heiratsantrag zu machen.« Ein begeistertes Raunen ging durch die Menge. Es war schön zu sehen, wie sich die Herzbacher für das Paar freuten. »Vorausgesetzt, Sara sagt Ja«, meinte Ellie augenzwinkernd, »möchte Alexander sie mit einer Party überraschen. Mit allen Menschen, die ihr wichtig sind. Also mit uns.«

»Hört, hört«, rief jemand. Die Anwesenden lachten.

Ellie hob eine Hand, um die Aufmerksamkeit wieder auf sich zu lenken. »Die Feier findet im Haus an der alten Mühle statt. Ihr wisst, welches ich meine. Alexander hat es als Überraschung für Sara und sich gekauft.«

»Ach was!«, rief Biene. »Darauf wäre ich im Leben nicht gekommen. Na, dann los, worauf warten wir noch? Wir feiern schließlich heute Verlobung.«

Kichernd und schnatternd setzte sich die Gruppe in Bewegung. Unterwegs bekamen wir noch Zuwachs. Herzbacher, die hörten, was wir vorhatten, schlossen sich uns kurzerhand an. Ich war mir sicher, dass weder Alexander noch Sara etwas dagegen hatten. Sie waren großzügige Menschen, die ihr Glück nur zu gerne mit anderen teilten. Irene, Bautz und ich bildeten das Schlusslicht.

»Was, wenn Alexander Sara vor dem Altar stehen lässt?«, murmelte die kleine Frau. »Oder Sara verschwindet und Alexander mit gebrochenem Herzen zurücklässt?«

Ich hakte mich bei Irene unter. »Das wird nicht passieren.« Ich sah sie an. »Sprich mir nach: Das wird nicht passieren.«

Irene wiederholte: »Das wird nicht passieren.« Sie stockte. »Und wenn doch?«

Hermann, der mit Ava vor uns lief, begleitet von Labrador Max und Basset Gustav, wandte den Kopf. »Heute ist ein Tag der Freude, Irenchen. Wir feiern zusammen und haben Spaß. Mehr nicht.«

Schließlich erreichten wir das Fachwerkhaus an der alten Mühle. Aufregung stieg in mir hoch. Ob alles so abgelaufen war, wie Alexander sich das vorgestellt hatte? Wie hatte Sara reagiert? War sie ihm um den Hals gefallen oder gar in Tränen ausgebrochen?

Wie auf ein geheimes Stichwort hin öffnete sich die Haustür und Alexander trat heraus. Das Glück stand ihm sprichwörtlich ins Gesicht geschrieben.

»Da seid ihr ja!«, rief er.

»Hat sie Ja gesagt?«, platzte es aus Sophie heraus.

Alexanders Lächeln wurde noch breiter. »Das hat sie.«

Die Herzbacher jubelten.

Alexander legte einen Finger auf die Lippen. »Kommt rein«, meinte er. »Aber leise. Sara ist im Garten. Sie ahnt nichts.«

Auf Zehenspitzen schlichen wir durchs Haus. Biene und Siggi gingen vorneweg. An der geöffneten Terrassentür blieben sie wie angewurzelt stehen, sodass die Nachfolgenden beinahe in sie hineingelaufen wären.

»Wahnsinn!«, stieß Biene hervor.

Ich erinnerte mich an meine Reaktion, als ich den Garten zum ersten Mal gesehen hatte, und konnte gut nachempfinden, was in ihr vorging. Kurz spürte ich einen Stich, als ich daran dachte, wie Jan damals meine Hand genommen hatte. Aber den Gedanken wischte ich schnell beiseite. Er war in München, feierte seine Verlobung, und dieser Abend, hier und jetzt, sollte nur Sara und Alexander gehören.

Mit andächtiger Miene trat Biene auf die Terrasse. Wir anderen folgten ihr. Staunend sahen sich die Herzbacher um. Registrierten die blühenden Stauden und wogenden Gräser, den leuchtenden Lavendel. Ich dagegen hatte nur Augen für Sara. Sie stand mit dem Rücken zu uns auf dem Steg. Die Abendsonne tauchte ihre schlanke Gestalt in ein Licht aus Gold und Orange und brachte ihr Haar zum Glühen. Sie kam mir vor wie eine Erscheinung, wie ein Wesen aus einer Zauberwelt. In diesem Moment drehte sich Sara um. Auf ihrem Gesicht lag ein Ausdruck, den ich noch nie zuvor an ihr gesehen hatte. Ein so berauschendes Glück, eine solch allumfassende Zufriedenheit, dass ich am ganzen Körper erschauderte. Wie musste es sein, sich *so* zu fühlen? Unsere Blicke trafen sich, und ich meinte zu erkennen, wie ihre Augen sich vor Überraschung weiteten. Alexander eilte auf sie zu, legte einen Arm um sie und flüsterte ihr etwas ins Ohr. Sara strahlte über das ganze Gesicht, schlang die Arme um Alexanders Nacken und küsste ihn. Dann rannte sie auf mich zu und umarmte mich stürmisch, bevor sie Ellie um den Hals fiel.

»Wie schön, dass ihr da seid«, rief sie und lachte.

»Ich freue mich so für dich«, erwiderte Ellie und wischte sich eine Träne aus den Augenwinkeln.

»Du siehst wunschlos glücklich aus«, meinte ich.

»Das bin ich auch«, antwortete Sara. »Das bin ich.«

Als Nächstes trat Sophie auf Sara zu und nahm die Freundin jauchzend in die Arme. Immer mehr Herzbacher strömten herbei, um den frisch Verlobten zu gratulieren, und Ellie und ich machten ihnen Platz. Ein junger Mann mit einer schwarzen Schürze um die Taille bot uns Champagner an. Wir nahmen zwei Gläser von dem Tablett und stießen miteinander an. Alexander hatte an alles gedacht. Auf der Terrasse wurde in Windeseile ein Büfett aufgebaut, eine dreiköpfige Band packte ihre Instrumente aus, und innerhalb von Minuten war die herrlichste Gartenparty im Gang.

Als die Sonne hinter den Wipfeln der Bäume unterging, glommen im Garten unzählige Lichter auf, die die Feiernden in einen sanften Schimmer tauchten. Überall standen kleine Grüppchen beieinander, aßen und tranken, unterhielten sich und lachten.

Jonas trat zu uns.

»Hast du etwas dagegen, wenn ich dir Ellie kurz entführe?«, fragte er und zog sie in Richtung Band, wo einige Gäste bereits zu tanzen begonnen hatten.

Ich blieb alleine zurück. Wieder musste ich an Jan denken, und mein Herz wurde schwer vor Sehnsucht und Traurigkeit.

»Darf ich bitten?«

Ich wandte mich um und blickte in Hermanns lächelndes Gesicht. Ich nahm den Arm, den er mir anbot, und gemeinsam gingen wir zur Tanzfläche. Der ehemalige Kapitän erwies sich als guter Tänzer.

»Solltest du nicht lieber Irene auffordern?«, erkundigte ich mich, während wir uns im Takt der Musik bewegten.

»Das habe ich«, bekannte Hermann. »Sie wollte nicht. Sie hat gemeint, sie würde mir nur auf die Füße treten, und dann müsste sich der arme Dr. Kreutzer um mich kümmern.«

Amüsiert sah ich zu Irene, die sich am Rand der Tanzfläche angeregt mit Ava unterhielt. Auch wenn eine solche Bemerkung typisch für sie war, hatte ich doch den Eindruck, dass sie sich verändert hatte im Vergleich zu letztem Jahr, als ich sie kennengelernt hatte. Sie wirkte freier, gelöster. Ich musste an die Szene in der Boutique in Düsseldorf denken, als Johanna sie geärgert hatte. Nachdem sich Irene von ihrem Schrecken erholt hatte, hatte sie sogar geschmunzelt … Bei der Erinnerung breitete sich ein warmes Gefühl in meinem Inneren aus. Ja,

Irene ging es besser, davon war ich überzeugt. Und wer weiß, dachte ich und musterte Hermanns sympathisches Gesicht, vielleicht gab es für die beiden doch noch ein Happy End. Ich blickte über seine Schulter zu Irene und Ava und bemerkte, wie sich ihnen ein Mann im dunklen Anzug näherte, den ich noch nie zuvor gesehen hatte. Er war um die siebzig, sehr schlank, und besaß volles, graues Haar. Sein Gang hatte etwas Zögerndes.

»Weißt du, wer das ist?«, fragte ich Hermann. »Der Mann dort drüben bei Irene?«

Der ehemalige Kapitän drehte den Kopf. »Nein, keine Ahnung«, brummte er.

In diesem Moment beobachtete ich, wie Irene den Kopf hob und dem Mann direkt ins Gesicht blickte. Sie wurde kreidebleich, schlug sich eine Hand vor den Mund und taumelte ein paar Schritte nach hinten. Wenn Ava sie nicht aufgefangen hätte, wäre sie gestürzt.

Hermann hörte auf zu tanzen. »Was zum Teufel …?«, murmelte er und hastete auf Irene zu. Ich lief ihm hinterher.

»Irene!«, rief Hermann.

Sie zitterte am ganzen Körper.

»Was ist mit dir?«, fragte Hermann und legte einen Arm um sie. Dann wandte er sich an den Mann. »Wer sind Sie?«, verlangte er zu wissen. »Was haben Sie mit ihr gemacht?«

Ava atmete tief durch. »Das ist Hans«, sagte sie.

32

Maria »Hans?« Ich konnte es nicht fassen. Der Hans, mit dem Irene damals verlobt gewesen war? Der in der Nacht vor der Hochzeit verschwunden war und von dem danach niemand mehr etwas gehört hatte? Der Mann, der dafür verantwortlich war, dass Irene danach in Melancholie versunken war? Dass sie ihrem eigenen Schatten misstraute und in jeder Situation mit dem Schlimmsten rechnete? Hermann mussten ähnliche Gedanken durch den Kopf gegangen sein. Sprachlos und wütend starrte er den Mann an.

»Ja«, antwortete Ava schlicht.

»Du lebst«, flüsterte Irene. Ihre Stimme bebte, und ihre Haut war so blass, dass sie beinahe durchscheinend wirkte.

Hans fuhr sich über das Gesicht. Seine Schultern sackten herab. »Es tut mir so unendlich leid, Irene. Ich dachte wirklich, es sei besser so.«

»Ich schlage vor, wir suchen euch einen Ort, der ruhiger ist«, meinte Ava. »Damit ihr euch ungestört unterhalten könnt.« Sie sah von Hermann zu mir. »Wartet bitte hier auf mich. Ich bin gleich zurück.«

Wir sahen Ava hinterher, wie sie Irene und Hans um das fröhliche Treiben herum ins Haus führte. Sie hatte Irene untergehakt, die sich kaum auf den Beinen halten konnte. Hans folgte den Frauen mit gesenktem Blick.

Hermann stieß geräuschvoll die Luft aus, sagte aber kein Wort. Ich fühlte mich genauso überfordert mit der Situation, und so standen wir schweigend nebeneinander.

Nach fünf Minuten kehrte Ava zu uns zurück. Sie wirkte sichtlich bewegt.

»Also?«, stieß Hermann hervor. »Wo hat er all die Jahre gesteckt?« Sein Tonfall war voller Zorn. Plötzlich schien ihm ein Gedanke zu kommen. »Du hast es gewusst, oder? Deine Reise letztes Jahr ... Du hast Hans gesucht.«

Ava schlang sich die Arme um den Oberkörper, als sei ihr plötzlich kalt. »Ja«, sagte sie. »Und am Ende habe ich ihn gefunden. Auf einem Bauernhof in Sizilien. Aber er war noch nicht dazu bereit, Irene die Wahrheit zu sagen.«

Sie sah zum Fluss und hing für einen Moment ihren Gedanken nach, dann wandte sie ihre Aufmerksamkeit wieder uns zu und begann zu erzählen: Im letzten Frühling hatte sie für Irene etwas vom Dachboden holen sollen und dort ein altes Foto gefunden, das ein Grüppchen Kinder vor dem großen Apfelbaum im Garten von Irenes Familie zeigte.

»Das Mädchen war Irene, der Junge Hans, aber da war noch ein drittes Kind. Ein hoch aufgeschossener Junge mit Sommersprossen im Gesicht. Friedrich.« Friedrich und Hans waren beste Freunde gewesen. Bis seine Familie in die Schweiz zog, als er zwölf war. Ava hatte nie wieder an den Jungen gedacht, bis sie auf das Foto gestoßen war. »Plötzlich erinnerte ich mich wieder, wie eng

Hans und Friedrich gewesen waren. Hans war Einzelkind, seine Eltern früh gestorben, er wuchs bei seiner Großmutter auf, einer strengen, erzkatholischen Frau. Wann immer es ihm möglich war, flüchtete er zu Friedrich.« Ein nachdenklicher Ausdruck trat in Avas Augen. »Ich dachte, wenn Hans noch lebt und er irgendjemanden ins Vertrauen gezogen hat, dann ihn. Irene ging es so schlecht, ich musste es versuchen. Ich begann zu recherchieren und fand heraus, dass Friedrich am Zürichsee lebte. Drei Tage später machte ich mich auf den Weg.« Ihrer Großnichte Ellie, die für ihr Sabbatical nach Herzbach gekommen war, hinterließ sie eine Postkarte auf dem Küchentisch … mit einem Mal fügten sich die Puzzleteile zusammen.

Ich schluckte. »Wie ging es weiter?«, fragte ich leise. »Du warst monatelang fort.«

»Ja«, erwiderte Ava. »Friedrich gab zu, dass er Hans getroffen hatte. Nach dessen Verschwinden!« Sie atmete tief durch. »Ein Lebenszeichen nach all der Zeit, ihr könnt euch nicht vorstellen, was das für ein Gefühl war. Doch die Ernüchterung kam schnell. Denn der Kontakt war beinahe vierzig Jahre her. Die beiden waren im Streit auseinandergegangen und hatten danach nie wieder ein Wort miteinander gewechselt. Friedrich wollte mir nicht erzählen, worum es bei der Auseinandersetzung gegangen war, doch er hatte einen Brief von Hans mit einer Adresse in Süddeutschland. Also reiste ich dorthin.«

Ava erzählte uns, wie sie sich auf eine Schnitzeljagd begeben hatte, ein Hinweis führte zum anderen, bis sie Hans schließlich in Italien fand.

»Wieso Italien?«, fragte Hermann matt. »Die Sprache muss doch fremd für ihn gewesen sein.«

Ava schaute ihn an. »Wegen der Liebe.«

»Also ist er heute mit einer Italienerin zusammen.«

»Mit einem Italiener.«

Hermann starrte sie an. Er öffnete den Mund und schloss ihn wieder. Dann schüttelte er den Kopf.

Ich fasste mich schneller. »Deshalb!«

Ava nickte. »Ja. Als Hans kurz vor der Hochzeit mit Irene begriff, dass er sich in Wahrheit zu Männern hingezogen fühlt, war er verzweifelt, er wusste nicht mehr ein noch aus. Es war eine andere Zeit. Aufgewachsen bei seiner bigotten Großmutter – einer fürchterlichen Frau – und mit der Schwester des Dorfpfarrers verlobt … Hans sah nur einen Ausweg. Er musste verschwinden. Für immer. Er dachte wirklich, die Lösung sei für Irene am besten. Sie sollte nie erfahren, dass der Mann, den sie heiraten wollte, homosexuell war. Er glaubte, die Schande, das nie endende Gerede würde ihr Leben zerstören …«

Ich fasste mir an die Stirn. »Dabei hat er genau dadurch, dass er sie im Unklaren gelassen hat, ihr Leben zerstört. Welch grausame Ironie.«

»Ja«, pflichtete Hermann grimmig bei. »Irene hatte keine Ahnung, was passiert war. Ob Hans einen Unfall hatte oder einem Verbrechen zum Opfer gefallen war. Ob es an ihr lag. Ob er weggelaufen war, weil die Vorstellung, sie zu heiraten, unerträglich für ihn war. Sie ist jedes Szenario durchgegangen. Immer und immer wieder. Jahrzehntelang. Ohne je eine Antwort zu erhalten.« Hermann verstummte. In seinen Augen schimmerten Tränen.

Nach einer kurzen Pause sagte Ava: »Als ich Hans endlich gefunden hatte, bat ich ihn, mit mir nach Herzbach zu fahren, um mit Irene zu reden und ihr alles zu erklären. Er wollte nicht. Ich schilderte ihm, was sein Verschwinden bei Irene ausgelöst hatte, und er antwortete: ›Genau deshalb nicht. Ich habe alles falsch gemacht. Ich schäme mich entsetzlich.‹ Wochenlang blieb ich in dem Ort, in dem er mit seinem Mann lebte, versuchte ihn immer wieder zu überzeugen, mit mir zurückzukehren, doch vergeblich. Er war noch nicht so weit. Aber er schwor mir zu kommen, sobald er den Mut gefasst hatte. Er nahm mir das Versprechen ab, Irene nichts zu sagen. Er wollte es selbst tun. ›Das bin ich ihr schuldig‹, hat er gesagt.«

»Warum heute?«, murmelte ich.

Ava hob die Schultern. »Ich wusste nicht, dass er kommt.« Sie lächelte schief und wies auf die Menge der feiernden Gäste. »Glaubt mir, ich hätte ihm einen anderen Tag vorgeschlagen.«

Ich wollte etwas erwidern, überlegte es mir dann aber anders. Am Ende spielte es keine Rolle, was *ich* über die Geschehnisse dachte. Wichtig war nur, was Irene dazu zu sagen hatte.

Ich holte tief Luft. »Ich weiß nicht, wie es euch geht, aber ich könnte jetzt etwas zu trinken vertragen.« Ich sah mich nach einem Kellner um.

»Geht nur«, meinte Hermann. »Ich bleibe noch eine Weile hier.« Es war offenkundig, dass er Zeit für sich brauchte, also ließen Ava und ich ihn allein.

Mitternacht war längst vorbei. Die meisten Gäste waren bereits gegangen, doch die Luft war noch immer mild, der Garten in sanftes Licht getaucht. Entlang des Stegs, der zum Wasser führte, brannten Fackeln. Die Band spielte leise Musik. Was für ein Abend, dachte ich. Ich saß mit Ellie, Jonas, Ava, Sara und Alexander auf der Terrasse. Unter dem Tisch lagen Bautz, Max und Gustav. Sie hatten sich aneinandergekuschelt und schliefen. Hermann stand alleine auf dem hell erleuchteten Steg, den Kopf in den Nacken gelegt, und betrachtete die Sterne. Ich überlegte, ob ich ihm Gesellschaft leisten sollte, als plötzlich Irene an seiner Seite erschien. Ich hielt den Atem an. Seitdem sie mit Hans fortgegangen war, hatte ich sie nicht mehr gesehen. Ein paar Sekunden lang passierte nichts, dann legte Hermann einen Arm um Irene, und sie schmiegte ihren Kopf an seine Schulter. Unendliche Erleichterung überkam mich. Ein Teil von mir hatte befürchtet, dass sich Irene nach dem Gespräch mit Hans wieder in ihr Schneckenhaus zurückzog, doch offensichtlich hatte ich mir umsonst Sorgen gemacht. Ohne meinen Blick abzuwenden, wandte ich mich an Ava.

»Wer sind denn nun eigentlich die Freunde von dir, die demnächst heiraten? Für die du dir in Düsseldorf die neuen Sachen gekauft hast?«

Ava schaute zu Irene und Hermann, die nun gemeinsam den funkelnden Sternenhimmel betrachteten. »Wer kann das schon sagen?«, meinte sie schmunzelnd.

Ich lächelte. Wie es aussah, fügte sich für Irene nach all den Jahren nun doch noch alles zum Guten. Die Liebe kam reichlich spät zu ihr, aber das war immer noch besser, als ganz darauf zu verzichten. Ich sah Jan vor mir und dachte daran, wie glücklich er mich gemacht hatte. In seiner Gegenwart fühlte ich mich lebendig. Ich empfand Dinge, die ich niemals für möglich gehalten hätte. Auf einmal kam mir meine Entschlossenheit, ihm nichts von meinen Gefühlen zu sagen, dumm vor. Auch wenn er mich zurückwies, ich musste es wenigstens versuchen.

Natürlich lief ich dadurch Gefahr, verletzt zu werden, aber dann hatte ich wenigstens Klarheit, anstatt mich bis zum Ende meines Lebens mit der Frage zu quälen: *Was wäre, wenn?*

Sara, die Avas und meiner Unterhaltung gelauscht hatte, drehte den Kopf zum Steg. Ein Ausdruck der Verwunderung glitt über ihr Gesicht. »Hermann und Irene?«, fragte sie. »Aber …«

Alexander zog sie an sich und küsste sie zärtlich aufs Haar. »Die Liebe kennt kein Aber«, sagte er.

33

Maria Mein letzter Tag in Herzbach. Nach einem ausgiebigen Frühstück mit Ellie und Jonas begann ich mich von all meinen Freunden, den alten und den neuen, zu verabschieden. Sie waren müde, aber fröhlich. Wir alle hatten eine denkwürdige Nacht hinter uns. Als ich bei Irene klingelte, erzählte sie mir, dass Hans noch ein paar Tage in Herzbach bleiben würde. Sie waren heute zu einem Spaziergang verabredet. Die Wahrheit zu kennen machte Irene nicht über Nacht zu einem anderen Menschen, doch sie ließ sie Ruhe finden. Das las ich in ihren Augen, und ich war froh, dass Hans die Gelegenheit, die Ava ihm verschafft hatte, am Ende doch noch ergriffen hatte. Besser spät als nie …

Auf dem Weg zurück zu Ellies und Jonas' Haus sah ich das Bild vor mir, wie Irene ihren Kopf an Hermanns Schulter schmiegte. Die Liebe kennt kein Aber, hatte Alexander gesagt, und ich hatte vor, ab sofort danach zu leben. Noch in der Nacht hatte ich die Entscheidung getroffen, nächstes Wochenende zu Jan nach München zu fahren. Ich würde ihm sagen, dass ich ihn liebte. Und wenn er mich nicht wollte, dann hatte ich es immerhin versucht. Aber …, hörte ich die alte Maria sagen. Kein Aber! Die Liebe kennt kein Aber.

Anschließend machte ich mich ans Packen. Während ich meine Kleidung von den Bügeln nahm, dachte ich daran, wie viel sich verändert hatte, seitdem ich sie vor vier Wochen hier aufgehängt hatte. Ich fühlte mich anders, reifer irgendwie. Geerdeter. Nicht mehr so schnell aus der Fassung zu bringen. Jans Worte kamen mir in den Sinn.

Jedes Mal, wenn du jemanden anfährst, richtet sich deine Wut in Wahrheit gegen deine Mutter. Weil du sie nämlich nicht anschreien kannst.

Mit der Beobachtung hatte er recht. Die Wut in mir, die immer wieder hochkam und mich letztendlich nach Herzbach geführt hatte, war nicht mit einem ausgedehnten Urlaub kleinzukriegen. Ich musste tiefer gehen. An die Wurzel. Ich wollte lernen, meiner Mutter zu vergeben. Der Tag, an dem sie verschwunden war, hatte mir gezeigt, dass ich ihr gegenüber doch mehr spürte als reines Pflichtgefühl. Das erschien mir eine gute Basis, um zu verzeihen. Schon um meinetwillen. Was ich in der Vergangenheit erlebt hatte, sollte nicht länger meine Gegenwart beeinträchtigten. Ich sehnte mich danach, dauerhaft die Zufriedenheit und Ausgeglichenheit zu empfinden, die ich in den letzten Wochen erlebt hatte. Und ich habe es nicht nötig, so zu tun, als hätte ich an irgendeinem Konfliktbewältigungskurs teilgenommen, sagte ich mir, als ich den Koffer schloss. Ich wollte die Sache richtig angehen und eine Gesprächstherapie beginnen.

Und noch etwas anderes war mir klar geworden: Ich wollte das Thema Modeberatung unbedingt weiterverfolgen. Mein Konzept hatte den Teilnehmerinnen gefallen. Und ich selbst hatte dabei eine Begeisterung gespürt, die ich aus meiner Arbeit in der Bank nicht kannte. Noch hatte ich keinen konkreten Plan, wie ich mein Vorhaben umsetzen wollte, aber den brauchte ich auch nicht. Für den Anfang reichte es, dass ich den Entschluss gefasst hatte.

Ellie und Jonas halfen mir, mein Gepäck im Wagen zu verstauen. Nachdem wir uns voneinander verabschiedet hatten, ging ich zum Garten, um auch ihm Lebewohl zu sagen. Schließlich hatte ich hier in den vergangenen Wochen so viele wundervolle Stunden erlebt.

Mit dem Schlüssel, den Sara mir gegeben hatte, öffnete ich die Haustür. Wehmütig sah ich mich im Erdgeschoss um. Das nächste Mal, wenn ich nach Herzbach kam, würde es hier vollkommen anders aussehen. Meine Freundin wollte so schnell wie möglich mit der Renovierung beginnen, damit sie und Alexander einziehen konnten. Ich freute mich für sie, an ihrer Stelle würde ich es genauso machen.

Im Garten war es friedlich und still, nichts deutete mehr auf das gestrige Fest hin. Alexanders Leute hatten ganze Arbeit geleistet. Langsam schritt ich über den Rasen. Der Lavendel leuchtete in all seiner Pracht, und ich sog seinen süßen Duft tief in meine Lungen. Mit Bautz an meiner Seite betrat ich den hölzernen Steg. Die Sonne schien auf den Fluss und brachte ihn zum Glitzern.

Ich setzte mich hin, zog die Sandalen aus und tauchte meine Füße in die Stever. »Verdammt, ist das kalt!«, rief ich erschrocken und sprang auf.

»Vielleicht doch eher Mimose als Gladiole«, hörte ich eine belustigte Stimme hinter mir sagen.

Ich wirbelte herum. Vor mir stand Jan und lächelte

mich an. Er wirkte übernächtigt. Seine Haare waren zerstrubbelt und sein zerknittertes T-Shirt sah aus, als habe er darin geschlafen, aber seine blauen Augen strahlten. Mein Herz blieb stehen.

»Was machst du hier?«, brachte ich hervor.

»Ich wollte dich sehen«, sagte er und stockte. Er fuhr sich über seinen Bart. »Ich war so ein Idiot. Ich hatte es die ganze Zeit direkt vor mir und habe es nicht kapiert.«

Ich wagte kaum zu atmen. »Was hast du nicht kapiert?«

Er sah mir in die Augen. Sein Blick jagte Schauer durch meinen ganzen Körper.

»Dass ich dich liebe.« Er biss sich auf die Unterlippe. »Ich liebe dich, Maria. Ich glaube, von der ersten Sekunde an.«

Mir wurde schwindelig. »Was ist mit Leonie?«, hörte ich mich sagen.

»Wir haben uns vor drei Tagen getrennt. Es gibt nur eine Frau, mit der ich mein Leben verbringen möchte. Und das bist du.«

Er sah mich mit einem Ausdruck nervöser Erwartung an, und mir wurde bewusst, dass er auf eine Antwort wartete. Ich spürte, wie ein strahlendes Lächeln mein Gesicht erhellte.

»Vor drei Tagen? Und da kommst du erst jetzt?«

Jan grinste. »Es gab da noch ein paar organisatorische Dinge zu regeln. Eine Verlobungsfeier absagen zum Beispiel. Aber danach bin ich direkt losgefahren. Ich habe mich nicht mal mehr umgezogen.«

Ich legte eine Hand auf seine Brust. »Du hast Glück, dass mir Aussehen nicht so wichtig ist.«

Jan lachte leise. »Komm her«, sagte er und zog mich in seine Arme.

Ich sah ihn an. »Ich liebe dich«, flüsterte ich.

Unsere Lippen trafen sich, und dann küssten wir uns, bis die Sterne vom Himmel fielen und als funkelnde Herzchen auf uns niederregneten.

Epilog

Ein Jahr später

Maria »Beeil dich. Wir kommen noch zu spät.«

Nervös sah ich auf die Uhr. Jan schenkte mir ein liebevolles Lächeln und gab mir einen Kuss auf die Wange.

»Die Trauung beginnt erst in einer guten halben Stunde, und von unserem Hotel aus sind es nur fünf Minuten zu Fuß. Wir haben alle Zeit der Welt.« Er wandte seine Aufmerksamkeit wieder der dunkelblauen Krawatte zu, die ich ihm zur Feier des Tages geschenkt hatte.

In diesem Moment begannen die Kirchenglocken von St. Andreas zu läuten. Bestimmt schob ich Jans Hände weg.

»Ich mach das«, sagte ich und band die Krawatte zu einem Knoten. »Und jetzt los.«

Wir verließen unser Zimmer und traten nach draußen auf den Marktplatz, wo die Sonne schien und spätsommerliche Temperaturen herrschten. Hand in Hand spazierten wir bis zur Kirche, vor der sich bereits eine beachtliche Menge von Herzbachern versammelt hatte.

»Maria, Jan, hier sind wir!«

Ich hob den Kopf und entdeckte Sara, die uns trotz ihres beachtlichen Babybauchs stürmisch zuwinkte. Neben ihr stand Ellie, die ebenfalls schwanger war. Die Kinder sollten beide im November kommen, und ich freute mich riesig für meine Freundinnen. Für Alexander und Jonas natürlich auch. Die beiden Männer begrüßten mich herzlich und nahmen dann Jan direkt in Beschlag.

»Ist das nicht ein herrliches Wetter?«, erkundigte sich Biene.

Sie trug ein cremefarbenes Kostüm, das ihr hervorragend stand. Auch Greta und die übrigen Frauen aus meinem Modeberatungskurs hatten sich schick gemacht und sahen umwerfend aus. Seit ein paar Monaten gab ich in Frankfurt regelmäßig Kurse, die sehr gut besucht waren. Doch meinen ersten würde ich immer in besonderer Erinnerung behalten. Schon wegen der tiefen Freundschaften, die daraus entstanden waren.

Ava wandte sich mir zu. »Wie geht es deiner Mutter?«, fragte sie.

Ich zuckte mit den Schultern. »Sie hat gute und schlechte Tage.«

Ihre Krankheit war in den letzten Monaten weiter zügig vorangeschritten, doch noch war sie in der Lage zu erkennen, wer ich war. Die intensiven Gespräche mit meiner Therapeutin hatten mir geholfen, meine Einstellung zu meiner Mutter zu verändern und unsere Beziehung zu verbessern. Ich hatte gelernt, die Zeit, die uns noch blieb, zu genießen. Und die Therapie hatte noch mehr bewirkt: Ich geriet tatsächlich nicht mehr so leicht in Rage. Eine Tatsache, die nicht nur meinem Chef gefiel, sondern auch Michael Berger, bei dem ich mich nach meiner Rückkehr aus Herzbach entschuldigt hatte. Wir würden zwar niemals Freunde werden, aber wir hatten zu einem kollegialen Verhältnis gefunden.

Neben Sophie hüpfte Amelie von einem Fuß auf den anderen. »Gleich geht es los«, rief sie und strich sich über ihr Kleid. »Ich bin so aufgeregt.« Sie warf ihrem Freund Kai eine Kusshand zu, der mit ihrem Vater Sebastian und Sophies Freund Marvin zusammenstand.

Jan trat zu mir und legte mir einen Arm um die Schulter. Obwohl wir nun schon ein Jahr zusammen waren, jagte mir seine Berührung noch immer kleine Stromstöße über die Haut. Ich hoffte, dass es für immer so bleiben würde. Auch wenn Jan schmunzelnd meinte, dass sich das legen würde, sobald ich ganz zu ihm gezogen war. Im Frühjahr hatte Jan seine Firma verkauft und mit dem Geld eine kleine Staudengärtnerei erwoben, zu der ein weitläufiges Grundstück mit einem wunderschönen Cottage gehörte. Dort hatte er als Erstes eine Blumenwiese angelegt, die noch farbenfroher war als die im Sternbecker Park. Und das Beste daran: Jans neues Zuhause lag zwischen Herzbach und Mondstein. Wenn ich an den Wochenenden bei ihm war, brachte ich häufig Bautz mit, und ich konnte meine Mutter besuchen und meine Freundinnen sehen. Auch beruflich lief es bei Jan gut. Er war als selbstständiger Gartendesigner so gefragt, dass die Kunden Schlange standen, damit er ihnen ihr persönliches Paradies schuf. Jan hatte bereits zwei Gärtner angestellt, die ihn bei der Ausführung unterstützten, ohne sie ihm völlig abzunehmen, denn auf die körperliche Arbeit wollte er nicht mehr verzichten. Ich half Jan, indem ich mich um seine Finanzen kümmerte. Es machte mir großen Spaß, und ich dachte immer häufiger über sein Angebot nach, ganz in die junge Firma einzusteigen. Noch war ich nicht so weit, meinen Job in der Bank zu kündigen, aber ich merkte, dass es mir jeden Montagmorgen schwerer fiel, die Autofahrt nach Frankfurt anzutreten und abends in meine leere Wohnung zurückzukehren.

»Es ist so weit«, flüsterte Jan mir ins Ohr.

Zusammen mit den anderen Herzbachern betraten wir die Kirche. Vorne am Altar nahm *Der kleine Chor der großen Herzen* Aufstellung. Schließlich saßen alle, und es kehrte erwartungsvolle Stille ein. Die Chorleiterin Sophie hob den Taktstock. Im nächsten Moment setzte die Musik ein. Mein Herz begann schneller zu klopfen. Ich konnte nur erahnen, was der heutige Tag für die Braut bedeutete, welche Gedanken ihr durch den Kopf gegangen sein mochten, wie sie sich bei der Vorstellung fühlte, die Kirche zu betreten.

Nervös wandte ich den Kopf. »Wo ist eigentlich der Bräutigam?«, fragte ich Ava, die neben mir saß.

Ava lächelte. »Draußen. Er begleitet seine zukünftige Ehefrau zum Altar«, erwiderte sie.

Erleichtert ließ ich mich zurücksinken. »Dann ist ja gut.«

Jan sah mich von der Seite an, ergriff meine Hand und drückte einen Kuss auf die Innenfläche. In diesem Moment öffneten sich die Türen, und Pfarrer Bertelsbeck betrat das Kirchenschiff. Hinter ihm folgte das Brautpaar. Beide lächelten über das ganze Gesicht.

Ich fasste Jans Hand fester. Viel Glück, Irene und Hermann, dachte ich.

Danksagung

Der Roman *Der kleine Garten zum Verlieben* ist im Herbst und Winter entstanden. Dass ich mir Saras Garten dennoch vorstellen konnte, liegt vor allem an den Zeitschriften *GartenTräume*, *Mein schöner Garten* und *GartenIdee*. Vielen Dank für die zauberhaften Bilder, Eindrücke und Geschichten, die mich durch die kalte Jahreszeit begleitet haben.

Außerdem möchte ich mich bei Jenny und Lars herzlich bedanken, die mir Ratschläge gegeben haben, welche Arbeiten ein Gärtner im August erledigen kann. Wenn ich dabei etwas falsch beschrieben haben sollte, bin ich ganz alleine dafür verantwortlich.

Ein riesiges Dankeschön geht außerdem an meine wunderbaren Lektorinnen Lisa Wolf und Isabell Spanier sowie an das gesamte Team vom Piper Verlag. Die Zusammenarbeit war wie immer sehr bereichernd und hat mir großen Spaß gemacht.

Danke sagen möchte ich auch der Literarischen Agentur Silke Weniger und meiner Agentin Gerlinde Moorkamp für die immer tolle und kompetente Betreuung.

Es war für mich eine Premiere, aus einer männlichen

Perspektive zu schreiben. Vielen Dank, Johannes, dass du beim Probelesen besonders auf Jan geachtet hast.

Darüber hinaus bedanke ich mich bei den beiden Menschen, ohne die es diesen Roman nicht geben würde: Anne und Meike. Danke für die vielen unvergesslichen Momente in diesem Jahr. Für wundervolle Gespräche, inspirierende Diskussionen, köstliche Abendessen, unser gemeinsames Lachen und Weinen und unendlich viel mehr. Durch euch ist die Welt ein schönerer Ort.

Dasselbe gilt für meinen Sohn Leo. Ich kann nicht in Worte fassen, wie viel du mir bedeutest. Danke, dass es dich in meinem Leben gibt.

Düsseldorf, im Februar 2021
Janina Lorenz

»Ich brauche ein Buch, das mein Leben retten wird«

*Cover- und Preisänderungen vorbehalten

Jenny Colgan

Happy Ever After – Wo das Glück zu Hause ist

Roman

Aus dem Englischen von Sonja Hagemann
Piper Taschenbuch, 448 Seiten
€ 11,00 [D], € 11,40 [A]*
ISBN 978-3-492-31634-7

Bibliothekarin Nina weiß genau, was ihre Kundinnen lesen sollten, was gegen Liebeskummer hilft oder Trübsal vertreibt. Doch als die Bibliothek geschlossen und Nina arbeitslos wird, helfen Bücher ihr auch nicht weiter. Oder vielleicht doch? Nina eröffnet ihre ganz besondere eigene Buchhandlung: Mit einem Bücherbus kutschiert sie durch die schottischen Highlands, um Leser mit Lektüre zu versorgen – nur um festzustellen, dass das Happy End im wahren Leben komplizierter ist als in manchen Romanen …

Leseproben, E-Books und mehr unter **www.piper.de**